작가 속마음 엿보기

작가 속마음 엿보기

발행일	2018년 2월 14일			
지은이	서 태 수			
펴낸이	손 형 국			
펴낸곳	(주)북랩			
편집인	선일영		편집	오경진, 권혁신, 최예은, 최승헌
디자인	이현수, 김민하, 한수희, 김윤주, 허지혜		제작	박기성, 황동현, 구성우, 정성배
마케팅	김회란, 박진관, 유한호			
출판등록	2004. 12. 1(제2012-000051호.)			
주소	서울시 금천구 가산디지털 1로 168, 우림라이온스밸리 B동 B113, 114호			
홈페이지	www.book.co.kr			
전화번호	(02)2026-5777		팩스	(02)2026-5747

ISBN   979-11-5987-981-4 03800 (종이책)   979-11-5987-982-1 05800 (전자책)

이 도서의 국립중앙도서관 출판예정도서목록(CIP)은 서지정보유통지원시스템 홈페이지(http://seoji.nl.go.kr)와
국가자료공동목록시스템(http://www.nl.go.kr/kolisnet)에서 이용하실 수 있습니다.
(CIP제어번호 : CIP2018004057)

(주)북랩 성공출판의 파트너
북랩 홈페이지와 패밀리 사이트에서 다양한 출판 솔루션을 만나 보세요!
홈페이지 book.co.kr • **블로그** blog.naver.com/essaybook • **원고모집** book@book.co.kr

작가 속마음 엿보기

부산의 문학작가
10인의
작품세계 탐방기

서태수 평론집

북랩 book Lab

글쓴이의 말

나는 국어국문학을 전공했지만 평론에 대한 식견은 얕기 그지없다. 그럼에도 개인적 인연으로 서평을 쓰게 되었다.

젊은 시절, 문학 작품을 유기체에 비유해서 동적구조로 공부한 기억이 생생하다. 그렇다면 작품집은 작가의 소우주가 아닌가. 전체 작품들을 하나의 유기적 조직체라는 관점에서 파악하고자 노력했다. 현학적 수사衒學的 修辭를 버리고 실용적 접근을 했다. 통독과 정독을 반복하면서 작가가 구사한 미학적 기교를 분석하고, 그 언술 속에 침전된 작가의 속마음을 톺아보는 과정에서 창작과는 다른 묘미를 경험했다. 작품 속에는 뿌리 깊은 인과의 물줄기가 흐르고 있음을 발견했기 때문이다.

〈펴내는 말〉은 내 서평을 받은 작가의 소감을 발췌해서 전재하는 것으로 가름하고자 한다. 작가들과는 주로 만나서, 혹은 전화로 인사를 나누었지만 메일이나 문자로 받은 글 중 장르별로 한 편씩만 수록한다.

손영자 시조시인이 메일을 보내왔다.

황공무지로소이다.

아이구, 저는 읽는 데만도 3시간이 걸렸는데, 쓰시는 데는 보름 넘게 밤낮을 꼬박 새웠을 것 같아 황공무지로소이다. 그리고 칭찬도 많이도 하셔서 홍감스럽구먼유~ 너무 수고 많으셨는데 이 은혜를 우찌해야 갚겠는교. (중략) 그건 그렇구, 제 시집 해설에 온 정열을 다 쏟구 몸살하시는 것 아니에요? 『나비의 잠』에서부터 『꽃 진 자리』, 『빛은 곡선으로 비춘다』까지를 다시 읽으시고 도표까지 들어간 다각도의 분석으로 이렇게 멋진 해설을 써주시다니……. 그 전에 몇 분 선생님들에게서 제가 펴낸 책들의 작품해설을 받아도 봤지만 솔직히 서 선생님만큼의 통찰력과 정열을 담은 글은 아니었던 것 같습니다. (중략) 특히 이번 선생님의 해설 중에서 '시조의 행과 줄에 대한 고찰'이 저는 속 시원했습니다. 시조는 원래 정형이라 답답함이 좀 있는 데다, 시각적 배열까지 획일적이길 고수한다면 무슨 맛으로 읽겠습니까?

거나하게 술 한 잔 하십시다, 사모님이랑 같이요. 다음 토요일 시조세미나에 갈까 합니다. 콧구녕에 바람 좀 쐬고 싶어서요. 그때 만나 뵐게요.

제 청을 응낙해주셔서 감사하고요. 어느 누구의 글보다 진솔한, 힘 넘치는 사랑의 글을 주셔서 정말 고맙습니다.

제가 받은 감동의 10분의 1도 전하지 못한 메일이 되었네요. 마음은 그렇지 않다는 것을 전해드리며 그럼 오늘은 이만……:

— 2011. 6. 16. 손영자

정옥금 시인은 이튿날, 그리고 1년 6개월 뒤 핸드폰 문자를 보내
왔다.

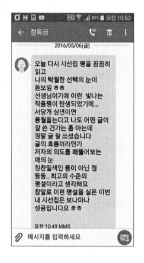
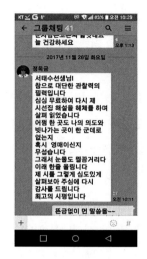

하혜영 수필가는 메일로 소감을 전해왔다.

선생님!

알뜰살뜰 최선을 다해 주신 서평을 읽어가면서
난생 처음으로 가슴 열고 통곡했습니다.
제게 아무리 어려운 고난이 닥쳐도
이렇게 소리 내어 울어본 적은 없었답니다.
지나온 세월을 돌이켜 보면 난관이 있을 땐
돌덩이처럼 더 단단해졌으니까요.
작년 12월에 협회 지원금 신청하면서 괜히 욕심났어요.
원고도 부족하고 실력도 미비한 상태에서 무조건 도전해 보았습

니다. (중략)

이 모두 선생님 덕분으로 또 하나의 어려운 관문을 통과한 느낌입니다.

어떤 말씀도 표현하기 힘들 정도로 정말 수고 많으셨습니다.

— 2017. 10. 8. 하혜영 올림

하혜영 수필가는 메일을 보낸 다음날, 그리고 두 달 뒤에도 문자를 보냈다.

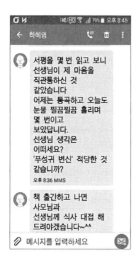

책을 엮기 위해 서평을 다시 읽어보니 나의 부족한 안목에 내용적 아쉬움이 새로 발견된다. 그럼에도 따뜻한 인사로 화답해 주신 작가들에게 감사의 말씀을 올린다.

2018년 2월
청락헌에서 서태수

차례

손영자 시조집 『바람같이 사람같이』

자존의 고양이 외로움을 울다

1.

흔들지 마라, 깃털처럼 가벼운 몸이다

네 입김 한 번에 허리 꺾어 요동쳐도

자존의 흰 머리카락 쓸어 넘기며 바로 선다

— 〈바람, 억새꽃〉 전문

손영자는 자존自尊의 시인이다.

그림자처럼 조용히 혼자 노니는 그는 유연한 몸놀림에 날카로운 발톱으로 이미지를 직조하는 고양이 몸짓이다. 20여 년의 시력詩歷이 그렇다. 그녀는 대로大路를 쏘다니는 것이 아니라 언제나 뒤꼍에 없는 듯이 앉아 있다. 그러나 고독하지는 않은 것 같다. 오히려 유유하고 여유롭다. 시의 사냥을 위해 가끔은 움직이지만 그리 폭넓지 않은 그의 동선動線은 소리가 없다. 빛깔도 흑백으로 분명하지도 않고, 점박이로 화사하지도 않은 무덤덤한 갈색 고양이다. 다소 촌스럽게 보이는 갈색 움직임과는 달리 그의 내면은 도도하고 분명하다. 인용한 시처럼 〈바람 앞의 억새꽃〉이다. 이전부터 늘 그랬다. 그가 '참으로 인내하기 힘든 음해[1]'를 받았던 무렵에 간행한 시집 『빛은 곡선으로 비춘다』에 수록된 〈한 그릇의 밥-허기증〉에도 '한 그릇 밥을 구걸하여 내 영혼 팔지 않았습니다'라고 노래했다. 밥을 문학적 외연으로 확대해 보면 그 의미를 알 수 있을 것이다.

그는 여느 고양이처럼 호동그란 눈알이 아니라 봄볕 아래 조는 실눈이다. 반쯤 뜬 눈으로 복잡다단한 세상 속에서 필요한 부분만 본다. 그도 고양이라 발톱은 예리하나 남 앞에서 잘 드러내지 않는다. 얽히고설킨 세상살이에 가끔은 살쾡이처럼 발톱을 내밀 만한 데도 언제나 집고양이다. 그는 세상의 모순을 날카로운 발톱으로 포착하면서도 솜털로 이야기한다. 매우 정적靜的이지만 순발력이 좋아, 놀라운 점프력으로 포착한 이미지는 그의 유연한 몸놀림 속에 담겨 있어, 그의 시조는 대부분 정격에서 벗어나지 않으면서도 유영遊泳하는 물고기처럼 자유스럽다.

내면 깊숙이 도도한 혈맥이 흐르는 그는, 생활 속에서든 시에서든 좀처럼 울지 않는 고양이다. 연속으로 간행된 직전의 시집들[2] 속에서도 어쩌다 한 번씩 울기는 했다. 그러나 울어도 입을 조용히 벌려 안개처럼 운다.

그런 고양이 시인이 울었다. 눈을 반쯤 감으면서 엷게 우는 것이 아니라 그냥 퍼질러 앉아 울었다. 시집 『바람같이 사람같이』의 55편에 사용된 시어 중에 '울음', '눈물', '아픔' 등 직접적으로 우는 행

---

1) 손영자, 『빛은 곡선으로 비춘다』, 세종출판사, 2008년, 「자서(自書)」 부분.
2) 『나비의 잠』(세종출판사, 2005), 『꽃 진 자리』(세종출판사, 2006), 『빛은 곡선으로 비춘다』(세종출판사, 2008). 손영자 시인은 이전에 시조집 『빛살로 닦는 아침』과 자유시집 『벽에 걸어둔 시간』, 『무명시 수첩』, 그리고 근년에는 시선집 『도시를 바라보다』를 상재하였다.

위가 23회나 등장한다. 무릉도원을 만나서도 운다. 이전의 시집 『꽃 진 자리』에 수록된 '양산 든 여인을 꽃송이로 앉히고/명승지의 풍광을 낚고 있는 저, 여유/고기야 잡히는 대로/물결이야 찰랑이는 대로'의 '무릉도원'과는 판이하다. 그때의 무릉도원에서는 '저, 여유'라며 쉼표의 여유까지 부렸지만 이번에는 다르다.

> 저물녘 연곡사는 인적조차 끊겼는데
>
> 절 뜨락 매화꽃은 이리도 만발한가
>
> 도저到底한 꿈의 자리에 온 산이 엎드린다
>
>
> 언제 이토록 취해본 적 있었던가
>
> 언제 이토록 젖어본 적 있었던가
>
> 꽃가지 휘어지도록 퍼질러앉아 울고 싶어라
>
> — 〈무릉도원을 만나다〉 전문

2.

손영자 시인의 근간 시조집 3권에서 받았던 미학적 충격美學的 衝

擊을 나는 아직도 생생히 기억한다. 그는 짧은 시형에 그토록 명징한 이미지를 '자유스런 정형시조'로 그림을 그린 시조단의 이미지스트였다. 몇 해 전, 특히 시집『꽃 진 자리』가 그냥 무덤덤히 넘어가는 것은 시조단의 불행이라 생각한 필자는『꽃 진 자리』의 시평을 혼자 주무른 적이 있었다. 끝을 맺지는 못했지만 그때도 시집을 몇 번을 읽으면서도 이 명품들을 내가 감당하기가 매우 버겁다는 생각을 지울 수가 없었다. 나에게 손영자 시인의 시조는 시조단의 긍지요 부러움이었다. 그래서 그가『바람같이 사람같이』시평을 의뢰해 왔을 때 적잖이 당황스러웠다.

원고를 펼치며 우선 한 가지가 궁금했다.『바람같이 사람같이』에는 손영자 시인의 무엇이 어떻게 담겨 있을까. 이전의 시집들과는 어떤 공통성과 차별성이 있을까. 대표적인 작품 몇 편을 독립적으로 파악하기보다는 이 시집 한 권에 담긴 손영자라는 시인의 인생관, 문학관, 시조관 등을 총체적으로 파악하고 싶었다. 그래서 손영자 시인이 이 한 권의 시집을 통해서 어떤 메시지를 전하고 있으며, 시조의 형식미를 어떻게 운용하고 있으며, 또 내용과 형식의 유기성은 어떻게 직조하고 있는가를 살펴보고자 했다.

먼저 2000년대 이후 간행된 손영자 시인의 시집 3권을 다시 정독한 후『바람같이 사람같이』를 일독했다. 이전과 다른 점으로 '자존自尊의 고양이가 외로움을 울고 있다'는 것이 단번에 잡혔다. 그리고 모두 정격으로 창작되었다는 점과 작품 배치가 매우 의도적이라는 점이 발견됐다. 즉, 총 5부로 된 시집의 각부마다 11편으로 엮은 점, 시집의 맨 앞 부분에는 〈만추에〉와 〈무상〉을 배치하고, 끝 부분에는 〈우리, 어디로 가서 무엇이 되어 다시 만나랴〉와 〈봉점암의 봄)으로 대미를 장식한 의도성이었다. 이러한 구성은 이 시집의 주된 정조情調를 이루는 '노령老齡의식, 그리움, 고독'의 토로 후에 궁극적으로는 인생의 한 굽이를 넘어가는 우화羽化를 꿈꾸는 내면의 서정을 읽게 하였다.

조동일 교수의 갈래론[3]에 의하면 시는 '세계의 자아화'이다. 즉, 시인이 외부 세계를 자기의 독특한 가치관에 입각해서 자의적恣意的으로 해석한다는 것이다. 따라서 이 한 권의 시집은 세계를 인식하는 시인의 고유한 DNA가 갖가지 결합을 통해 축적된 유기적 구조물일 것이다. 동원된 시어가 세포요 각 한 편의 시는 시인의 신체 부분들이다. 나아가 이 한 권의 시집은 손영자 시인 영혼의 응집체이다. 손영자 시인의 소우주는 어떤 모습일까.

이러한 관점에서 『바람같이 사람같이』에 수록된 총 55편의 작품을 형식과 내용을 아우르면서 분류한 다음 이에 상응하는 작품들을 분석해 보기로 하였다.

작품 속에서 화자를 찾는 것은 감상의 출발이다. 자아의 세계화 과정에서 시인은 대상과 거리를 어떻게 유지하고 있는가, 즉 고양이처럼 매우 조심스럽고 조용한 손영자 시인이 작품 속에서 서정적 자아를 어떻게 노출하고 있는지 그 정도를 살펴보기로 했다. 어떤 주어진 사물이나 사건의 현상을 해석할 때 시점視點의 차이에 따라 그 의미는 달라지기 때문이다. 시점의 차이란 그 사건에 대한 감정적 개입의 차이다.[4] 자아의 직접 노출은 화자가 작품 속에 직

---

3) 조동일, 『한국문학통사 1』, 지식산업사 1998, 25쪽 참조.
4) 김준오, 『시론』, 문장사, 1982, 225쪽.

접 등장하여 메시지를 '주장'하는 적극적 강도强度이고, 간접 노출
은 메시지를 전달하는 '설명'의 강도, 객관적 시점은 화자는 보이지
않고 메시지만 '제공'하는 소극적 강도이다.

〈표1〉

서정적 자아의 시점	자아 직접 노출	자아 간접 노출	객관적 시점
55	17	23	15

전체 55편 중에서 서정적 자아가 직간접으로 드러난 것이 40편,
73%이다. 전혀 드러나지 않는 경우는 1/3이 채 못된다. 화자의 직
간접 노출이 많다는 점은 시인의 서정 전달의 욕구가 그만큼 절박
하다는 증거이다.

살아온 날들에는 아픔만 단풍빛이다

울음들도 삭아서 마른 뼈가 되었다

상고대 내 머리카락에 시린 발 지지는 햇살

— 〈만추에〉, 전문

시집 『바람같이 사람같이』의 맨 앞에 자리한 〈만추〉는 이 시집을
꾸민 시인의 의식 속에서 상당히 비중이 큰 작품이라고 보아야 한
다. 이 작품은 1인칭 자아가 그대로 노출된 경우이다. 종장에 '내
머리카락'으로 드러나는 서정적 자아의 직접노출은 노령에 접어든

자신의 노골적인 연민이다. 시의 배경 요소인 '만추', '단풍'과 자아의 모습인 '상고대'만으로도 메시지 전달이 충분한데도 살아온 날들이 '아픔', '울음' 등으로 표출되고 있다. 이런 요인들의 축적으로 인해 이 시평에서 필자가 '고양이의 울음'이라고 한 것이다. 이 시에서 '내'라는 용어가 없다면 시는 확연히 달라진다. 그것은 상황이 객관화되어 영고성쇠 인생사의 보편적 인식이 될 것이다. 그리되면 독자는 보편적 상황에서 자기의 개별적 체험을 귀납적으로 연결시키게 되고 시적 서정의 정당성은 더욱 객관화되어 감동이 전달된다. 이전의 작품 경향으로 보아 이를 모를 리 없는 손영자 시인이 아픔과 울음 섞인 자아를 강하게 노출한 점은 시인의 서정 전달 욕구 때문이다. 그런데도 이 작품은 단풍빛 아픔이나 뼈가 된 나목裸木 등의 명징한 이미지를 조소적彫塑的으로 보여줌으로써 식상하지 않는 시로 승화시켰다. 이 점이 손영자 시인의 힘이다.

자아의 간접 노출은 앞에 인용한 〈바람, 억새꽃〉 같은 유의 작품으로 이 시에서 '자존의 흰 머리카락 쓸어 넘기며 바로 선다'는 구절의 통사론적 주체는 억새꽃이다. 그러나 전체 시의 의미망으로 살펴보면 이 억새는 시인 본인의 환유 장치로 드러난 것임을 쉽게 이해할 수 있다.

> 떠나는 길 잃어버린 잔챙이 서너 마리
> 먹물 빛 우러나는 좌판대 위에 잠들었다
> 시름도 별빛에 닿으면 인燐불로 반짝인다.
>
> — 〈파장풍경〉, 전문

서정적 자아의 노출과 달리 위의 작품처럼 자아가 숨어버린 경우는 대상을 관조하게 된다. 시인의 관조는 단순한 점묘點描일 수도 있고 심오한 사색의 상징화일 수도 있다. 그러나 어느 쪽이든 시적 서정은 시인 고유의 인식세계 속에서 형성된다. 〈파장 풍경〉은 대상을 관조하는 서정이 종장에 나타나 있는 대로 '시름'으로 인식되고 있다. '잔챙이', '먹물 빛', '좌판대' 등을 통해서 대상이 소외된 계층임을 알게 한 다음 그의 삶의 곤고한 일상을 '인불'로 전이하고 있다. 생선눈깔과 은전과 달빛 받은 옹기의 반짝임이 어머니의 눈물로 전이되던 박재삼의 〈추억에서〉를 연상케 한다. 이렇듯 그의 시선은 사회 계층의 낮은 곳을 응시하고 있다.

복잡다단한 삶 속에서 어떤 부분을 시적 대상으로 포착하였는가를 살펴보는 것도 이 시집의 구조적 감상에 필요한 요소라 생각하여 통계를 내보았다. 일상적 요소는 신변의 상관물들을, 사색적 요소는 추상적으로 인식하는 대상물들로 잡았다. 그러나 통계를 내어본 바 특별한 사항은 없이 여느 시인과 유사한 범주였다. 다만 이전의 시집들에 비해서 회고적 요소들이 다소 많이 등장하는 바 이는 연작시 '고향에서' 11편이 있었기 때문이다.

〈표2〉

시적 서정	한정적 요소	회고적 요소	일상적 요소	사색적 요소
55	8	11	17	19

여느 시인과 다를 바 없는 요소들을 시적 매개로 삼았으나 드러난 주제는 다음 〈표3〉에서 보듯 자신의 노령에 대한 인식과 그리움

이 주조를 이루고 있다. 총35편으로 전체의 64%를 점하고 있다.

<표3>

주요 주제	노령의식	그리움	인생론적 사유	기타
55	18	17	11	9

　　모두 5부로 구성된 시집에서 각 부마다 약간의 차이는 있으나 대체로 노령과 그리움의 서정이 지배하고 있다. 특히 제1부와 제3부는 한두 편을 제외하고 모두 그렇다. 제2부는 그리움이 약 30%, 제4부, 제5부는 노령과 그리움, 그리고 삶에 대한 사색의 편린들이 대등하게 드러난다. 노령의식과 그리움의 주제가 많은데도 시적 대상으로는 회고적 요소가 20% 정도밖에 안 되었다. 회고적 요소가 이렇게 적은 것은 손영자 시인의 노령의식과 그리움은 그 대상이 자연이든 일상사든 추상적 요소이든 그가 인식하는 모든 제재 속에서 공통적으로 그려내고 있기 때문이다. 다양한 제재와 감각적 표현이 교직되었기에 진부한 주제임에도 불구하고 그의 시는 고양이가 건져 올린 활어처럼 신선하다.

　　이 시집을 읽어보면 또 특정한 시어들을 많이 접하게 된다. 시인은 자기의 특수한 스타일에 따라 어떤 중요한 용어들을 계속해서 선택하여 사용한다. 즉, 상황의 관계가 시의 의미를 선택하게 하고 시의 요청에 따라 언어와 표현양식이 선택되는 것이다.[5] 사용된 특정한 시어들을 찾아보았더니 서정적 자아의 감정 노출이 직접적으

---

5)　김준오, 앞의 책, 86쪽.

로 드러나는 어휘들은 29회로, '아픔' 5회, '울음' 13회, '눈물' 5회 외에 '서러움', '그리움', '고독' 또는 이와 유사한 시어들이 6회 사용되었다. 또한 노령의식과 연관된 특정 시어는 총 26회였는데 '가을' 7회, '저녁놀' 5회 외에 '단풍', '흰머리', '세월' 및 이와 유사한 시어들이 14회 사용되었다.

을숙도 갈꽃머리 흔들고 가는 바람같이

내 마음 흔들어놓고 떠나간 사람같이

저녁놀 벌겋게 울어

서러운

목숨이여

— 〈바람같이 사람같이〉, 전문

이 시집의 표제로 사용한 작품이다. 배경 요소로 사용된 시어들인 '을숙도', '갈꽃머리', '저녁놀' 등은 모두 종언終焉과 연관된 시어들이다. 을숙도는 일천삼백 리 낙동강의 맨 끝자락이다. 갈꽃은 가을에 하얗게 핀다. 저녁놀은 하루의 마지막 순간이다. 노령의식에 젖은 시인이 지리적으로, 계절적으로, 시간적으로 합일된 맨 끝자락에 서서 인생을 반추하고 있다. 그러나 그 추억은 강물에 반짝거리는 아름다운 조각보가 아니다. 울음이 나오고 서러움이 느껴지는 자기 연민의 서정이다. 시인의 마음을 흔들어 놓고 떠나간 사람이 굳이 특정인은 아닐 것이다. 긴 강과 함께 흘러온 세월 속에서 이리저리 마주친 바람처럼 얽히고설킨 숱한 꽃잎 인연들일 것이다. 그가 울고 있는 '서러운 목숨'은 고양이 시인 손영자의 서정적 자아의 과잉노출임에는 분명하지만 이 시집 전편을 통해 보면 그의 내면의 일단一段이지 자괴감自壞感이나 절망은 아니다. 결코 무너지지 않는 그는 여전히 도도한 고양이이기 때문이다.

봄 산에 꽃이 핀들
만산 가득 채우더냐

눈멀도록 바라보는
가을날의 영취산

만개한 꽃숭어리들
역광 아래 불타네

— 〈단풍〉 전문

당唐 시인 두목杜牧이 〈산행山行〉을 하면서 '서리 맞은 단풍이 봄 꽃보다 더 붉다霜葉紅於二月花'고 한 것이 아름다운 겉모습만 보고 읊은 시구詩句는 아닐 것이다. 봄은 꽃으로 아름답고 가을은 잎으로 아름답다. 꽃은 떨어져 씨앗을 남기고 잎은 떨어져 눈芽을 남긴다. 지는 날까지 붉은 빛을 잃지 않는 꽃봄花春 인생은 열매를 잉태해서 행복하지만, 연둣빛으로 태어나 푸르른 삶을 살다 붉게 어우러지는 단풍 되어 한 줌 부엽토腐葉土로 돌아가는 잎봄葉春 인생은 다 주고 가는 껍데기라서 행복하다. 더구나 이 시의 단풍은 역광 아래 불타고 있다. 햇살을 등진 단풍의 빛깔이다. 본연의 아름다움은 강렬한 빛이 직접 닿으면 발현되지 않는다. 사진 찍기도 쾌청한 날보다 약간 흐린 날이 더 좋다. 그 흐린 날이 빛을 등진 노령의 연륜이다. 자유분방한 배행을 구사하는 손영자 시인의 작품에서 상대적으로 매우 단정한 구별행간배행이다. 정좌正坐한 고양이다.

이 시집에는 인생에 대한 사색의 서정도 노령의식의 바탕 위에 전개되는 시가 많다. 아래 작품은 필자가 노령의식으로 분류하지 않고 사색을 통한 삶의 반추로 주제를 잡은 작품이다. 그러나 이도 단풍과 가을을 동원한 노령의식을 바탕으로 사색한다.

허겁지겁 달려온 안타까운 소식처럼

단풍잎 향기에 소스라치는 밤입니다

들창에 만월이 들어

내 안방을 훔쳐보는

— 〈가을밤〉, 전문

이 시집의 주된 흐름이 노령의식과 그리움, 그리고 인생의 사유이지만 자연서정이나 즉물적卽物的 서정도 간간히 고명처럼 놓여 있다. 이런 부류의 작품들은 이미지의 직조도 더욱 예리하다. 손영자 시인의 진가가 발휘된다.

누가 붓을 들어 난을 치다 말았을까

번지다 만 먹물처럼 망설이는 봄날,

휘어진 난 잎을 따라 길을 나서는 봄비 소리.

— 〈봄비〉 전문

3.

손영자 시인은 정격 속의 자유로운 배행排行을 구가한다. 정형과 정격은 다르다. 시조가 정형定型이냐 정형整形이냐 하는 점은 논외로 치더라도 시조에는 정격시조 외에 엇시조, 사설시조 등의 변격 시형이 있고, 정격 음보 속에서도 다양한 자수 변주變奏가 가능하다. 손영자 시인의 지난날의 시조집은 엇시조, 사설시조, 양장시조, 홑시조 등의 유형이 적은 수량이지만 다채롭게 수록되었다.[6] 그러나 이번 시집에서는 전혀 다르다. 변격시조는 전무하고 음수율이

---

6) 『꽃 진 자리』 중 사설시조는 〈가덕도〉와 〈시편〉, 양장시조는 〈고요에 기대어〉, 홑시조는 3수이다. 『나비의 잠』 중 엇시조는 〈태종대에서〉가 있고 사설시조로는 〈제부도〉, 〈별 보이는 아침〉, 〈낚시심곡〉이 있으며 홑시조가 3수가 실렸다. 『빛은 곡선으로 비춘다』 중 사설시조는 〈해변의 시-패총 시편〉가 있고 엇엮음시조풍으로는 〈낙화 3〉이 있다.

나 음보의 의도적 변주도 보이지 않는다. 배행도 자유로웠던 이전에 비해서 매우 조심스러운 운용을 하고 있다. 이번 시집의 주된 정조와 관련 있는 것 같다.

〈표4〉

형식	정격	변주	변격	단시조	2연시조	연작시조
55	55	0	0	47	8	3

〈표5〉

배행	3장배행	구별배행	3장행간 배행	구별행간 배행	자유배행	이어쓰기
55	0	0	21	15	18	1

연작시조는 저녁노을 3수 고향에 와서 11수 낙화 2수이다. 시행 배열은 이전만큼 다채롭지는 않지만 여전히 자유롭다. 3행3장배행이나 6-7행구별배행이 단 한 편도 없다는 점은 집단적으로 적용되는 단순 규칙을 싫어하는 고양이 시인 손영자답다. 그의 시조는 대부분 행간의 여백을 두고 있다. 그만큼 사색의 폭을 깊이 고려한다는 의미이다.

꽃 신 세절이 가고
내 사랑도 울며 가고

가서는 한 자리에 다시 모여 서서

다소곳
옷깃 여미어
전생을 생각한다

— 〈탑〉, 전문

　정격으로 창작된 시조임에도 불구하고 초중종장의 배열이 모두
다르다. 초장은 구별배행으로 호흡의 강제적 휴지休止를 두어 대응
하는 두 요소를 병치竝置하고, 중장은 이들이 다시 회귀하는 연속
적 리듬을 실어 서정의 흐름에서 완급을 드러낸다. 종장에서는 사
색의 여백 확보를 위해 잦은 행갈이를 하였다. 탑 앞에 손 모아 서
서 만유의 발생과 소멸에 적용되는 연기緣起의 법칙을 더듬는다.
　굳이 이분법적으로 구분한다면 시조집 『바람같이 사람같이』의
배행은 자유시이다. 그러나 정형시와 자유시의 이질적인 두 유형은
배타적이면서도 동시에 상호보완적인 양식이다. 그것은 아무리 자
유시라도 운율을 벗어날 수 없고, 아무리 정형시라도 천편일률적이
라면 무미건조하기 때문이다. 정형시라 할지라도 행갈이에 따른 시
정 전달의 효과는 시각적으로나 의미적으로나 매우 다르다.

　만선의 바다는 불러도 돌아눕는다

　두드리면 쇠소리의 만어산 물고기들

　해탈의 도道를 구하여 산으로 올라가네

풍장에서 미라로 자리 바꿔 앉으면

얼부푸는 눈비에도 살아나는 맹목의 결,

꼭지에 매달렸구나

그리움도

사랑도

— 〈덕장에서〉, 전문

　　동해안의 명태 덕장에서 밀양 만어산을 연상한다. 미륵전 아래 첩첩이 깔려 있는 돌무덤은 물고기들이 변해서 된 만어석萬魚石이라 하며, 두들기면 맑은 쇳소리가 나기 때문에 종석鐘石이라고도 한다. 북어의 두드리는 행위, 풍장된 미라 등을 통한 시청각적 이미지가 잘 교직되었다. 시의詩意의 적당한 비약도 시의 맛을 더해준다. 물에 사는 고기가 산으로 가면 해탈의 목어木魚가 된다. 그러나 독립적 시행으로 배치한 '그리움도/사랑도', '살아나는 맹목'이라 했으니 아직은 이 고기들이 시인의 가슴 속에서 해탈의 목어木魚가 되지는 못한 것 같다. 잣수율에는 크게 신경 안 쓰고 호흡 흐르는 대로 그려낸다. 먼저 인용한 '탑'의 '꽃 진', '다시'와 같이 소음절小音節이 가능한 초중장 제1, 3음보의 이런 운용은 지극히 당연하다. 그런데 율독상 과음절過音節이 효과적인 초중장의 제2, 4음보나 종장의 제3음보에도 3음절을 아무렇지 않게 사용한다. 〈덕장에서〉에도 과음절이 효과적인 음보에 '바다는', '산으로', '미라로', '앉으면' 등 소음절을 예사로 사용한다. 그런데도 3-4 또는 4-4조의 붙박이 율격보다 오히려 자연스럽다. 율독을 압도하는 시의詩意와 이미지의 교직 덕분이다. 시조의 형식이 음보율로는 정형이지만 음수율로는 자유자재自由自在로운 면이 있어 정형이비정형定型而非定型[7]이라는 점을 십분 활용한 작법이다.

> 평생을 살아온 나의 고독이란 것도 사실 따지고 보면 개꿈 같은 것
> 이어서 식은 밥 한 덩이에도 목 메일 때가 있다
>
> — 〈인생〉, 전문

〈인생〉은 행의 구분이 없다. 이는 인생살이의 흐름이 매우 빠르게 전개되었음과, 개꿈 같은 보잘것없는 삶에 대한 자기비하적인 서정을 시각적으로 보여주는 효과를 노린 점이다. 자유로운 행갈이를 선호하는 손영자 시인의 이런 구조는 그가 시의 배행에 있어 의미망의 조직에 얼마나 민감하게 대처하는지를 잘 보여준다.

시적 대상에 대한 예리한 투시를 통해 시인의 고유한 인식을 투영하면서 동시에 시각적 자유자재성을 담아내는 손영자의 시조는 음보와 행간, 구와 장, 연과 연의 의미구조가 교묘하게 접속되어 정형이라기보다 자유로운 보법의 독법讀法을 느끼게 한다. 운문이든 산문이든 좋은 작품이란 물 흐르듯 하는 가운데 시청각적으로 막

---

7) 리태극, 『시조개론』, 새글사, 1974, 36쪽 참조.

히거나 어색함이 없이 '무심히 읽혀 나아갈 수 있는 글'일 것이다. 특히 천편일률의 시형으로 읽히는 시조는 자칫하면 막힘 그 이상의 막힘을 느낄 수도 있다.

시집을 읽었다. 시조를 의식하지 않고 읽었다. 그런데 읽으면서 왠지 율격이 와 닿는 것 같아 자세히 살펴보니 시조였다. 손영자 시인은 이런 시조집을 꿈꾸는 시인이다.

4.

〈만추〉와 〈무상〉으로 출발한 시집 『바람같이 사람같이』는 노령의 식과 그리움을 우는 손영자의 자화상이다. 이 정조情調가 손영자 시인의 현상적 소우주임에는 분명하나 그의 궁극은 아니다. 손영자 시인의 가슴 속에 깃든 이러한 정조는 자괴감自壞感이 아니라 인생의 한 굽이를 넘어서는 우화羽化의 꿈이다. 그것은 이 시집의 마지막을 장식하는 두 편의 작품 〈우리, 어디로 가서 무엇이 되어 다시 만나랴〉와 〈봉정암의 봄〉을 통해서도 잘 드러난다.

산사로 가는 길에 엎드린 폐가 한 채

대를 이어 산다더니 어디로 이사 갔나

법당 앞 세월에 깎인 미륵 같던 얼굴은
　　　　　　 — 〈우리, 어디로 가서 무엇이 되어 다시 만나랴〉, 첫째 수

새파란 눈빛의 낮달도 쉬어가는

겨울 암벽 아래 인동초도 피는 곳

부처님 볼 붉은 미소가 반만 벌어졌다

— 〈봉정암의 봄〉, 둘째 수

만상은 유전流轉한다. 강물이 수수만년을 흘러도 마르지 않는 것처럼 생명도 태어나서 흐르고 해체되기를 반복한다. 인생의 영고성쇠도 일회성이 아니다. 뿔뿔이 흩어져 가버린 '미륵 같던' 얼굴이 영영 이별한 것이 아님을 '우리, 어디로 가서 무엇이 되어 다시 만나랴'는 긴 제목으로 웅변하고 있다. 어쩌면 그들이 부처님의 인연에 따라 새로운 봄을 예비하고 있을지도 모르겠다.

손영자 시인은 2005년에 간행한 시집 『나비의 잠』〈20대, 혹은 50대〉에서 '나에게도 명품이었던, 그런 때 있었다/밤하늘 별빛으로 꿈꾸던 때 있었다/지금은/50% 세일/해 저무는/황혼녘이다'라고 노래했다.

그가 60대를 달리는 이번 시집에서는 서정적 자아가 직간접으로 등장하여 울음이나 눈물 등의 시어를 남용하며 외로움을 토로했다. 이런 시는 십중팔구 넋두리가 될 것이며 실패한 시가 될 것이다. 그런데 이런 악조건을 운용하면서도 시가 될 수 있었던 것은 오롯이 손영자의 시력詩力 덕분이다. 지극히 비시적非詩的인 감정과 잉의 시어들을 사용한 진부한 주제지만, 다양한 제재에서 퍼올린 깊이 있는 사색과, 고양이 발톱 자국 같은 선명한 이미지를 유연한 몸짓으로 구사한 조소적彫塑的 결실이 『바람같이 사람같이』의 특징이다. 손영자 시인이 '낙엽의 인식 세계'를 벗어나 '역광 아래 불타는 만개한 꽃숭어리'의 '엽춘葉春의 인식 세계'로 날개를 펴는 날, 그의 시정은 또 다른 변모를 이룩할 것 같다. 손영자는 변함없이 고양이 같은 자존의 시인이기 때문이다.(2012.)

손영자

《시조문학》(1987) 천료, 《시와 비평》 시 부문 신인상(1996)

한국바다문학상, 해양문학상, 성파시조문학상 외 수상

시조집 『빛살로 닦는 아침』 외 7권, 시집 『벽에 걸어둔 시간』 외 2권

조영희 시집 『낙동강은 얼지 않는다』

이미지로 건져 올린 활어성 향토미학

1.

　강서의 자연환경과 문화유산은 개발로 인해 지워지는 것이 마치 컴퓨터 메모리의 초기화initialization 과정과 흡사하다. 깡그리 지우고 새롭게 시작하는 '상전벽해식 개발'로 백업backup 작업이 시급한 지역이다. 그렇지 못하다면 머지않은 날에 강서의 기존 향토문화는 박제된 기록으로만 남아, 그 실체는 설화적 그림자로 흐릿하게 구비口碑되는 비운을 맞게 될 것이다.

　강서는 향토문화의 멸실과 함께 인적 자원도 타지역으로 흩어지고, 새로 조성된 주거지역에는 새로운 문화콘텐츠와 함께 외래 유입 인구로 채워지고 있다. 강서지역의 향토문화 보존과 계승이라는 측면에서는 설상가상의 여건인 셈이다. 유입 인구와의 원활한 융화를 위해서라도 향토문화를 발굴, 보존, 보급하는 문화정책이 시급한 소이다. 이 소임의 일익은 문학이 담당해야 할 부분도 크다.

　다행스럽게도 이번에 문화 활동의 최첨단에 선 시집이 출간되었다. 조영희 시인의 역량에 힘입어 문학성과 기록성이 잘 교직된 시집 『낙동강은 얼지 않는다』는 강서뿐만 아니라 여느 타지역의 향토문학이 흉내내기 어려운 역작이다.

향토문학[8]은 특정 지방의 독특한 자연, 풍속, 생활, 사상 따위를 표현한 문학이다. 한국문단에 일정 영향을 끼친 1970대 타이완臺灣 왕투어王拓의 지론을 원용한다면 향토문학은 현실사회의 토양에 뿌리박으면서 동시에 사회현실과 인간의 삶, 그리고 심리적 여망을 반영해야 하는 것이다. 이는 문예사조상으로 리얼리즘 문학과 크게 다르지 않다.

향토문학은 그 특성상 문학작품이 소재주의로 국한될 소지가 있다. 이는 기록성에 편중됨으로써 문학미감의 결여를 동반할 소지가 있어 주의가 요망되는 부분이다. 문학은 살아가는 이야기를 그 주된 대상으로 하므로 현실을 바라보는 작가의 안목이 있어야 하며 현실에서 야기되는 문제들을 작가의 미적 태도에 의해 의미 있는 것으로 부각시키는 형상화의 과정이 필요하다. 또한 작가의 현실 이해에는 반드시 어떤 시대사적 배경이 전제되어야 한다. 이 시대사적 배경 속에서 현실은 구체성을 띠면서 작가적 안목을 통해 재구성되는 것이다. 그런데 이번 조영희의 시편들은 세계에 대한 넓고도 깊은 인식의 고도한 형상화를 이룩함으로써 소재주의의 우려를 극복한 수작秀作들이 많다.

필자가 '이미지로 건져 올린 활어성活魚性 향토미학'으로 그 특징을 요약한 조영희 시집의 수록 작품은 총 154편으로 향토자료 제재의 분포 현황은 다음과 같다.

---

8) 19세기 말, 독일과 덴마크를 중심으로 외국 문학 또는 도시 편중 문학에 대항하여 일어난 문학. 동양에서는 1970년대 타이완에서 타이완 고유의 가치를 찾자는 주장을 둘러싸고 벌어진 문학논쟁이 있었으며 비슷한 정치적 여건의 한국 사회에 많은 영향을 끼쳤다. 그러나 한국 내에서는 문화의 중앙집중적 현상을 탈피하지 못하여 지역사회의 특성화를 이룬 향토문학은 지금까지도 홀대받는 현실이다.

구분	제1부	제2부	제3부	제4부	제5부	계
제재	자연 지리	섬과 등	생태	역사 문화	삶의 현장	
작품수	37	26	21	32	38	154
%	24	17	14	21	24	100

　　오랜 기간을 도서지방과 강서에 연고를 맺은 조영희 시인의 향토 관련 서정이 강서 지역의 전반적인 현황에 대하여 지닌 관심 제재의 범주를 이 도표를 통해 짐작할 수 있다. 본고에서는 5부에 걸쳐 향토작품으로서의 의의를 기록면과 문학성의 양면에서 간략히 조명해 보고자 한다.

2-1.

　　제1부 「낙동강 천삼백 리」는 강서의 자연과 지리에 관한 것으로 낙동강의 본류와 지류, 산과 마을 등의 형성과 강둑의 축조 등을 제재로 삼은 작품들 37편이다. 지리적 역사적 기록을 바탕으로 하면서도 문학으로써의 미감 구현에 대한 시적 기능을 소홀히 하지 않고 있다.

　　　연어처럼 기억을 더듬어 오르는
　　　강변에서 우리는 길을 찾는다
　　　어느 날부턴가 자유를 잃고
　　　강물의 목소리와 향기를 잃어버린 길

사람아, 강의 서쪽에서
대합, 백합, 재첩을 캐던 사람아
내 휘파람소리 아직도 기억하느냐
가슴 벅찬 그리움을 안고
아지랑이 휘감는 강물의 은린銀鱗
눈부신 은마銀馬를 몰아
천릿길을 달려온
가야의 숨결

— 〈낙동강 천삼백 리〉, 전문

    지역 개발로 급변하는 현실 앞에서 강의 생명성에 의탁하여 살아온 삶의 역동성을 되새기고 있다. 유유한 낙동강에서 약동하는 연어의 몸짓으로 삶을 영위하는 민중들의 원초적 자존심도 바탕에 깔려 있다. 반짝이며 굽이치는 물길에 변주된 가야의 말발굽을 기억하는 것은 허황후의 신행길이 강서를 거쳐 갔기 때문이다. 많은 작품들이 가야의 역사적 편린을 시편 곳곳에 담고 있다.

온 산에 가득한 달빛 아래
허왕후와 보낸 초야의
수로왕

달 밝아 명월산이라 이름 짓고
합환주 강물에 띄우고

— 〈보배산〉, 부분

이들 외에도 강서의 다양한 제재들이 시적 형상화를 변주하고 있다. 강서의 자연환경은 바다, 갯벌, 모래톱, 산, 들판이 있고 특히 강서 삼다三多로 일컫는 강, 섬, 제방이 곳곳에 있다. 강이 많으니 섬 도 제방도 많을 수밖에 없다. 이러한 환경은 그 자체로서도 아름다 운 예술적 풍광을 자아낸다.

해질녘
노을이 아름다운 강가에서 하늘을 보라
실한 열매를 주렁주렁 매단
만추의 붉은 감나무를 보라
노을에도 취하는
거나한 얼굴의 그대들

하얗게 반짝이는 실개천이 모여들어
강심을 넓히는
조만강, 지사천, 맥도강, 평강천, 군라천, 순아천, 해반천, 구산천,
신어천, 알개천, 침점천, 한내천, 신명천, 범방천, 삼지수三枝水

— 〈강서에 산다〉, 부분

강서에는 500여㎞의 낙동강 본류와 18㎞의 서낙동강 외에 맥도 강, 지사천 등 강과 천川의 이름을 단 것이 약 20개나 된다. 애초에 는 바다였던 지형에 물길이 운반해온 토사가 퇴적하여 형성된 뿌 리는 칠점산이다. 지금은 역사의 풍랑 속에서 다 허물어지고 반 토 막의 흔적만 외롭게 남아 있지만 낙남정맥의 최남단에 위치한 일

곱 봉우리는 가락국 거등왕과 얽힌 신선사상 전설이 신비감을 자아낸다.

> 일곱 개의 산들이 모여
> 손가락 걸고 한 약속은 무엇이었소
>
> 낙동강 하류에 삼각주를 건설하자고
> 뿌리 깊은 강서의 힘을
> 만천하에 보여주자고
> 일곱 가지 영험으로
> 일곱 가지 꽃을 피워보자고
> 그리 하자는 그 약속이었소
>
> — 〈칠점산〉, 부분

작품 중에는 가덕도 제재가 많다. 이는 시인 자신이 현재도 몸담고 있는 곳이기 때문일 것이다. 천성산 연대봉은 가덕도를 대표하는 봉우리다. 임진왜란 부산포해전의 작전전진기지였던 천성진성이 있고 임란 침공을 조정에 가장 먼저 알렸다는 봉수대가 있다.

> 연대봉에서 대마도가 정면이다
> 두둥실 떠오른 만월
> 호국의 봉홧불로
> 하늘로 오른다
>
> — 〈연대봉〉, 부분

호국의 봉홧불이 달빛으로 전이되면서 역사의 흥망성쇠를 함께 엮어온 낙동강은 얼지 않을 것이라는 신념을 보인다.

속 깊은 사람은 고요했다
수면이 잔잔할수록 내면도 깊어
깊은 만큼씩 안으로 간직한
생의 사연도 깊었다

옛 가락국 유려한 숨결을 고스란히 몰아
퇴적에 쌓아올린 모래등
이등 저 등 등 등 등
그리고 섬, 섬, 섬
부활하리라
부활의 아침이 오리라

— 〈불멸의 낙동강〉, 부분

소리 없이 흐르는 유유한 낙동강의 진폭을 인격화하면서 강과 민중의 삶을 오버랩시킨다. 오랜 세월의 흐름 속에서 등은 섬이 되고 섬은 또 뭍이 되면서 강서의 찬란한 새 역사를 예감한다. 강서에서 현재 진행되고 있는 수많은 변모를 새로운 부활로 긍정하고 있다.

제2부 「꽃이 핀 섬, 별로 뜬 등」에서는 낙동강이 형성한 섬과 등 26편이 수록되었다. 불멸의 강이라고 불변은 아니다. 강은 항상 변하면서 물리적 정신적으로 다양한 변주를 이룬다. 특히 강의 흐름을 타고 생성되는 새로운 섬의 변모는 경이롭다. 이것이 모두 민초들의 삶의 터전이 되어 숱한 사연을 엮어내는 끝없는 이야기가 된다.

> 새로운 섬이 생겨나는 걸요
> 아버지 낚시하시던
> 그 강변에 살며 하루하루 변모하는 걸
> 지켜보는 경이로움
>
> — 〈강, 스토리텔링〉, 부분

그렇게 생긴 섬과 등은 무수하다. 낙동강 물길 따라 떠내려온 작은 풀등이 모래를 움켜쥔 등이 되고 이것이 또 섬이 된다. 얼마나 섬이 많으면 제도라는 마을 이름이 생겼을까. 지금은 대부분 뭍으로 변했지만 원래 강서는 섬의 나라였다.

> 던져진 채로. 별이 되거나
> 꽃이 된 섬
> 하중도, 해중도, 숭사도, 둔치도, 건마도, 입도, 도도, 호도, 대죽도, 가덕도, 노적봉. 모래등, 치등
>
> — 〈강서의 섬〉, 부분

시에서 거론된 것들은 지금도 대부분 섬 상태 그대로이지만 명지도, 신호도, 천자도, 평위도, 송백도, 수봉도, 덕도, 맥도, 순아도 등등은 명칭만 섬일 뿐 오래전에 뭍으로 연결되어 지금은 상가나 공장지대로 변했거나 혹은 개발로 거대한 공사 중이다. 반면에 사람이 살다가 흔적만 남은 섬도 있다.

아름답고 슬픈 퇴적의 섬 무인도
그 많던 철새가 주남저수지로 갔다지만
아직도 철새는 오고

생태환경 탐사팀이 줄을 잇고
가엾은 영령들 추모시 낭송회
화가와 사진작가들이 조용히 환호하는
아름답고 슬픈 치유의 섬
문화관광 진우도

— 〈진우도 1〉, 부분

진우도에는 한국전쟁 고아원인 '진우원'이 있었는데 사라호 태풍으로 많은 사상자가 생긴 가슴 아픈 사연의 섬이다. 진우원이 떠나고 10년 전 여름 탐사에 교사와 학생 3명이 너울파도를 만나 모두가 쓸려갔다는 아리고 저린 사연이 있다. 폐허의 빈 건물만 그날을 말해주고 있다. 사람이 살지 못하는 곳이 등인데 강서에는 이런 곳이 많다.

아침이면 공양소지를 올리는

사골육수 같은 뽀얀 물안개 속에

마블링의 꽃 한 송이

붉디붉은 아침 해를

퇴적의 시간 위에

고명 올리는

손

등

— 〈백합등〉, 부분

안개와 해와 섬의 교집합이 매우 시각적이면서 경건하다. 푸른 물결 위에 올려놓은 '마블링의 꽃 한 송이'의 이미지가 너무나 선명하고 신선하다. 어머니의 비손을 연결한 '손/등'은 언어유희를 구사하면서도 자못 엄숙한 아침을 맞이하게 된다.

낙동강에서는 섬이나 등이 생기기만 하는 것아 아니라 사라지기도 한다. 지명에서 아예 없어졌다. 자연의 순리로 사라지는 것이 아니라 인공의 결과다. '낙동강이 두 개의 섬을 낳았다/……/일웅日雄이와 을숙乙淑이'라고 했는데 하구언 축조 공사 때 둘이 한몸이 되어버렸다.

일웅이가 시리졌다

누구는 원초적 본능이라 했고

누구는 하구언 때문이라고

키를 넘는 갈대숲 때문이라고

누구는 섬이 아닌 섬이 되어
실종되었다고 했다
낙동강은 아직도 묵상 중이고
철새는 잃어버린 일웅이를 찾아
갈대숲 속에서 운다고 했다

—〈을숙도〉, 부분

  섬의 실종 원인을 '본능과 하구언과 갈대숲'에 전이시킨 묘한 비약이 가슴을 찌른다. 부부가 되어 영원히 해로하는 한몸이 아니라는 소문 같은 이야기를 남의 말 하듯이 던지면서 자연과 인간에 대한 심각한 생각은 낙동강에 넌지시 미루어 놓고 있다. 시인이 한발 물러서 버린 것은 그 자신의 서정이 이 사태에 그만큼 예민하다는 반증이다. 을숙도에 수십 년 동안 온갖 쓰레기와 배설물을 갖다 묻더니만 섬의 실종까지 이르렀다. 인간의 이기적 편의주의가 어디까지 진행될 것인지 두려워하고 있다.

2-3.

  제3부 「강의 주인들」에는 새 중심으로 생태 관련 작품 21편이 수록되어 있다. 하구의 철새도래지는 관찰 기록된 조류가 140여 종에 이르며 천연기념물 179호로 지정되어 있다. 이뿐만 아니라 낙동강 하구는 갈대숲과 갯벌 환경으로 한국 제1의 동적 생태계 지역이다. 사람보다 훨씬 이전부터 이들의 삶의 터전이었다. 여기서는

인간이 발자국 소리를 죽여야 하는 이유다.

> 쉿, 조용히 해
> 여기서 인간의 말은 소음이다
> 여기는 철새가 주인이다
>
> 새섬매자기 사초 자라풀이 주인이다
> 강이 주인이고
> 개펄이 주인이다
> 발뒤꿈치를 들고 살금살금
> 저것들 눈치 채지 않게

— 〈철새 탐조대〉, 부분

이런 노력에도 불구하고 현대는 단순한 개체수의 감소를 넘어 멸종 위기에 처한 동식물 환경이 심각한 지구다. 그 주범은 대부분 인간이라고 한다. 인간의 무분별한 남획과 자연 훼손이 주원인이며, 기후 변화 등의 환경에 적응하지 못해 도태되는 경우도 있다고 한다.

> 날이 저물면 깃들이는 새처럼
> 돌아와야 할 사람들이 돌아오지 않은
> 흰 옷 입은 군중들이
> 이 강변을 흘러갔듯이

일웅이와 을숙이가 한몸이 되고
섬과 섬을 연결한 연육교를 놓아도
돌아오지 않는 사람처럼
돌아오지 않는 철새는
새가 아니다

국제신도시가 도래하고
항공기가 도래하는
우리가 잃어버린 그 모든 것들이
돌아와 새롭게 거듭나는
여기는 도래지

— 〈철새 도래지에서〉, 부분

    도래지의 의미가 거시적으로 확장되어 인간을 중심으로 새와 섬과 항공기까지 겹쳐 중층 이미지로 연결되었다. 사람이든 동물이든 삶이란 풍랑 위의 일엽편주다. 이 신산한 삶을 영위하느라 얼마나 많은 존재들이 돌아오지 못하고 안타까운 눈을 감았을까. 그래도 인간은 도시를 건설하고 항공기를 날려 새로운 도래지를 창조하고 있다. 철새의 회귀 개체수가 급감하고 있다는 서정을 표현하면서도 새들을 단순 사물로만 국한시키지 않고 그 의미의 외연을 확장한다. 세계에 대한 인식의 심화 확장이 시인의 특권이기도 하지만 특히 조영희 시인의 작품에서는 이런 고차원적 착상은 필수적 접맥으로 작용하고 있다.

새의 깃털

과욕의 무게 위에
넘치고 모자라는 용서도 벗어나리니

— 〈새 7〉, 부분

비워야 채울 수 있고 가벼워야 날 수 있다는 엄연한 진리를 새의
깃털 하나에서 발견한다. '존재의 굴레'도 '사랑의 한계'도 비워버리
는 무소유의 시정은 물신주의에 찌든 현대인에게 무거운 메시지를
던지고 있다.

사취등
털게 한 마리
생애 처음 꽃구경 육지 나들이 간다

하수구 구멍으로 더듬어 올라온 순이 아배가
어리둥절 옆으로

클랙션 소리
자동차 바퀴에
두려움 없이 출렁이는 세월처럼 깔렸다

뻘밭의 자비를 밀쳐두고
자유에 안도하며

색즉시공色即是空

공즉시색空即是色

— 〈사취등 털게〉, 전문

뻘밭 털게와 사취등 남정네의 조응이 참신하다. 1970~1980년
대, 섬사람의 육지로 향한 선망과 시골사람의 대처로 향한 꿈은
한 시대를 풍미했다. 도시화의 광풍이 전국을 휩쓸 무렵 가난했던
농어촌 사람들의 도시로 향한 꿈은 절박했다. 그것이 일회성의 나
들이든 도회로의 진출이든 당사자들에게는 신산辛酸한 삶의 현장
으로부터의 탈출 소망이었다. 이향離鄕의 결과는 그 성패를 떠나
- 물론 눈물겨운 실패가 훨씬 더 많았겠지만 - 숱한 애환을 담은
사연들로 집적되었다. 시의 마무리에서 '색즉시공色即是空/공즉시색
空即是色'으로 비약한 의미는 무엇일까. 뻘밭과 육지의 대비에서 해
답을 찾아야 할 것 같다. 일차적으로 밀쳐버린 뻘밭의 자비와 위
험한 자유에서 얻은 안도감은 얻고 잃는 것이 평행선으로 다가온
다. 향토성의 소재주의에 뿌리를 두면서도 인간의 삶과 심리 현상
을 서정적으로 탐색한 조영희 시인의 독보적 시력詩力이 돋보이는
장면이다.

2-4.

제4부 〈강둑에 새긴 비문〉은 강서의 역사와 문화에 관한 32편의

작품이다. 강서지역은 다른 지역에 비해 역사문화 자료는 상대적으로 매우 불리한 여건에 놓여 있다. 한국의 문화가 5,000년이라는 뿌리 깊은 역사를 지닌 데 비해 강서는 향토문화 요소가 빈약한 지역이다. 한국문화 현상에서 전통이 깊은 문화유산은 지배계층의 족적이 대부분인데, 가난한 해안과 척박한 갈대밭 사이에 형성된 강서지역에는 유서 깊은 전통마을도 별무하다. 더구나 광활한 지역에 산개散開되어 살아온 지역민의 결속력과 영향력도 허약하다 보니 빈약한 문화유산마저도 지역개발 광풍 앞에 흔적 없이 멸실되고 있다. 미개발 지역의 잔존 유산마저도 풍전등화의 운명이다. 그런데 유독 가덕도는 개발에서 멀리 밀려나 있었던 연유로 이 유산들이 상대적으로 잘 보존되고 있다.

오롯이 남은 일본식 우물
일본군 헌병대가 사용한 우물이라 '헌병샘'

심심하면 하루 몇 번을 일본 관광객들 들여다보고 가고
여직 총 6개의 우물이 아직도 고여 있는데
두레박마저 가지고 간 부끄러움에 이르기까지
외양포는 일제강점기의 흔적이
가장 아프게 남아 있는 마을

전신주 윙윙 증거 인널에 목마르게 서 있다

가덕도 최남단 마을 외양포는

일본군 막사와 일제강점기의 아픈 현실이 발자국마다 묻어난다

이승도, 저승도, 꿈도, 아니라
목젖이 타는

— 〈외양포 헌병샘〉, 전문

가덕도는 한반도 남단의 군사요충지다. 일제가 남긴 전쟁 유산의 원형이 멸실되지 않고 활용되고 있다. 현지 주민에게는 소유나 개발 문제의 고통으로, 한평생 수반되었던 곤고한 생활 역사가 아이러니하게도 문화유산 보존 측면에서는 긍정적 요소로 작용하고 있다. 그 아픈 역사의 현장을 전신주가 지켜보고 섰다. 박제된 역사의 기록이 아니라 생생한 삶의 현장이다. 그래서 우물 앞에서도 목이 탄다. 향토 문학의 자료적 제시와 동시에 미학적 서정성도 확보한 시다.

참새도 속지 않는 허수아비
알곡이란 다 털어낸 빈 수숫대처럼
텅 빈 들판을 터벅터벅 걸어오다
소마구간 한숨처럼 주저앉아
골다공증 시린 다리 두들기며
이 땅에 새긴 비문들

오래 너무 많이 걸어왔거나
너무 오래 선 제자리걸음에

발이 저리다

— 〈척화비를 새기다〉, 부분

가덕도 척화비는 원래 가덕포구에 있던 것을 천가초등학교 교정으로 이전 복원한 것이다. 흐르는 강물과 새벽달에 조응된 이 땅의 민초들이 '한숨처럼 주저앉았다. 수난의 역사 속에 평생을 부대껴온 민중의 신산한 삶이 구체적 이미지로 살아난다. 시인은 이 낡은 척화비에서 한국의 정치사를 뛰어넘어 아픈 민중의 발걸음을 조명하고 있다. 그만큼 시인의 시선이 관념이 아닌 생생한 가치관으로 살아 있음이다.

저 홀로 화신花神이 들린
천성산 정상 이 탑신은 겨울 내내 앓더니

6·25동란 당시 지키다 조국을
칼로 베인 듯 빨갛게 울음 터뜨리나

잔설에 뿌리 얼고 삭신에 배인 꽃물
스물세 분의 생목숨이 화끈 생피로 타오르는
봄 묘지는 만개의 내림굿
작두날 딛고 청춘이 피는 신기神氣

— 〈국군묘지 철쭉꽃〉, 부분

비장미가 흐른다. 가덕도 출신 순국 용사의 추모시다. 향토사의 자료와 시적 서정이 잘 버무려진 작품이다. 철쭉꽃과 칼, 작두날, 생피로 변주된 이미지에는 젊은 목숨의 희생을 활화산처럼 타오르게 한다. 문학은 언어예술이고 언어는 화자의 가치가 개입되어 있다. 이를 위해 작가는 긍정과 부정의 형상화를 성취한다. 조영희 시인은 향토작품을 통해서도 민족사의 비극과 인간 생명의 존엄성에 향토민의 아픈 사연까지 총체적으로 수용하여 다층적으로 직조하고 있다.

상전벽해의 생활 현장에서도 향토의 역사를 담은 시를 창작한다. 아래 작품은 강서구의 새로운 생활 현장으로 각광받는 신도시 명지의 옛 사연이 전개되고 있다.

명지소금이라면 조선팔도 사람 누구나
그 명성 눈 위로 보고 귀애라
귀애라 했다더라
마을조차도 웃가매, 아랫가매, 땅가매
소금을 굽는 염전가매가 우선이라
마실 이름까지 그리 불렀다더라
신포 나루가 비좁도록
소금배가 드나들고
염장 가매 마흔여덟 곳이 소금을 굽느라
밤낮이 없었다는 호시절이 저물고
전설이 되었거늘, 신호리 신전리 섬으로 살던
김해 김씨 그 사람들
간척공사에 사암 뱃길이 끊어지고

육지로 이어져 이제는 사라진

소금같이 빛나던 그 섬

— 〈명지 염장〉, 전문

　　신호도와 명지도의 염전은 조선의 명물이었다. 『세종실록』에는 김해에 염장관을 두어 관장했다는 기록이 있다. 특히 명지도는 제염의 역사를 담은 지역으로 1960년대까지 제염생산을 한 지역이다. 그런데 지금은 오션시티, 국제신도시 등 대단지 주거지역으로 변모했다. 지금 명지 땅을 밟고 다니는 많은 주민들은 발바닥 아래 켜켜이 쌓인 명지소금의 내력을 알고 있을까. 그 사연을 문학미학적 기교를 던져버리고 사실적으로 그려낸 기록성 중심의 향토시다.

2-5.

　　제5부 「강마을 보금자리」 38편에서는 삶의 현장에 담긴 서정을 그렸다. 강서 주민들 구성은 토착민보다 이주민이 더 많다. 여기에 산업단지 등에서 근무하는 노동자도 더해진다. 물의 고장 강서에서 살아가는 이들은 생활하는 곳곳이 수변공원이다.

강변 사람들의 생生은 언제나 늘

되돌아오는 것이어서

기쁨과 슬픔을 구별하지 않고

그냥 떠내려 보내는 것이다

흩어진 음운들이 석류알로 박히는
아이들 웃음소리와 순수 이전의 언어로
푸르게 소리치는 바다의 말은
구별하지 않는다

— 〈수변 공원에서〉, 부분

　강과 더불어 평생을 함께 흘러온 강마을 사람들에게는 흘러오고
또 흘러가는 강물의 섭리가 몸에 배어 있다. 흐르는 강물은 청탁도
냉온도 구분하지 않는다. 그래서 흘러서 오고가는 물길 속에는 기
쁨과 슬픔이 함께 녹아 있어 천연의 순수한 제 빛을 잃지 않는다.
시인은 그 순리를 꿰뚫어서 석류알 알알이 반짝이는 윤슬을 청각
적으로 변주시켜 고도한 이미지 창출을 이루고 있다.
　아래 시는 가덕도 숭어잡이의 모습이다. 봄철에 숭어 눈에 백태
가 끼는 시기에 전승되는 160년 전통 행사다. 망대에 올라선 어로
장도 나이가 들어 백내장이 끼었지만 숭어 보는 눈빛은 매섭다.

비렁에 올라 선 박 노인
백내장을 두려워하지 않는다

산더미 숭어 떼를 직시하며 허공에 깃발을 흔드는 순간 송곳 눈빛
으로 물빛을 지켜보던 박 노인이 있는 힘껏 소리친다

"후려라!"

— 〈육수장망 숭어들이〉, 부분

어로장의 긴박한 신호를 따라 힘차게 뛰어오르는 숭어에게 어부는 뺨을 맞기도 한단다. 동네 할머니들은 어쩌면 이번 숭어들이 구경이 생애 마지막이 될지도 모른다면서도 '안개꽃 웃음으로 노랗게 흰 뼈를 우려내'고 있다. 펄펄 뛰는 숭어와 노인네들의 이미지가 대조적으로 전개되면서도 숭어만큼이나 생동감 넘치는 삶의 모습이 담겨 있다.

강서지역은 공공 개발로 인하여 전통마을이 사라지면서 외지로 떠나는 토착민의 애환도 생기도 또 고향 부근에 살기를 원하는 이들도 많아 인근 지역에 새로운 이주단지가 형성되기도 한다. 두문마을도 그 중의 하나다.

목이 잠기는 샛바람부터 이장님은 방송을
오늘은 복날이라 경로당에 모이라고
새동네나 본동이나 한 사람도 빠짐없이
더위공주가 알 낳고 가는 거제대교 경치 마실

연대봉 하얀 연기, 파아란 창공을 오르며
힘빅눈 같은 떡이며, 삼계탕도 두레두레 앉아서
찬 계곡물의 수박도 이열지열 돌리며

— 〈두문마을 복날나기〉, 부분

새동네 본동네 사람들 한데 모여 화합의 여름나기 잔치를 조촐하게 벌인다. 마을 개발로 인한 갈등도 치유하고 객지 나간 자식들도 문안인사드리며 얼굴들을 익힌다. 한여름 삼계탕의 뜨거운 풍광 속에 함박눈으로 변주된 하얀 연기는 창공과 대비되어 시각성과 냉온감각이 이미지의 중층 구조로 교직되었다. 흩어진 몸과 마음을 이렇게 한 덩어리로 어우르는 전통마을의 인정과 달리, 거대한 아파트 주택단지로 모여드는 낯선 풍광도 함께 존재하는 곳이 강서 지역이다.

강물쪽 아파트 유리창마다 황금 노을이 커튼을 드리우고 숲에는
일찍 잠자리에 든 철새가 달무리 속에 고요하다

신도시가 자리 잡고부터 거리의 패션이 달라지고 마당의 개도 시
골티를 벗어나 낯선 사람에도 짓지 않는데 현란한 불빛들이 걸어
놓은 입간판처럼 색다른 입주민들끼리 서로 입담을 실어 누군가는
이삿짐을 거들고 누군가는 이삿떡 돌리며 관등성명 인사를 터는
이사 온 사람들의 이웃과 이웃들

— 〈밤, 국제 신도시〉, 부분

신세계로 이주한 도래인들의 모습이다. '선사의 부족들처럼' 낯선 지역과 사람들 사이에서 또 내일의 일상을 찾아 '레이저 광선을 쏘아대며 다시 질주를 준비'하고 있는 도회인들이다. 그 중간지대에서 시인은 '있고도 없는 한 극간에 우두커니 서 있는' 모습으로 부각된다. 강서 지역의 시간적 물리적 편차가 그만큼 극심하기에 시

인도 방향의 갈피를 놓치고 있다. 약동하는 현장의 반작용은 인간 세상에 언제나 존재하기 마련 아닌가.

누가 뭐래도 강서는 희망의 땅임에는 틀림없다. '강마을 인심'에서는 산과 강과 바다가 어우러져 천혜의 자연 환경을 고루 갖춘 강서 지역은 '다친 겨울새에/목도리/감싸주던 도래지 인심'의 고장이라고 했다. 그래서 시인은 강서에 오시라고 당당히 광고한다.

세상 하루하루가 다르게 빛나는지
어떻게 변모하는지 궁금하면
심장이 쿵쿵 뛰는 강서에 오라
상전벽해 아득히 펼쳐진
강서에 오라

— 〈미래의 시간표〉, 부분

3.

문학은 언어로 된 형상과 인식의 복합체이므로 향토문학작품이라 할지라도 인간의 본질과 인생의 의미에 대한 깊이 있는 인식에 언어적 미감을 결합한 표현이 있어야 예술적 감동을 줄 수 있다.

조영희 시인의 이번 시집은 기록성과 문학성이 아우러진 향토작품의 진미眞味를 유감없이 드러낸 작품들이었다. 특히 시인의 뚜렷한 역사관에 힘입어 작품 속에는 세계에 대한 인식의 보폭이 넓고 깊이 있게 스며들었다. 이러한 서정을 유구한 역사를 담아 흐르는 낙동강의 유유한 물굽이를 닮은 현악기의 굵은 목소리로 표현함으로써 '이미지로 건져 올린 활어성活魚性 향토미학'이 생생하게 살아난 시편들이었다.

이번 향토작품들은 강서 지역의 유래, 역사, 지명 등 점차 사라져 가는 지역 문화를 다양하게 조명하고 있다. 이 시편들은 향토의 뿌리가 궁금한 도래인들에게 애향심과 정주의식定住意識을 심어주는 훌륭한 정서적 자산이 될 것이다.

지금까지 많은 문인들이 낙동강 서정의 향토 문학 창작에 관심을 기울였지만 조영희의 향토시집 『낙동강은 얼지 않는다』는 강서 지역의 자연환경과 문화유산을 독립적 제재로 한 선도적 작품집이다. 상전벽해식 개발로 백업backup 작업이 시급한 강서지역의 향토 문학 창작이 다양한 장르에서도 더욱 활발해질 수 있는 기틀을 마련했다. 강서에는 아직도 언급되지 못한 문학적 제재가 산재해 있다. 30년 가까운 탄탄한 시력詩力을 지닌 조영희 시인의 계속되는 향토문학 천착을 기대한다.(2017.)

조영희

『시문학』 등단(1993)

간호문학상, 해양문학상 부산펜문학상 외 수상

시집 『낙동강은 얼지 않는다』 외 8권

임종간호 해외연수

정옥금 시선집 『깊고 뜨거운 시의 길목』

시의 프리즘에 변주된 정옥금 스펙트럼

프롤로그

　결론부터 말하면 정옥금 시인의 20년 시력詩歷은 원형[9]의 자아 회복을 향한 기나긴 여정의 아프고도 외로운 몸살이었다. 나는 제 8시집까지 상재된 그녀의 시집을 통해 인간 정옥금탈, persona이 어릴 적 고향에서 겪은 어두운 과거그림자, shadow를 떨쳐내고 순수자아영혼, soul를 회복하려는 치열한 몸짓이 순차적으로 형상화된 궤적을 찾았다.[10] 또한 그녀의 시에 관류貫流하는 연시적戀詩的 그리움의 원형질은 현재적 시점이나 세속적 상황이 아니라 유년기의 원형적 뿌리 서정에 닿아 있었으며, 정옥금의 시적 정화精華는 '꽃'으로 승화되어 그녀의 시에서 핵심적 심상心象으로 상징되고 있음도 발견하였다. 작품 속의 꽃은 여성 취향의 생물학적 화훼花卉가 아니라 불교적 인연과 윤회관에 의해 다양한 스펙트럼으로 변주된 정옥금 시혼詩魂의 결정체結晶體였다.[11]

---

9)　원형(archetype)은 역사나 문학, 종교, 풍습 등에서 수없이 되풀이된 이미지, 화소(motif), 테마.

10)　융(Carl Gustav Jung)은 인간의 정신구조 안에서 원형을 찾았다. 인간이 타고난 정신의 세 가지 구성 요소는 그림자(shadow), 영혼(soul), 탈(persona)이다. 그림자는 무의식적 자아의 어두운 측면, 영혼은 인간의 내적 인격, 탈은 인간의 외적 인격과 연관된 자아의 한 측면이다.

11)　꽃의 스펙트럼은 생물학적 꽃은 물론이려니와 바위꽃, 석남꽃, 석등, 눈(雪)꽃, 등불, 불꽃, 심지어 무당벌레 등짝 등으로 다양하게 변주된다.

본고의 처음 의도는 20년 동안의 돈독한 문우애를 소박하게 펼칠 계획이었으나 자료 정리 과정에서 상처 깊은 원형적 자아의 눈부신 승화를 성취한 그의 깊은 시력詩力에 매료되어 부족하나마 정 시인이 엮어낸 시문학의 역정歷程을 조명해 보는 것으로 방향전환이 이루어졌음을 고백한다.

1.

　　원하지 않는 태동을 하여 낙태에 효험이 있다는 널뛰기 허방 밟기, 언덕 구르기……. 갖은 박해와 설움을 당하고 온갖 독약을 받아 마시고도 어머니 뱃속에서 바둥바둥거리며 열 달을 다 채우고 빛나는 세상 문을 힘차게 열어젖힌 눈물겨운 기적…….

그 기적이 또 기적이 된 것은
그 아이가 훗날
시인이 되었다는 것

그 기적이 거듭 기적이 된 것은
그 이름에 부끄럽지 않는
그럴듯한 시詩도 간혹 간혹 쓴다는 것

그 기적이 또 거듭 기적이 된 것은
그 아이가 장하게도

육십 년도 넘게 살고 있다는 것

— 〈기적〉, 전문

'기적'은 제8시집에도 수록되지 않은 근작이다. 나는 정시인이 자신의 고향을 포함한 뿌리 서정을 담은 이런 유의 작품이 탄생하기까지 남모른 가슴앓이를 많이 했을 것이라고 짐작하고 있었다. 그것은 약 20년 전 정시인이 강서문인들과 교류를 시작했을 무렵, 서낙동강 강둑을 거닐면서 혼잣말처럼 했던 말이 내 뇌리에 깊이 박혀 있었기 때문이다.

"내 고향은 뒤도 돌아보기 싫다."

나는 정시인의 가슴 속에 어릴 적 고향의 아픈 사연이 있겠거니 생각했다. 그랬던 그녀가 어느 시점에서부터 자신의 원형질이 내비치는 뿌리 서정의 시를 간헐적으로 생산하기 시작한 것이다.

천 석이요!
이천 석이요! 삼천 석을 외치며
꼭 다문 어머니 창백한 입 속에다
버드나무 숟가락으로 쌀을 퍼 넣는
당숙의 투박한 손가락 사이로 나의 고향은
이미 빠져 달아나기 시작했다

다시는 저 언덕을 찾지 않겠노라

— 〈그 언덕의 비화悲話〉, 부분[12]

제2시집이 나올 때까지 그 생각은 변함이 없었던 모양이다. 근년에 이르러 정시인은 뿌리 이야기를 더러 꺼내긴 했다. 어릴 적 고향 얘기를 이따금 했는데 세 가지 내용이 항상 맴돌았다. 자기는 8남매의 일곱 번째로 막내딸인데 어머니가 태아 유산을 위해 별의별 방법으로 애썼다는 이야기, 아버지가 허약한 딸을 위해 소 쓸개를 먹이고는 사탕을 입 안에 냉큼 넣어줬다는 이야기, 그리고 일제치하 비운의 지식인인 듯한 당숙이 어린 또래들에게 들려주던 하소연도 가끔 꺼냈다. 친정의 형제자매나 성인 이후의 개인사는 알지 못한다. 그런 정시인이 근년에 들어 부쩍 뿌리 서정의 작품에 천착하고 연가풍의 시정이 더 짙어지고 있었다. 정시인과 오랜 교분을 엮어오면서 나는 그의 개인적 삶의 궤적 몇 가지가 늘 궁금했다.

어린 시절 고향과 개인사에 무슨 아픈 사연이 있었을까.
그녀의 시에 깊이 스며든 연시적 그리움의 근원은 무엇일까.

가정적으로나 사회적으로 멀쩡한 사람을 두고 세속적 의문을 품은 적도 있었다. 그래서인지 시신집의 후기를 청탁받고는 제일 먼

---

12) 꽃의 스펙트럼은 생물학적 꽃은 물론이려니와 바위꽃, 석남꽃, 석등, 눈(雪)꽃, 등불, 불꽃, 심지어 무당벌레 등짝 등으로 다양하게 변주된다.

저 모색해 보고 싶은 것이 정옥금 시문학사의 개인적 변모양상 두 측면이었다. 그 첫째가 정시인의 시적 원형질을 밝혀줄 뿌리 서정이고, 다음은 강서문인들과 20년 교류를 통해 얻었음직한 낙동강 서정의 형성 양상이었다. 낙동강 하류 강서지역에 복잡한 샛강줄기가 거미줄처럼 얽혀 있는 것을 알고는 '낙동강은 구포다리 밑을 흐르는 강줄기 하나뿐인 걸로 생각했다.'고 한 정시인이다.

집필을 위해 정시인 시집 8권과 《강서문학》 10년 치의 작품을 일독하였다. 시인은 빛을 받아 변주하는 프리즘과 같은 존재다. 예상대로 정시인의 시편에서 뿌리 서정의 원형질은 많은 스펙트럼으로 변주變奏되어 있었다. 그래서 빛의 굴절이 약하게 드러난 사적私的 시정을 통해 그의 근원적 서정을 탐색해보고자 하였다. 소재주의의 관점에 입각해서 원형질의 흔적이나 현재적 삶의 모습이 구체적으로 노출된 작품을 찾아 주요 제재를 중심으로 분류했다. 동시에 낙동강 서정의 작품도 추출했는데 그 분석 자료는 다음과 같다.[13]

	고향	아버지	어머니	남매	남편	자녀	신변사	낙동강
제1시집	2	(1)	(2)		1	2	4	
제2시집	3		3		(1)	1	7	
제3시집		1	1				4	
제4시집	1	(1)	18(*6)	1	1		7	3
제5시집	15	1(1)	1				4	4
제6시집								2

---

13) 제2시집 『그래도 참 다행이다』는 1999년에 상재했다.

제7시집	2	(2)	3(1)	5(*1)			7	1
제8시집		2(2)	4(3)	1		*1	2	7
강서10			3	1			3	17
계	23	4(7)	33(12)	8(1)	2(1)	3(*1)	38	34

　— 표 ()는 부수적으로 등장하는 경우
　— 제4시집 '어머니' 란의 (*6)은 변주를 심화시켜 육화肉化된 뿌리
　　서정
　— '남매' 란의 제7시집 (*1)은 오빠, '자녀' 란의 제8시집 *1은 손자

　이상의 자료를 일별해 보면 막내딸을 애지중지 키운 아버지의 시
정은 상대적으로 지극히 소략하다. 남매 시편 중 오빠에 관한 시정
도 마찬가지다. 출가 이후의 가족 구성원에 대한 시편도 적다. 낙
동강 서정 작품은 제4시집부터 수록되고 있다. 제7시집에서는 낙
동강 서정 작품이 1편뿐이지만 표제를 '흐르는 것이 아름답다'로
했다.[14]

2.

　고향을 중심으로 해서 부모 형제자매에 관한 뿌리 서정은 도표

---

14)　표제시 내용은 낙동강 시가 아니지만 이 제목에서 정시인의 삶에 녹아든 낙동강의 깊은 철학적
　　의미를 발견할 수 있다.

에서 보듯 제1, 2, 3시집까지는 간헐적으로 편린만 드러나면서도 피 흘림의 생경한 시어들로 표출되었다. 제1시집에 자신의 출생 원형에 대한 인식이 암시적으로 드러난 시가 수록되어 있었다.

덤으로 작은 것 한 개를 더 끼워
천원에 오이 네 개를 받아 들었다
(중략)
일곱 번째로 태어나 윗목으로 떠밀린
간난 피덩이 울음
내 어머니의 덤
덤으로 받은 오이 같은 나

몽땅 도마 위에 놓고 숭숭 썰었다

— 〈덤〉, 부분

매우 조심스러운 대위법으로 표출된 이 시는 사뭇 자학적이다. 다음 시는 어린 시절 저간의 사정을 알려주는 단초가 되는 작품이다.

두 눈알 까뒤집고 입에 거품 뿜어 올리며
사지를 퍼덕거리는 다섯 살박이 계집아이
(중략)
그날 밤
둘둘 말린 거적데기 지게를 삼촌이 지고
괭이 든 아버지 따라 나섰다

유난히 비가 잦았던 그 해 여름
비 오는 날이면 젊은 엄마는
건너 산허리 애장터 물안개 바라보며
늑대 울음 같은 쉰울음 토하며 맨발로
비 내리는 골목을 돌아다녔다

— 〈골목 풍경 3〉, 부분

'애장터'라는 부제가 있는, 정시인의 어린 시절에 대한 아픔의 일부가 드러난 시다. 초기에는 과거와 현재적 삶의 자의식을 스캔하듯 단편적으로 투영하면서 직설적으로 토로한다. 정옥금의 여덟 권 시집 편집 체재는 표제부터 작품 배열에 이르기까지 매우 기획적인데 그의 시적 편력의 출발은 제1시집 표제처럼 맨발이고 싶은 내적갈등에서 비롯된다.

이젠, 집착의 허울을 벗어 던지자
남겨진 마지막 침묵의 발
말 못할 과거 향 물로 씻자
나 여기에 올 적
본래의 모습 그대로
맨발이고 싶다

— 〈맨발이고 싶다〉, 부분

정시인의 아픔은 제2시집으로 다가서면 좀 더 구체적인 내밀한 사연들이 부분적으로 토로된다. 제2시집에는 어머니에 대한 회한의 서정이 담긴 시가 세 편 수록되어 있다. 〈깨물면 아픈 손가락이었다〉에서 자신의 출생에 대한 엄중함에 인식이 닿는다. 그리고 〈찔레꽃〉에서도 자아의 내면 갈등이 드러난다.

> 하얀 찔레꽃이 가시를 달고 뱃속에서
> 피어나면 어쩌나 걱정하던
> 코흘리개 그 가시내는 어디로 가고
> 어디서 많이 본 듯한 여인……
> 아! 어머니
> (중략)
> 한 삼십 년 후쯤 내 딸아이가 어느 날
> 이 물밑에서 나를 건져 올려 줄는지?
> 찔레꽃……
> 찔레꽃……
> 이 길로 곧장 장안사 대웅전에 가서
> 향 하나 곱게 사루렵니다
>
> — 〈찔레꽃〉, 부분

찔레꽃을 벗겨먹는 계절에 장안사 맑은 계곡물에 투영된 자신의 모습에서 어머니를 추억하게 되고 절에서 향을 사루게 된다. 이 시에서 '뱃속에 찔레꽃 가시를 달고 있던 코흘리개 그 가시내'라는 서정의 단초는 매우 유의미하다.[15] 프롤로그에서 부분 인용한 〈그 언

---

15) 제8시집 『부활초를 보다』에 수록된 첫 작품 〈찔레꽃〉에서 재론 예정.

덕의 비화〉를 보면 아마도 가정사의 비극에 덧보태어 개인의 출생
과 성장과정의 아픔이 혼합되어 있는 것 같다.

> 아들의 상여를 붙잡고
>
> 짐승처럼 울부짖으며 넘어갔던 그 언덕길로
>
> 며느리 상여가 뒤따라 넘어갔고
>
> 시뻘건 재앙의 널름거리는 헛바닥은 또
>
> 두 아이 가슴 위에 수북이 돌멩이를 얹어
>
> 산골짜기 애장터에 차례로 묻어버렸다
>
> (중략)
>
> 다시는 저 언덕을 찾지 않겠노라 그러나
>
> 먼 곳으로 가면 갈수록 세월이 흐를수록
>
> 꿈만 꾸면 그 언덕 그 시냇가
>
> 초가지붕 위에 박꽃 마당가 봉숭아꽃
>
> 감나무 대추나무 하늘이…… 달 별……
>
> — 〈그 언덕의 비화悲話〉, 부분

정시인의 내면적 갈등 서정이 적나라하게 노출된다. 다시는 찾지
않겠노라하면서도 다시 그리워 찾아가는 고향이다. '나를 알아보
는 이 하나 없는 내 고향/그 언덕은 그래도/만초꽃을 흔들며 빈거
주'고 있음 을 확인한다. 고향은 〈추억 캐기〉 5편 연작에서 발끝을
살며시 담가보는 정도의 변죽만 울려놓고 원형적 서정에서는 한 발
물러선다.

제4시집 『바위꽃이 핀다』에서는 서문에 '언제나 내 가슴 속에 살아계시는 나의 어머니께 바친다'고 했다. 본격적인 뿌리 서정, 그 중에서도 모성에 대한 원형적 자아의 어두운 그림자 서정이 꽃으로 승화되면서 정옥금 시의 절정을 향해 발진한다. 그 출발역이 1부를 장식한 연작시 〈환상 여행〉 18편이고, 원형적 서정의 간이역은 제2부 〈석남꽃이 핀단다〉의 18편이다. 표제시에 많은 비밀이 담겨 있다.

　　세월이 가고 또 한 세월이 가고
　　얼마나 끝없는 세월 한 곳에
　　뿌리를 묻고 보냈으면
　　만장 같은 휘장 휘휘 두른 듯, 슬픈
　　새살이 솟아나는 걸까?

　　얽히고설킨 이 세상 인연
　　미움으로 그리움으로 흐르다보면
　　온 몸에 푸르스름한 도장버즘 같은
　　상흔의 꽃 저민 가슴속에 품고 바위는
　　고요히 산이 되어 갈까?

　　아득한 곳 무덤처럼 엎드려
　　비웠기에 속이 차는 기쁨
　　묵은 놋요강 푸른 얼룩 같은 것에서
　　은은한 모과 향내 풍기며

꽃이 피어나는 걸까?

— 〈바위꽃이 핀다〉, 전문

동원된 시어들을 보면 '뿌리', '만장', '슬픈 새 살', '인연', '미움', '그리움', '상흔', '무덤', '얼룩' 등 어머니에 대한 원형적 요소들이 긍정과 부정의 다양한 스펙트럼으로 분산·굴절되고 있다. 정옥금 시인의 내면에 스며 있는 그림자shadow, 영혼soul, 탈persona이 상호 충돌, 갈등하는 회한이다. 어머니의 기억에 대한 아픔, 자신을 홀대한 데 대한 서러움, 그 감정으로 인한 오랜 기간의 불효 등에 대한 서정이 어머니에 대한 씻김굿이요 자신의 살풀이굿을 펼치면서 변주되고 있다. 그러나 그것들의 궁극은 산 같이 엎드린 바위, 그 위에 핀 꽃이다. 비록 도장버즘 같은 상흔의 꽃이지만 묵은 놋요강 푸른 얼룩의 모과향 물신 풍기는 연륜 깊은 모녀간의 연결고리가 드러난다.[16] 〈석남꽃이 핀단다〉에 드러난 스펙트럼도 마찬가지다.

계집아이는 달포 전에 죽은 지 에미집
방구석에서 동그랗게 등을 말고 앉아
에미를 만들고 있다

딸과 어미는 몇 억 광년을 떠돌다 만난 인연인 것을
사지가 오그라들고 핏줄이 툭툭 불거져

---

16) 이러한 서정은 제5시집의 〈영산, 내 고향에는 10〉에 '어머니의 산/그곳에는 꽃이/겨울에도 피고 있다'라는 구절과 연계된다.

무당벌레처럼 등어리에 빨간 꽃이 필 때
그러나 아이야
그립고 설운 영혼이 잠긴 속죄의 하늘 그 울음의 언덕 위에
한 떨기 영롱한 석남꽃이 핀단다

— 〈석남꽃이 핀단다〉, 부분

　무당벌레 등의 꽃무늬와 석남꽃이 이어졌다. 석남꽃을 들고 이승과 저승을 오가면서 스스로에게 다짐하는 피눈물의 굿거리다. 무속신앙으로 비견한다면 정옥금은 스스로 바리데기 공주[17]가 되기도 한다. 조동일 교수의 갈래론에 의하면 시라는 양식은 자아와 세계의 갈등 양상의 서사가 아니라 세계에 대한 자아화의 양상으로 표출된다.[18] 그런데도 정옥금 시편의 내적 자아의 갈등은 소설 이상으로 고조되는 양상이다. 그런 까닭에 그의 원형적 고향여행은 아직 현실이 아니다. '누렇게 변색된 기억의 갈피 속으로' '환상행 기차'를 타고 달린다. 흉년에 공출을 내던 일제치하에서 출발하여 애장터를 지나자 밭 언저리에 다다른다. 이어 어머니 유품도 발견하고 슬픔과 한을 매단 채 새로 환생하는 어머니를 봄으로써 종착역에 이른다. 제2부에서는 옛 기억들에 대한 구체적 서정이 아니라 심연 깊숙이 변주를 일으킨 스펙트럼이 다채롭다. 서정의 육화肉化를 통한 시적 깊이를 유감없이 보여주는 가편들이다.

---

17)　무속신화에 등장하는 효녀. 부모에게 버림받고도 효성으로 보답.
18)　조동일, 『한국문학통사 1』, 지식산업사, 1998 참조.

제5시집의 표제 〈화왕산에는 겨울에도 꽃이 핀다〉는 환상 여행에서 벗어난 노골적 고향 서정이다. 서문에서 '고향은 상실의 땅에 불어닥친 가정의 기막힌 환란과 슬픔을 새겼는데도 세월이 갈수록 사금알갱이처럼 반짝이며 일어서는 것을 어쩔 수 없다'고 고백한다. 제3부에서 14편의 고향 연작시를 수록했다. 일제시대와 6·25를 거쳐 명소와 행사, 풍속 등을 어우르면서 결론은 '대한민국 사람이 다들 영산사람만 해봐라'[19]라고 하는 보편적, 통념적 고향서정을 회복한다. 제4시집이 어머니에게 바치는 시집이라면 제5시집은 고향에 바치는 시집인 셈이다. 제4시집, 제5시집을 거치면서 비로소 내면 깊이 찔레꽃 가시처럼 박혔던[20] 고향과 가정에 맺힌 트라우마 trauma가 해소의 기미를 보이는 양상이다. 완전 해소가 아니라 '해소의 기미'라고 한 이유는 〈바위꽃이 핀다〉의 마지막 구에 '꽃이 피어나는 걸까?'라는 의문, 그리고 〈석남꽃이 핀단다〉처럼 자아의 직접 해명 대신 아이라는 대위 존재를 앞세워 다짐을 하는 양상 때문이다.

화왕산 표지석에 구름 두어 점 걸어놓고

하늘 향해 치성을 드리고 있는

하얀 손

(중략)

그 따스한 품속

---

19) 〈영산, 내 고향에는 1〉
20) 제2시집의 〈찔레꽃〉에서 '어머니는 자신을 가시를 달고 뱃속에서 피어나면 어쩌나고 걱정'했다는 구절이 있다.

아, 혼탁한 세상 닫힌 가슴 가슴마다

영생의 꽃향기로 수를 놓고 있는

어머니의 산

그곳에는 꽃이

겨울에도 피고 있다

— 〈영산, 내 고향에는 10〉, 부분

제5시집의 표제가 되는 '화왕산에는 겨울에도 꽃이 핀다'라는 부
제가 있는 시다. 이제 어머니는 겨울에도 꽃이 피는 고향의 산으로
승화된다.

제6시집 『그대 푸른 가슴에 사다리를 세우고』는 작가의 말대로
연시들 묶음이다. 정시인의 모든 시집에 다양하게 존재하는 그리움
의 대상들인 당신, 그대, 아이, 동자 등은 정시인의 탈이 그리는 세
속적 존재가 아니라 그림자shadow에서 벗어나고자 하는 순수 자아
의 영혼soul이다. 갈등하는 존재인 탈persona, 곧 정옥금의 상흔들은
내적 화해를 욕구하는데 이 그리움의 대상들이 곧 정시인이 추구
하는 순수 동경과 자기 연민의 원형질이다. 그래서 정시인은 연시집
의 에필로그에서 꽃잎 시들어 그리움의 무덤만 쌓고 있는 상사화를
보며 '슬픔에 잠기어 사랑과 이별, 탄생과 죽음을 골똘히 생각했습
니다. 세상은 신록에 쌓여 파랗게 빛나고 낮달은 한가로이 흐르고
있던 그 순간, 나는 굴곡진 삶의 코뚜레를 끼고 걸었던 내 생의 뒤
안길이 솔잎으로 찌르는 듯이 가슴이 아파왔습니다.'라고 했다.

꽃이 만발하는 오월

무화과나무 밑으로 그림자가 숨는다

목까지 차오르는 그리움을 삼키며

갈매기 울음같이 슬픈 노래를 듣는다

그대 푸른 가슴에

흔들거리는 사다리를 세우고

사랑하기 이전보다 더욱 절절히 깊은

고독의 늪에 빠진다 사랑하는 이에게

아낌없이 심장을 퍼다 나르고

쥐었다 편 빈손 같은 허허로운 가슴에

등불하나 내다 건다

아파트 층층마다 꽃불이 켜지고

그 꽃불 피고 지는 것을

외등처럼 우두커니 지켜보면서

꺼질 줄 모르는 불꽃이 된다

— 〈그대 푸른 가슴에 사다리를 세우고〉, 전문

　　무화과나무 밑에 숨는 그림자는 곧 정옥금의 어두운 과거 스펙트럼이며 이는 다시 순수자아 회복의 과정을 거쳐 꺼질 줄 모르는 불꽃의 영혼으로 승화된다. 이런 섬에서 모두冒頭에서 필자가 정옥금의 시적 정화精華는 '꽃'의 다양한 스펙트럼으로 승화되어 그녀의 시에서 핵심적 심상으로 상징되고 있다고 파악했는데 이 연시집은 정옥금 시인의 내적 갈등과 자기 연민의 어두운 그림자가 프리즘을 통과하면서 정화되는 시적 안식처다.

제7시집 『흐르는 것이 아름답다』에서는 표제에서 이미 강의 이미지를 사용함으로써 원형적 자아 회복을 통한 만상의 수용 서정이 드러난다. 아픈 뿌리 서정의 원형질이 10여 년 프리즘을 통과하면서 해소되어 아름다운 스펙트럼으로 변주된다. 흔들리는 원형질의 승화는 존재의 결정체인 꽃으로 귀결된다. 길지 않은 이 시에 꽃의 이미지가 7회나 등장한다. 그 감흥이 〈가을 예감〉으로 나타난다. 어머니 아버지 기일을 지내고 마음이 한결 가벼워지면서 선운사 꽃무릇, 보문단지 단풍 구경, 친구 농장 방문 등으로 신명이 난다.

> 감나무에 붙어 그렇게 참매미가 울어쌓더니
> 이윽고 풋감이 떨어지고 있다
> 팔월 스무날 어머니 기일도 지나고
> 염천 한낮에 김이 술술 나는 퇴비 무더기를 뒤집던
> 울 아버지 열사흘 제삿날도 지나갔다
> (중략)
> 선운사에 꽃무릇 불같이 피겠네, 보문단지 단풍은 어떻고
> 아 참, 친구 농장에 고구마도 캐야지, 월영아제 밤나무는
> 어쩌누……
> 내 논 한 마지기 없는 가을맞이에 괜시리 바빠지는 마음
>
> 언니야! 내일 실크스카프 하나씩 장만하러 가자
>
> — 〈가을 예감〉, 부분

모든 갈등이 해소되면서 내적 자아의 안정을 찾는다. 묘하게도 이 신명의 맨 마지막 종착점이 언니다. 부모와의 갈등해소에 이어 언니들과의 관계가 회복되고 있다. 고향과 부모님 신원伸寃이 언니에게로 전이된다. 일곱째 딸의 입장에서는 언니란 어머니의 대위적 존재일 것이다. 언니 서정의 전조 시편은 이미 제4집에서 '꽃이 시들면 새가 우는 이 비밀을 나하고 언니만 알고 있'다던 데서 비롯된다.[21] 언니를 회상하는 모티브는 보편적 요소이다, 봉숭아꽃물 들이기, 목단꽃 수틀, 수제비등이다. 큰언니 둘째, 셋째언니까지 등장하면서 도토리도 같이 줍는 자매의 즐거운 해후를 본다. '어머니의 바다', '용왕제'도 마찬가지로 신원伸寃되는 서정이다.

제8시집 편집 체계는 매우 유-적이다. '표제-첫 작품-중간의 표제시-마지막 작품'의 배치가 그렇다. 〈부활초를 보다〉라는 표제는 곧 정옥금 시인의 부활 선언이다. 수록된 첫 작품이 '찔레꽃'인데 제2시집에도 같은 제목의 시가 있지만 서정은 정반대다. 그리고 총 122쪽 분량의 중간 62쪽에 표제시가 배치되고, 마지막이 〈어느 여가수의 노래〉다. 첫 작품 찔레꽃은 어머니 뱃속에서 가시를 달고 있는 시정으로 정시인의 찔레꽃 트라우마가 잘 드러난 시다. 두 편을 비교해 보자.

하얀 찔레꽃이 가시를 달고 뱃속에서
피어나면 어쩌나 걱정하던

---

21) 〈언니야 새가 운다〉, 부분.

코흘리개 그 가시내

(중략)

한 삼십 년 후쯤 내 딸아이가 어느 날

이 물밑에서 나를 건져 올려 줄는지?

찔레꽃……

찔레꽃……

이길로 곧장 장안사 대웅전에 가서

향 하나 곱게 사루렵니다.

— 제2시집 〈찔레꽃〉, 부분

어머나!

세상에……

찔레꽃이 피었네

(중략)

새끼손가락으로 간장을 찍어 내 입에 넣어주며 질 같은 장독 안에
서 찔레꽃이 피어나는 법 가르쳐 주던 어머니. (중략) 내 손등에 저
승꽃이 피는 봄날 비로소 첫 꽃을 보았다 (중략)

어무이요~ 찔레꽃 봤지예?

— 제8시집 〈찔레꽃〉, 부분

　제2시집의 뱃속 찔레꽃 가시가 제8시집에서는 즐거운 탄성부터
표출되어 새로운 변주의 스펙트럼을 만난다. 내 손등에 저승꽃이
피는 봄날, 옛날 장독 안에 찔레꽃 피는 법을 가르쳐 주던 어머니
의 기억이 살아난다. 항아리 속의 찔레꽃을 발견하고는 '어무이요~

찔레꽃 봤지예.' 하는 탄성을 지른다. 이 시에도 꽃 어휘 사용 횟수
는 8회나 된다. 가히 꽃으로 귀결되는 절정의 해원解寃이다. 정시인
도 어느덧 신원이 끝난 모양이다. '왜, 나를 낳았느냐/죽어 버리고
말지……. 패악을 부리다가/방문을 안으로 걸어 잠갔던'[22] 정시인
이다. '부황 든 몸으로 일곱 번째 자식인 나를 낳고/윗목으로 밀쳤
던' 어머니, 회갑년에 세상을 떠난 어머니를 생각하는 정시인은 이
미 나이가 육십두 살 때였다. '당신의 피가 영원히 내 가슴 속으로
따뜻하게/흐를 것이라고는, 정말 그때는 몰랐습니다'[23]라고 고백하
는 시인의 그림자는 이제 일상인으로서의 보편적 자아회복의 단계
로 접어들었다. 오히려 자아의 원형이 스스로 어머니로 회향回向하
고 있는 서정이다. 그래서 부활초를 보게 되는 것이다.

> 사하라사막
> 그 죽음의 열기 속 나침반도 없이
> 얼마나 긴 세월 고통의 길을 걸었기에
> 와싹, 바스라 질듯 하얗게 색이 바래고
> 공처럼 몸이 동그랗게 말렸을까
> (중략)
> 그의 눈빛은
> 영롱하게 빛이 난다 절명이 위기에도
> 마법처럼 살아나는 생명이기에

---

22) 정옥금, 제8집 『부활초를 보다』, 〈침넝쿨 그리고 나〉
23) 정옥금, 제8집 『부활초를 보다』, 〈밤하늘에 띄우는 거울 편지〉

태양의 땅, 사하라는 영원하다

부활초의 생애는 뜨겁다

— 〈부활초를 보다〉, 전문

부활초는 백년을 죽어 있다가도 비를 만나면 다시 살아나는 사하라사막의 식물이라고 한다. 신산辛酸의 긴 세월, 색이 바랜 채 공처럼 몸을 동그랗게 말아 떠돈다. 이 동그란 몸뚱어리는 곧 방구석에 등을 말고 앉았던[24] 자아의 그림자shadow 원형이다. 동그랗게 말린 채 돌아다니다가 천둥이 우는 날 영롱하게 피는 꽃 부활초. 부활초는 정옥금 시인의 내적 갈등과 자기 연민을 초극한 자아 원형의 대위법적 위상이다. 이러한 서정의 동력은 정시인 원형질인 어머니라는 빛에서 발원한다. 그러나 그 어머니는 인류 보편적인 모성에 대한 그리움이 아니라 뿌리 서정에서 치열하게 갈등하는 원형들이다. 정옥금 시인의 프리즘에 닿는 어머니라는 빛은 봄볕처럼 따스하기도 하고 여름빛처럼 따갑기도 했을 것이다. 그 빛이 시의 프리즘을 거치면서 진동수에 따른 다양한 굴절로 다채로운 스펙트럼을 생성하였다. 그리고 드디어는 제8시집 마지막 수록 작품, 어머니가 계시는 천상을 향하여 '인간 정옥금'이 부르는 〈어느 여가수의 노래〉로 마무리되는 것이다.

---

24) 제4시집 『바위꽃이 핀다』의 〈석남꽃이 핀단다〉에서 동그랗게 말고 있는 아이 등에도 무당벌레 꽃이 핀다.

3.

　정옥금 시인의 시적 변주를 일으키는 원형질에서 아버지와 오빠들은 등장 횟수가 매우 적다. 숱한 어머니의 서정에 비해 아버지 서정은 매우 소략하다. 아버지의 서정이 등장한 것은 제3시집 『길이 되고 싶다』의 〈아버지의 꽃〉인데 이 시는 어머니의 묘소를 찾은 모습이고, 제5시집의 〈아버지의 밥사발〉은 이빨 빠진 밥사발에서 아버지를 연상한다. 모두가 보편적인 서정으로 내밀한 사연이 아니다. 다만 두 편 모두 꽃과 연상되는 시편이란 점이 특이할 뿐이다, 제8시집에서야 비로소 아버지의 소 쓸개가 언급된다.

그해 아버지는 장날 새벽마다
두루마기를 차려입고 도살장으로 가셨다
눈알을 치켜뜨고 숨을 거두는 암소 눈처럼
두 눈에 핏발을 세우고 갈라진 뱃속에서
쓸개를 빼내어 짚 끈에 묶어 들고 달려오셨다

그 늙은 암소 쓸개물이 조금씩 종지에 담겨서
아침마다 내 목으로 다 넘어가고 난 후 다시
아버지는 스무일곱 번 도살장으로 달려가서
스무일곱 마리 소 뱃속에서 쓸개를 빼내어
잦은 병치레로 비실거렸던 막내딸에게
맵고 쓰고 지린 쓸개 물을 지키고 먹였다

— 〈그 늙은 암소가 걸어갔던〉, 부분

'새끼 다 뺀 암소 뱃가죽처럼/축 처진 내 배를 쓰다듬어' 보며 아버지를 회상한다. 회상일 뿐 육화된 스펙트럼은 아니다. '아버지 그 의문의 세계를 무심한 자식들은 그 마음 헤아리지 못하고 바람처럼 달빛처럼 스치고 말았다'[25]던 그 옛날의 상황에서 크게 벗어나지 못한 모양이다. 그것은 아버지의 세계가 아직은 정시인에게 '화엄의 바다 같은'[26] 깊은 세계이기 때문이리라. 오빠의 서정도 아버지와 유사한 것 같다.

그의 출가 이후의 가족 서정도 소략하다. 신변사를 담은 사적 서정도 마찬가지다. 도표 자료를 보면 한 권의 시집에서 적게는 2편 많아야 7편이 수록되었다. 그것은 정시인의 시적 관심이 소소한 일상사보다는 문학적 심화의 대상을 찾아 시적 형상화를 이룩하기 때문이리라. 정옥금을 두고 평론가 차한수 선생이 '사람 냄새가 나는 삶을 희구한다.'고 했는데[27] 이 논조에 동감하면서 본고는 정시인의 원형적 갈등과 승화에 맞춰져 있어 지면 관계상 더 이상의 논의를 생략하고자 한다.

4.

낙동강은 구포다리 밑 한 줄기뿐이라고 알던 정시인이 강서와 맺은 이후 낙동강 시를 천착한 서정 여행을 더듬어 보았다. 정시인은

---

25) 〈회상 1〉, 부분.
26) 위의 시.
27) 제3시집 『길이 되고 싶다』 서평.

미당의 시 〈꽃밭의 독백〉처럼 새로운 세계에 대한 서정 사냥이 매우 적극적, 지속적이다. 앞 장에서 살펴 본 원형질의 갈등과 화해 서정 모색의 끈질김도 그렇거니와 비교적 많은 연작시도 이를 증명한다. 제1시집에는 강의 원조격인 작품 〈지금 우리들의 강은〉이 수록되었는데 관념적인 강을 대상으로 한 생태감각적인 시다. 낙동강 서정은 제4집부터 수록된다. 2003년 무렵이니 강서 인연 초기 작품이다. 첫 작품은 겨울강이다. 아마 겨울 낙동강의 진면목을 처음 보았을 때의 감회가 충격적이었을 것이다.

흐르는 것인지 멈춰 있는 것인지
깊은 상념에 젖어 미동도 없는
겨울 낙동강은 쓸쓸하다
쓸데없는 것들에게 마음을 빼앗기고
돌아올 수 없는 곳에 씨앗을 뿌렸던
어리석은 자의 삶, 진정 업보일까?
아픈 흔적처럼 찬바람에 서걱이는 갈대숲
금방 사라져버릴 작은 발의 문양을
젖은 모래톱에 쉴새없이 찍고 다니는
물새들의 날개
눈물겹도록 싸늘한 평온의 수면 위로
솟구쳐 드러눕는 저, 적막한 무정
우리! 한 번쯤
죽자 살자 흘러흘러 가보자

— 〈겨울 낙동강〉, 전문

'쓸데없는 것들에게 마음을 빼앗긴 어리석은 자의 삶'은 자아의 투영이다, 제5시집에서는 낙동강 4계절의 시가 수록되었다. 비로소 낙동강의 전체 모습을 조망한 경험이 드러나 있다. 제6시집 연시집에 낙동강 시 2편이 수록되어 있는데 두 편 모두 낙동강의 달밤 서정으로 낙동강을 이해하고 사랑하게 되면서 강의 내포內包가 강화되어 연시로 승화된 것 같다.

> 그러나 물결 위에 얼비치는
> 긴 이별의 연서
>
> 서러워라
> 아름답고 적요한 낙동강의 달
> 가슴속 노를 젓는 슬픔인 것을
> 몰랐네, 내가 달빛 아래
> 서걱거리는 갈대꽃인 것을
>
> ― 〈낙동강의 달〉, 부분

'못내 지울 수 없는 그리움을 안고/그대에게 달려가'지만 역시 꽃으로 서걱이는 자아 원형의 투영이다. 제7시집에서는 '옥황상제 연의 기록부에 몇 억 광년 그때부터 이미 적혀 있었'[28]을 부모 자식 간의 〈인연〉을 첫 작품으로 수록하면서 표제시 〈흐르는 것이 아름답다〉는 맨 마지막에 배치하였다.

---

28) 〈인연에 대하여〉, 부분.

봄바람에 흔들리는 매화 가지처럼 너도 흔들리고 나도
흔들린다 고단한 삶의 보따리 던져버리고 이 아름다운
곳에서 이대로 살포시 멈춰버리고만 싶다 그러나 일어나자
곱디고운 이 꽃들도 어디 그저 피어났을까 저 강물도 아픔 없이 흘
러가랴

— 〈흐르는 것이 아름답다〉, 부분

행갈이도 없이 물 흐르듯 이어지는 산문율이다. '은빛 물결처럼
가만히 흔들리면서 가자 세상의 모든 것들은 제각기 주어진 길 따
라 흘러가는 것'이라며 흐르는 것이 아름답다는 강의 정수精髓에
탐닉해 있다. 무대는 매화 만발한 섬진강 언저리이지만 서정의 육
화는 낙동강 경륜에서 얻었을 것이다. 제8시집에서는 가덕도 시편
연작 7편이 수록되었는데 계기는 강서문협 회원들이 가덕도 등대
의 1박 2일 연수를 다녀온 후였다. 시상 사냥의 열정을 잘 보여주
는 작품이다.

가덕도 옆구리에 찰싹찰싹 붙어서
바늘로 바다를 무한정 찌르고 있다

시린 가슴 열어 놓고
한평생 아프게 살아갈 심산인가?

이제, 섬보다

낚싯대가 더 크다

— 〈가덕도 시편 2〉, 부분

낚싯대가 섬보다 더 크다니! 얼마나 섬세한, 그러면서도 거대한 포착인가. 뿌리 서정의 원형에서 발현된 정옥금의 시적 영혼은 항상 외롭거나 아팠듯이 이 시에서도 바다마저 감내하기 힘겨운 아픔의 서정이 토로된다. 이와 같이 정시인은 대상을 두고 일차적으로만 해석하지는 않는다. 다층적으로 대상을 조망하면서 제재에 대한 새로운 해석을 시도한다. 정시인의 낙동강 서정 사냥의 역정은 관념적 강에서 출발하여 강의 속성을 추상화한 다음 지리적 개별성에 탐닉하는 과정이었다고 정리할 수 있을 것 같다.

5.

정옥금 시인의 20년 궤적을 정리하면 세 단계의 과정으로 요약할 수 있다.

1. 초기 시는 현재적 삶의 자의식을 단편적, 직설적으로 투영
2. 중기 시는 내면에 깃든 원형적 자의식의 갈등 표출
3. 후기 시는 자아의 원형을 연시적 그리움과 꽃의 결정체로 승화

빛을 받아 다채로운 스펙트럼으로 형상화가 이루어지는 문학창작은 그 행위가 자아 발견 또는 영혼의 치유 과정이기도 하다. 정

시인도 예외가 아니다.

정옥금 시인의 20년 시력詩歷은 원형적 자아 회복을 향한 기나긴 여정의 아프고도 외로운 몸살이었다. 그의 시집 8권은 인간 정옥금탈, persona이 고향에서 경험한 어두운 과거그림자, shadow를 극복화고 순수자아영혼, soul를 회복하려는 치열한 몸짓이 순차적으로 형상화된 것이다. 상처의 편린들이 생경한 시어들로 표출된 후에 시적 정화精華는 '꽃'으로 승화되어 그녀의 시에서 핵심적 심상으로 상징되고 있다. 정시인의 꽃은 여성취향의 생물학적 화훼가 아니라 불교적 인연과 윤회관에 의해 다양한 스펙트럼으로 변주된 결정체結晶體였다. 이런 점에서 시 전편에 깔려 있는 연시적戀詩的 그리움도 정옥금 시인의 원형에서 그 원인遠因을 찾아야 할 것이다.

정옥금 시인은 20년 시력의 결산인 시선집 『깊고 뜨거운 시의 길목』 상재 이후에도 동일 방향성의 시적 형상화를 오래토록 지속할 것 같다. 인간 내면에는 원형들이 항상 충돌·화해하고 있거니와, 이러한 갈등 상황이 생애를 통해 유난히도 심했던 시혼은 이미 상당한 폭과 깊이를 유영하는 정옥금 특유의 개성 있는 물길로 형성되었기 때문이다.(2016.)

정옥금

월간 『한맥문학』 시 등단(1996)

부산문학상 본상, 낙동강문학상, 한맥문학상, 실상문학상 외 수상

시집 『맨발이고 싶다』 외 7권, 시선집 『깊고 뜨거운 시의 길목』

칠순 소녀의 다정다감한 물빛 서정

프롤로그

차례상 차릴 준비 해놓고
혼자서 자식들과 손주놈 기다리니
적막강산이 따로 없네요

지난날 섣달그믐날
당신과 시장에 가서
알 굵은 과일도 사고
내 새끼 잘 먹는 고기도 제법 사고
빈 자리가 없는 식당에 가서
내가 좋아하는 음식 사 주셨지요

다른 집에선 음식 장만하랴 바쁜데
나 고생한다고 마음 써 주었던
이제는 영원 속으로 입적한 당신

다시 오지 않을 시절이기에
두고두고 잊혀지지 않네요

— 〈잊혀지지 않네요〉, 전문

여느 집안에도 있음직한 우리 시대의 명절 직전 모습, 고향집에 남은 노인들이 손수 차례상 차릴 준비를 해놓고 자식들과 손주들을 기다리는 풍경이다. 풍성한 먹거리 앞에 오도카니 혼자 앉은 적막강산! 사랑하는 사람들은 저승으로든 타지로든 모두 다 떠났어도 달랑 노인만 혼자 지키는 본가本家에 명절은 어김없이 다가온다. 올 사람은 오고 못 올 사람은 못 오는 줄 알면서도 못 올 사람 생각에 더 애틋하다.

시편들을 읽어내려 가다가 내가 눈시울을 적셨다. 서평書評을 위해 글을 읽는 사람은 냉정해야 한다. 작가나 작품에 대한 선입견을 지녀서도 안 되고, 감동에 젖어 판단을 흐려서도 안 되고, 재미가 있든 없든 몇 번을 반복하여 읽고는 핵심 테마를 추출해야 한다. 감상感傷으로 몰입하는 것은 금물이다. 그런데 나도 모르게 붉어지는 눈시울을 어쩌랴. 훌쩍거리는 코를 푸노라니 물색 모르는 아내는 '풍부한 감성 탓인가, 나이 탓인가.' 하며 핀잔하듯 다가와 원고를 기웃거리곤 '그 할마씨, 괜히 남의 영감 울린다'고 혼잣말을 하면서 저도 눈시울이 붉어진다. 그래. 까짓, 마음 편하게 쓰자. 누님 같은 시골 할머니가 평생 처음 출간하는 문집의 서평을 하면서 눈자위가 좀 붉어진다고 어느 누가 타박하랴.

1.

석전昔田 김옥선 씨는 다정다감한 휴머니스트sentimental humanist다. 그의 생활 모습이 그렇고, 문학 작품이 또 그렇다. 그녀의 Sentimentalism感傷主義은 자신에게는 비애悲哀, pathos에 빠지고 타인에게는 동정同情, sympathy으로 나타난다. 이 비애가 감상적 작품으로 그려지고, 그 동정이 차별 없는 우애를 실천하는 휴머니즘적 행동으로 나타난다.

석전은 생래적生來的으로 시적 감수성이 매우 예민한 사람인 것 같다. 이러한 기질이 다양한 예술분야에서 다재다능한 활동을 하게 만든 모양이다. 그녀는 수필가이지만 시도 쓴다. 서예가, 문인화가의 이력은 수십 년으로 전문가의 경지를 확보했다. 악기도 하모니카, 아코디언 등을 다루어 그녀의 봉사활동 영역도 넓다. 강서예술인연합회와 강서문인협회 부회장을 역임했고, 오래 전부터 부산 강서문화원 이사로 지역문화 발전에 한 몫을 하며 궂은일을 도맡아 하고 있다.

그녀의 다채로운 능력 발휘는 당연히 그녀가 투자한 연륜의 양에 비례한다. 그래서 석전은 문학보다 서화書畵를 더 잘 한다. 수필가로 등단을 했지만 수필보다 시를 더 잘 쓴다. 그녀가 제일 잘 하는 것은 농사짓는 일이다. 본업이 농부니 당연하겠다. 방앗간 기계도 잘 다룬다. 그런데 그녀가 농삿일만큼이나 잘 하는 것이 또 있다. 주변사람들에게 베푸는 대천 한바다 같은 오지랖이다. 그래서 남을 도울 일이 생기면 자기는 아무 소득도 없이 소위 '골병'이 들면서, 세칭 '펌프질'까지도 해 가면서 이리 뛰고 저리 뛴다. 그러다보니 예술 활동에, 취미생활에, 봉사활동에 눈코 뜰 새 없이 바쁘다. 당연히 벼, 고추, 배추, 파 등등 주인의 발자국 소리를 듣고 자라는 것이 농작물이라 전문 농사꾼의 일상에 비상이 걸린다.

그저께도 나가고

어제도 나가고

오늘도 나가야 하는데

차마 입이 떨어지지 않는다

— 〈알고도 속아 준 당신〉, 부분

집안일 들일

번개같이 해치우고

흙 묻은 신발 벗어 던지고

머리에 물방울 다 떨구지 못한 채

교실에 들어서면 서로가 반기는 얼굴들

— 〈함께 가는 사람들〉, 부분

이렇게 바쁜 사람이 드디어 문집을 낸다. 시와 수필을 담고 서화도 몇 장 실어 칠순 기념을 겸한다. 더구나 남편의 작고 후에는 농삿일이 혼자 전담인데도 그녀의 바지런함이 차곡차곡 쌓인 결실이다.

그의 이번 문집에는 시와 수필이 섞여 있다. 시는 '세계의 자아화'이고 수필은 '자아의 세계화'이다. 시와 수필은 대상에 대한 접근법이 완전히 상반되므로 이 두 양식은 표현에서도 정반대이다. 시는 서정양식이고 수필은 교술양식이다. 즉, 시의 경우 시인이 외부 세계를 자기의 독특한 가치관에 입각해서 자의적恣意的으로 수용하는 것이고, 수필은 자기의 독특한 가치관을 객관화해서 표출해야 한다. 시와 수필이 교직交織된 이 문집은 세계를 흡입하는 서정의 세계와, 내면을 표출하는 교술의 양상을 동시에 보여주는 독특한 구조물이다. 따라서 이 한 권의 문집에는 외부 세계에 대응하는 작가의 고유한 인식양상을 양면적으로 바라볼 수 있다.

김옥선의 문집에서 우리가 살펴보고자 하는 중요한 요소는 문학작품과 일상생활의 두 측면의 통합으로 귀결된 삶의 단면斷面이다. 그는 전문 문학인이기보다는 다양한 취미의 일환으로 글을 쓰는 생활인이기 때문이다. 그에게 있어서 문학은 필수라기보다는 선택이다. 석전의 경우 문학은 많은 취미활동의 일부를 차지하고 있다. 그래서 그의 일상은 본업인 농업 활동 이외의 경우 다양한 취미를 누린다. 그러다 글을 쓰고 싶거나 써야 할 경우 매우 바쁜 마음으로 즉석 창작을 하는 편이다. 길게 느긋하게 퍼질러 앉아 작품을 쓸 겨를도 없는 사람이다. 일상에서 우러나는 서정을 자연발생적으로 토로한 이 문집에서 칠순 소녀의 다정다감한 물빛 서정을 포착하고, 아울러 강마을 민중의 생생한 애환哀歡을 읽어낸다면 그는 성공한 독자일 것이다.

표제『그대 숨결은 강물 되어 흐르고』에서 보다시피 석전은 이곳 서낙동강 강마을에 시집 와서 50년을 살고 있다. '그대'로 지칭되는 남편, 먼저 떠나간 남편뿐이 아니라 석전 자신의 삶도 온전히 강물과 함께 흘렀다. 그래서 그의 시편과 수필들은 고도한 기교를 배제하고 마음 깊은 곳에서 우러나는 솔직, 소박한 표현으로 되어 있다. 그러면서도 그의 서정은 햇빛, 달빛에 반사되는 강물처럼 다채롭게 반짝이면서 흐른다.

전체 4부로 구성되어 시 49편과 수필 35편을 섞어 편집한 이 문집은 각장의 소제목이 작품 세계를 대변하고 있다.

　제1부 「못다 부른 사부곡」에서는 먼저 떠나버린 남편에 대한 서정

　제2부 「고향의 노래」에서는 그의 삶의 터전인 강마을에서 보낸 애환

　제3부 「나의 둥지」에서는 가족들의 이야기

　제4부 「함께 가는 사람들」에서는 향토에서 함께 어울려 동고동락하는 삶의 모습을 그린다. 본고에서는 각장의 서정을 대표하는 작품을 중심으로 석전의 문학 세계와 삶의 모습을 서정양식인 시와 교술양식인 수필을 동시에 교직하면서 조명해 보고자 한다.

2.

　자신에게 비애pathos로 드러나는 석전의 Sentimentalism感傷主義은 제1부 「못다 부른 사부곡」에서 유감없이 발현된다. 창졸간에 남편을 여읜 비애는 자학적 패닉panic 상태의 일상을 이어가면서 오랜 동안 자신을 회한과 절망 속으로 가라앉혔다. 몇 해 동안을 알맹이는 어디다 두었는지 김장이 끝난 강변 들판의 서리 맞은 배추 겉잎 같은, 회색의 빈껍데기였다. 많은 지인들이 석전을 걱정하고 위로하고 쓰다듬었다.

　역시 문학의 동력動力은 상실감이었던가 보다. 그동안 석전은 망부亡夫를 그리는 애틋한 서정시편을 쓰고 있었다. 제1부에는 시 17편과 수필 4편이 수록되어 있는데 시가 압도적으로 많은 이유는

역시 세계에 대한 두 양식의 접근방식의 차이 때문일 것이다. 부군에 대한 애틋한 정한의 표출은 교술양식인 수필보다는 서정양식인 시가 훨씬 자연스러웠을 것이다. 이따금 퍼질러 앉아 넋두리라도 하고 싶은 날은 자연히 수필을 택하게 된다.

제1부 「못다 부른 사부곡」은 지난 몇 년간 석전의 삶과 어우러져 형성된 이 문집의 근본 서정을 형성하는 테마이다. 이 장의 첫 작품은 황망하게 훌쩍 떠나버린 남편, '영원한 나의 사람'을 애타게 그리는 시편으로 시작된다.

> 바람같이 떠난 뒤에야
> 그대 빈 자리 무엇으로도
> 메울 길 없어 적막으로 덮네
> (중략)
> 사랑했었다고
> 지금도 그리워하고 있다고
> 머언 먼 허공을 바라보며
> 나즉히 고백합니다
>
> 영원한 나의 사람아
>
> — 〈영원한 사랑으로〉, 부분

이별을 해 보면 떠난 사람보다 남은 사람이 더 아프다. 하물며 사별에서야……. 사별의 아픔은 오롯이 산 사람의 몫이다. 그런데 떠난 사람은 떠나고 없어도 남은 사람은 또 삶을 엮어가야 한다. 한

발 한 발 내딛는 발자국마다 그리움의 흔적이 눈에 밟히지만, 못 본 척 하면서 하루 세끼의 밥을 먹고, 집안일 들일을 하고, 자식들을 건사하고, 이웃과 교류하는 일상日常으로 돌아가야만 한다. 이것이 현실이다. 그러나 몸뚱아리야 종종치는 걸음으로 흔적을 뛰어넘는다지만 어디 마음이야 그리 쉽게 다잡아지던가. 굽이마다 길목마다 눈에 어른거리는 애틋한 아픔은 어쩔 수가 없다. 특히 무슨 가족 행사가 있는 날이면 아쉬움은 더해진다. 짝 잃은 사람의 생일은 더 외롭다.

내 생일날 되면
좀 더 잘해주고 싶어 애쓰던 사람
혼자서 생일상을 받으니
옆구리에서 찬바람이 인다

선물과 용돈 푸짐한 음식
그러나 혼자 받는 썰렁한 생일상
오늘 저녁 꿈속에서
생일 선물로 한번 웃어주려나

— 〈혼자서 생일상을 받으니〉, 부분

생일날 외로울 리가 없다. 잘 기운 남매들에다 알곡 같은 손주까지 십수 멍이다. 그러나 짝이 없는 생일은 정서적으로 혼자다. 자녀들에게는 섭섭해 할까 보아, 마음 아플까 말은 하지 않지만 아무리 둘러봐도 혼자인 것을 어찌하랴.

고희古稀의 아내에게서 '영원한 나의 사람'이라는 사랑가를 듣는 부군夫君은 과연 어떤 남편이었을까. 그는 이 글의 모두冒頭에 인용한 대로 '알고도 속아 준 당신'이었다.

　　친구가 아파서
　　병문안 가야 한다고
　　눈치를 보며 말하는데
　　가슴이 떨린다

　　"그라면 갔다 온나."
　　한 마디 허락에
　　부리나케 하던 일 밀쳐두고
　　바쁜 집안일 다 잊고서
　　친구들과 신나게 놀다왔다

　　집에 와서는
　　연속으로 거짓말 못하고
　　배시시 웃었더니
　　"내가 모르는 줄 알았나?"
　　알고도 속아준 당신

　　　　　　　　　　　　　　　— 〈알고도 속아 준 당신〉, 부분

　　잔소리 불평불만 투정도
　　금방 잊고서

나를 따뜻하게 품어준 사람

— 〈영원한 사랑으로〉, 부분

그런 남편이었다. 농부인 부군께서도 놀기 좋아하고 남들과 어울리기를 좋아하여 모임도 많은 사람이었다. 그래도 대중교통이 매우 불편한 시골마을에서 운전을 할 줄 모르는 아내의 바쁜 나들이에 승용차로 직접 데려다 주던 자상한 남편이었다. 그러나 자상하기는 해도 고분고분한 남편은 아니었다. 경상도 남편들, 특히나 연배가 든 세대의 남편이라 황소고집도 있었다. 더러는 몰래 눈도 흘기고 싶은 무정한 남편이었다.

막내 현주도 할아버지를 잊지 못하고 보고 싶답니다. 아웅다웅 싸우면서 황소고집이 미워서 당신을 한번쯤 이겨보려고 큰소리 치고 앙살도 떨고 잔소리도 많이 했는데. 한번쯤은 져주지 끝내 이기고만 살았던 무정한 사람아……

— 〈당신 일흔 번째 생일날에〉, 부분

그 속살은 결이 무척 고우면서도 더러는 나무토막 같이 단단한 남편이었던 모양이다. 농삿일은 남자의 몫이다. 논갈이, 모내기, 비료, 추수, 방아찧기 등 모두 남정네의 힘이 필요하다. 여자들이야 기껏 허드렛일손이나 도와줄 뿐이다. 농사꾼의 아내들은 남편의 꽁무니만 졸졸 따라다니면 된다. 일 년 농사의 스케줄도 남정네들의 머릿속에 입력되어 있게 마련이다.

논갈이와 사래질, 모내기도
당신만큼 잘 하는 이가 없는 걸
왜 몰랐던가요

(중략)

당신 존재의 소중함을
그대 떠난 뒤에 절절히 깨닫다니
하고 싶은 많은 말이 응어리가 되어
이 비좁은 가슴에 눈물비로 내립니다

— 〈그대는 수퍼농부였지요〉, 부분

오늘은 그동안 미처 다 나누지 못했던 말을 적어보렵니다.

나이만 먹었지 철없는 이 여자는 이제야 가슴을 치며 후회합니다.

대충대충 하는 일이 마음에 들지 않아 다시 하라고 극성을 부린 일
이 많았지요.

건조장 바닥에 시멘트 콘크리트를 하는데 수수빗자루에 시멘트물
을 묻혀 건성건성 하는 것이 못마땅해 속을 끓였지요.

그래도 당신은 '이래 놔도 괜찮다, 마.' 웃으면서 나의 짜증을 받아
넘겼습니다.

이젠 당신이 하지 않으면 아무도 할 사람이 없는데.

(중략)

조금만 아파도 당신께 엄살을 피웠건만 이제는 많이 아파도 나
혼자 아파해야 합니다. 당신의 소중함과 귀함을 몰라줘서 미안합
니다.

— 〈그리운 당신께〉, 부분

그런데 그 남편이 없다. 의지할 언덕이 갑자기 사라져 버렸다. 가슴만 무너지는 것이 아니라 일상마저도 무너져 내리는 현실이다. 그 그리움이 오죽하겠는가. '잔디 잔디/금잔디/심심산천에 붙는 불'이라던 김소월은 봄이 되면 금잔디 무덤에서 임을 그리지만 농부 석전은 일 년 내내 문전옥답에서 남편을 그린다.

> 당신이 가고 없어도
> 봄이 오고 꽃은 피는군요
> 봄비에 젖은 들에
> 무수한 새싹이 싹을 틔웁니다
>
> — 〈기다리는 마음〉, 부분

> 논두렁 저쪽에 있을 것 같아
> 까치발 하고서 찾아봅니다
> (중략)
> 바람 불고 찬비가 내리는 날에는
> 서러운 마음 혼자 모질게 태우면서
> 기대고 싶은 언덕을 찾아봅니다
>
> — 〈먼 빛으로 있는 그대에게〉, 부분

연년세세화상사 세세년년인부동年年歲歲花相似 歲歲年年人不同이라. 한 번 가고서는 다시 오지 못하는 망각의 세월이 흘러도 부군에 대한 애틋한 그리움은 일상日常의 곳곳마다 배어 있다. 논두렁 밭두렁에, 집안 구석구석마다 자죽자죽 딛는 발자국마다 쌓여 있다. 빈자리가 너무 크다. 게다가 석전의 비애pathos적 Sentimentalism은 '당신이 가지고 일하던 농기계가 고장이 나도 버리지 않고 고쳐 쓰럽니다. 당신과 함께 한 모든 것들을 하나도 잊지 않고 간직하고 싶어요.《그리운 당신께》'라며 모든 기억을 다 소중히 간직한다. 마음에서 떠나보내지 못한 사람은 아직 현실에 그대로 있다. 그래서 혼자서도 남편 생일상을 차린다.

당신께서 먼 세상에 가셔도
당신 생일이면
케이크에 촛불을 당깁니다

— 〈당신 생일날에〉, 부분

오늘이 당신 칠십 두 번째 생일입니다.
당신은 내가 차려놓은 생일상 받으시고 기분이 어떠신가요?
생전에 좋아하던 갈비찜이나 잡채, 팥고물 찰떡, 동동주도 없이 그리고 감주도 못했네요.
섭섭하지 않나요? 떡 대신 작은 케익과 빵을 사다놓고 나물하고 생선 몇 마리 굽고 미역국과 찰밥이 전부인 초라한 생일상 앞에서 내마음은 어떨 것 같나요?
(중략)
얼마나 민 곳에 가셨길래 며칠도 못 비우던 우리 집도 잊으셨나요?
오늘은 나 혼자서 당신 생일상을 차렸습니다.
그리고 아무도 없이 나 혼자서 당신을 마음껏 불러보았습니다.

— 〈아무도 없이 나 혼자서〉, 부분

그래도 '칠십 두 번째' 생일상은 많이 간소해졌다. '당신 일흔 번째 생일날에'는 '갈비찜, 생선도 굽고 갖가지 나물도 미역국도 끓이고, 떡도 하고, 올 생일에는 먼먼 나라 여행에서 입으라고 새 옷 한 벌 하고. 와이셔츠도 속옷도 새 구두도 사구요. 넥타이는 당신이 즐겨 매던 걸로 했습니다. 바지단은 당신 키에 맞추어 올려놓았습니다.' 라고 전한다. 비록 지나치게 느리긴 하지만 석전도 시간이라는 명약名藥 앞에서 조금씩 마음을 추스르는 모습이다. 사랑도 현실이기 때문이다. 자연스럽게 서사敍事가 수필적 서정으로 토로된다.

> 모두가 기쁜 추석이건만 왜 이리 섭섭한지.
> 우리 손자 도현이가 당신과 함께 두던 바둑 솜씨로 바둑 대회에 나
> 가서 일등을 했답니다.
> 당신이 계셨더라면 얼마나 좋아했을까요? 상금도 삼십만원 탔대요.
> 당신 손자손녀들 하나같이 착실하고 건강하게 잘 크고 있습니다.
> 바둑판을 보고 있으니 바둑알 같은 웃음이 차르르차르르 쏟아지
> 면서 그 모습 그 목소리가 들리는 듯합니다.
> 우리 영우는 기말고사에서 시험 점수가 잘 나와서 지 애비가 손전
> 화를 사주었는데 나에게도 안부전화를 자주 합니다.
>
> — 〈그리운 당신께〉, 부분

온 가족 모여 북적내는 명절은 좀 더 나아진 것 같다. 애틋한 속 마음의 서성을 많이 객관화시키려고 애쓰는 모습이 확연하다. 시에서든 수필에서는 좀처럼 기교를 부리지 않는 석전이 '바둑알 같은 웃음이 차르르차르르 쏟아지면서 그 모습 그 목소리가 들리는

듯'하다고 했다. 그리움의 서정이 작품 안에서 충돌하는 것이 아니라 문학적 기교로 승화되는 장면이다. 마치 사랑의 물길 속에 고개만 내밀어 섬세한 파랑波浪만 숨가쁘게 느끼던 사람이 이제는 잠시 강둑에서 강의 유연한 흐름을 바라보는 것과 같다. 긴 강도 멀리 굽이지는 곳이 있기 마련 아니던가. 그래서 애틋한 서정도 매듭이 만들어진다. 은퇴를 생각한다.

나이가 들면 모두 은퇴를 한다. 조기 퇴직한 남편은 은퇴식을 치르지 못했다. 각종 행사에 마당발 석전이 역시 마당발이었던 남편 동년배들의 은퇴식을 보면서 얼마니 한이 맺히겠는가. 더구나 남편은 슈퍼농부가 아니었던가. 농부에 무슨 은퇴가 있으랴만 은퇴식을 치러준다.

직장 다닌 사람의 은퇴식은
키 큰 화환들이 줄을 서고
감사패와 축사
아름아름 안겨주는 꽃다발
축하, 축하, 하는 웃음꽃들
화려하기 짝이 없네요

손발이 얼어 터지고
얼굴은 동상에 걸려 술 취한 색이 되고
한여름 뙤약볕 무서운 줄 모르고
허리 한 번 펼 새 없이
한평생 살아온 농부의

소리 없이 찾아온 이별의 은퇴식

그 흔한 감사패 하나 없이
남겨진 사람 앞에
태산 같은 그리움만 안겨주네요

자죽자죽 걸어온 농로 길에
철마다 씨 뿌리고 갈무리하던 논밭
일손 모두 접어두고 발길도 멈춰버린 날
이 땅에서 참 열심히 잘 살았다고
제가 답사를 했습니다

철마다 찾아오는 열매의 향기가
당신이 계신 곳으로 찾아가서
금메달로 머물기를 기원합니다

— 〈농부의 은퇴식〉, 전문

'눈 뜨면 다니던 그 길/그 빈자리에 수없이 찍혀 있는 발자국들(《사부곡 4》)'을 밟으며 논두렁에 하염없이 서서 남몰래 혼자 치르는 눈물의 은퇴식이다. 남편의 모든 것을 가슴 속에 꾹꾹 디저두었던 석전도 마음 한편에 남편과의 서정적 거리에 대한 현실적 한계를 깨닫기 시삭한다. 그러나 석전의 정서 이동은 매우 속도가 느리다. 남편에 대한 은퇴식 정서도 은퇴 후 여유로움을 누리는 사람들에 대한 부러움과 애틋한 미련이 또 자리 잡고 있을 것이다.

이러한 미련 때문에 석전의 망부가望夫歌는 앞으로도 당분간은 계속될 것 같다. 그러다 옛 그리움에 잔잔한 회고의 서정시를 짓고, 자신의 사념을 수필로 담담하게 적을 수 있을 때쯤이면 그의 절절한 사부곡은 끝이 날 것이다. 그날이 언제쯤일지는 모르겠으나 아직은 아니다. 논으로 나간 남편을 황망하게 잃어버린 석전의 사부곡은 아직도 종장終章에 이르지 못했다. 그래서 제1장의 소제목도 「못다 부른 사부곡」이 아니겠는가.

3.

제2부 「고향의 노래」에는 서정시 12편과 수필 9편이 수록되었다. 고향은 서정양식이든 교술양식이든 다 잘 어우러지는 소재다. 석전이 시집 온 이후 줄곧 살아온 고장이 서낙동강변이다. 강서 들판은 평야가 바다에 면해 있어 강바람이 잦다. 어디를 가든 늘 강바람과 마주친다.

낙동강 언저리에 자리잡은 고향집
새벽닭 울음소리에 어둠이 쫓겨가고
밤새 내린 풀이슬에
찔레꽃 송이송이 피어나는 아침

상큼한 꽃향기 실어오는 강바람에
농사의 계절이 일어서는 가장자리

낫 한 자루 거머쥐고 마당을 나서던 그대
포실한 흙내음 담뿍 묻힌 발걸음이
우리들을 지켜주었지요

은빛 햇살 넘실거리는 강물 위에
그리움으로 흐르는 그대 숨결
내 마음도 하염없이 따라 흐른다

— 〈강가 고향집〉, 전문

애잔한 서정이 미려美麗하다. 3-4 음보의 율감律感이 강물처럼 출렁거린다. 찔레꽃 하얗게 피는 때쯤이면 농번기다. 강바람과 함께 시작되는 하루, 농부의 이른 아침은 강물 빛으로 반짝인다. 남편은 없고 변함없는 강물 위에는 숨결만 느낀다. 이제는 혼자서 농사를 짓는 일도 이력이 났다.

나의 직업은 농부다
은퇴 걱정 없고
해고될 걱정 없다

직장은 넓고 넓은 논과 밭
해 뜨면 출근하고
해 지면 퇴근한다

야단치는 사장도 없고
눈치 볼 상사도 없다

— 〈농부라서 좋네요〉, 부분

　산업화 이후 제대로 대접받아 본 적이 없는 직업이 농부다. 사회학적 해석이야 어찌했든 여전히 농자는 천하지대본農者 天下之大本이 아닌가. 중요한 일에는 불청객이 있기 마련. 농삿일은 잡초와의 전쟁이라고 한다. 끈질긴 싸움은 봄부터 가을까지 계속된다.

호미로 혼쭐을 내고
망나닛낫 끝으로 끝을 내고
농약으로 삼족을 멸해도
돌아서면 무섭게 쳐들어오는
끈질긴 생명

괘씸죄 불러다가
엄벌에 처할까

— 〈잡풀과의 전쟁〉, 부분

　해학적 표현도 본다. 내면적 여유를 찾음이다. 늦가을이 되면 잡초도 힘을 잃는다. '세상이 얼어붙는 한겨울 되면/니네들도 스스로 휴전하겠지'라며 가을을 의식한다. 가을은 떠날 준비를 하는 계절. 그러나 아직 떠나지 못하고 마음속에 머물고 있는 그리운 사람이 있다.

솜털 구름 떠 있는 하늘 가

늦더위 풀잎 끝 사이로

맑고 순한 눈을 가진

가을빛이 스며들고 있다

(중략)

아직 떠나보내지 못한 사람은

꿈길로 찾아오시려나

쪽빛하늘에 눈이 시려온다

— 〈가을이 오는 소리〉, 부분

제2장에는 가을 서정이 참 많다. 낙동강 하류의 들판, 갈대꽃이 허연 머리카락을 휘날리는 강변 마을에 사는 작가의 나이가 이미 그렇다. '낮에는 아무리 의젓하고 뻣뻣하던 사람도 해가 기운 뒤엔 가랑잎 구르는 소리, 풀벌레 우는 소리에도 마음을 열 수 있는 연약한 존재임을 새삼스레 알아차린다.(〈가을 길에 서서〉)'는 가을은 스스로를 되돌아보게 하는 사색의 계절이다.

어디선가 가을이 익어가는 바람이 불어오면 강가에는 시나브로 희끗반짝 갈대꽃 세상이 펼쳐진다.

눈이 시리도록 부신 하늘이 지난밤에 살짝 눈물방울 흘리고 갔나.

새벽안개 속에 길게 고개 내밀고 오는 햇살 한줄기에, 은빛 꽃 줄기줄기에 진주 같은 물방울이 대롱대롱 걸린다.

논밭으로 인사 나가는 아침 발자국 소리 큰 기침 소리에 깜짝 놀라 잠에서 깨어나 기지개 켜는 갈대꽃들.

머리엔 잔 구슬 같은 물방울 남겨둔 채 살랑바람에 어깨 서로 맞대며 서걱서걱 밤새 안녕, 진한 아침인사를 한다.

가만히, 흔들거리지 말자, 다짐하고 서로 손잡고 버텨보아도, 잔물결만 촐랑거려도 꽃을 단 갈대들은 커다란 파도가 되어 강허리에 누웠다 일어서기를 반복한다.

— 〈갈대꽃〉, 부분

석전의 시적詩的 미감美感이 유감없이 발휘되는 수필이다. 시각과 청각, 직유, 은유, 활유, 의인법까지 동원된 다채로운 감각이 한 폭의 수채화로 살아 있다. 그러면서도 결말에는 '이 가을에 나는 모든 이웃을 사랑하고 싶다. 단 한사람도 서운하게 해선 안 될 것 같다. 이 가을은 정말 설레이는 마음으로 끝없는 들길을 걷고 싶다.'며 석전의 휴머니즘적 심성을 드러낸다. '사소한 말 한마디가 누군가를 서운하게 하지 않았나 마음에 걸린다(〈가을길에 서서〉)'는 식의 표현은 석전의 수필에는 자주 등장한다.

석전의 생애는 '낙동강과 함께 흘러온 세월'이다. '무척산 기슭자락 낙원 같은 그곳에서 시집온 지 40년이 다 된 지금에는 어릴 적 고향은 기억에서 가물가물하고 자식 낳아 기른 이곳이 우리 집 안방같이 정답고 편안'하단다.

호랑이 같은 시어머님이 장보러 가시고 나면 잠깐이나마 해방된 기쁨이 컸는데, 야속하게도 시간은 화살처럼 지나갔다. 어느새 나룻터로 마중 나갈 시간이 다가오고 머리에 인 짐은 무겁고, 돌아오는

길은 멀기만 했다. (중략)

식수는 강물이 아무리 많아도 먹을 수가 없었고 땅밑 우물물은 짜고 색깔도 누렇고 하여 자갈돌에 걸러서 먹었다. 그 물도 겨울이면 모자라서 밤늦도록 우물에 매달리곤 했다.

흰 옷은 몹시도 때가 빠지지 않아 속을 태웠는데, 비가 내리는 날이면 그릇을 있는 대로 처마 밑에 놓고 빗물을 받아 그동안 모아둔 빨래를 했다. 뽀얗게 빛나던 흰 옷처럼 내 마음도 함께 맑아졌다. (중략)

솜털 같은 구름 위로 동글동글한 손자손녀 얼굴이 피어 오른다. 보고 또 보아도 자꾸 보고 싶은 살가운 녀석들. 힘들었던 지난날을 뒤돌아보면, 지금은 그래도 미소를 지을 수 있는 작은 여유가 있어 행복하다.

우리들은 옛 어른들께 생활의 지혜를 배웠는데 후손들에게 무엇을 물려줄 수 있을까? 낙동강처럼 출렁출렁 넘치는 인정을 주고 싶다. 청갈대처럼 무성한 푸른 꿈을 남겨주고 싶다.

— 〈낙동강과 함께 흘러온 세월〉, 부분

　강을 처음 보는 산골 사람은 시퍼런 강둑엔 올라서지도 못한다. 옛날엔 산촌과 강촌의 생활방식이 엄청나게 달랐다. 새댁은 걸음걸음마다 눈물자국이었을 것이다. 그래도 긴 세월을 흘러 석전도 강마을 사람이 되었다. 강은 과거와 현재와 미래를 현시적顯示的으로 느끼게 하는 대표적 상관물相關物이다. 강과 더불어 강이 되어 살아가는 그의 문장 표현이 영롱한 물방울 같은 서정을 담고, 또 숱한 물길을 한데 어우르는 휴머니즘적 사색을 엮어 흐르는 것은 지극히 당연할 것이다.

4.

  제3부 「나의 둥지」는 가족 관련 서정이다. 시 4편, 수필 15편으로
이 장에는 수필이 훨씬 더 많다. 그만큼 구체적 사연이 많다는 증
거이다. 가족에서 빼놓을 수 없는 것이 어머니에 대한 그리움이다.
어머니라는 단어는 모든 인류의 근원적 서정이기 때문이다.

  감나무 이파리 유난히 반짝일 때면
  먼 길 떠난 어머님이 생각납니다

  청개구리 같은 여섯 남매
  호랑이처럼 무서운 시어머니
  산처럼 무뚝뚝한 지아비

  그 고된 모든 짐
  당신의 삶이라 여기시고
  힘든 기색 누구의 탓도 않고
  비탈진 감나무 사이 밭고랑에서
  새우젓 곰삭듯 세월을 보내셨지요

— 〈사모곡 2〉, 부분

나이 들어 거울을 보면 딸들은 어머니 모습 현신現身에 깜짝 놀란다고 한다. DNA의 50%가 어디로 가겠는가. 그러나 겉모습만 아니라 정서적으로 느끼는 삶의 역정歷程도 대부분 비슷하다. 시집살이, 남편, 자식들, 어려운 살림살이 등등의 생애는 나를 통해서 어머니를 다시 본다. 시정으로 어우러지는 감성이 될 수밖에 없다. 그런데 아버지는 수필로 썼다.

아버님께서 가신 지 강산이 몇 번이나 바뀌었지만 아직도 잊지 못하고 그리워합니다.
무척이나 엄하신 분이셨죠. 우리는 그런 당신을 무서워했습니다.
산같이 말없는 그 마음 뒤에 여리고 따뜻한 마음이 있다는 걸 그땐 몰랐지요.
자식들이 아프고 힘들 때 내색은 없으셔도 가슴으로 아파하시던 모습을 이제야 절절히 깨닫게 되었습니다. 우리 형제들을 야단치실 때도 집이 울리도록 큰 소리만 쳤지 매 한번 들지 않으셨습니다.
이제 와서 생각해보니 무서웠던 그 그림자도 우리가 기댈 수 있는 커다란 언덕이었습니다.

— 〈친정 아버님께〉, 부분

상대적으로 아버지는 기술적 표현이 적절할 것이다. 손주들의 자랑도 늘이졌다. '고사리 같은 손 꼭 쥐고 큰 소리 내며 제일 먼저 나온 우리 집 1호'는 '분홍공주'이고 '다리가 길어 늘씬하고 예쁜 김연아를 닮은' '우리 집 2호'에 '손자 1호'는 '어릴 때 롯데 백화점에서 잃어버려 놀란 가슴으로 찾아다녔고 '손자 2호'는 '태어날 때부터 커다란 덩치로 우리 곁으로 와준 도현이'란다. '까도남'은 '말 그대로 까칠하고 도도한 남자'이고 '핑크빛 공주'는 '초등학교 삼학년이 되는 공주병이 중증'이란다. 이 모든 가족들을 품고 가고 싶은 욕심도 부린다.

돌아볼 여가 없이 달려온
내 인생의 둘레에
커다란 동그라미 그려놓고

금쪽 같은 내 손주들
아들 딸 사위 며늘아기도 넣고
아웅다웅 미운 정 고운 정
같이 갈 남편도 넣고

생각만 해도 가슴이 저려오는
먼 세상 어머님 아버님
나를 걱정해주는 살가운 동생들도 넣고

가슴 열어놓을 수 있는 친구들
항상 좋기만 하는 시동생 부부
며칠만 안 봐도 궁금한 사돈네도 넣어서

고래 힘줄 같은 인연의 끝에
고운 리본을 달아야지

주고받는 맑은 마음으로

오래오래 이렇게 머물다가

안녕이라는 낱말로 마침표 찍을 때

추억 속 사진첩에 고이 간직하고픈 얼굴

가슴 따뜻해지는 그런 사람이 되고 싶다

— 〈따뜻한 사람으로〉, 전문

    가족애가 알뜰하다. 핵가족 의식이 아니라 대가족을 뛰어넘는 가문家門의 서정이다. 석전은 인간관계만 알뜰한 것이 아니라 살림살이도 참 살뜰한 사람이다. '우리 집 역사 가계부'를 보면 평생 가계부를 적고 있나 보다. '우리 집 가계부는 내일 모레면 쉰 살이 되어간다. 쉰 살이 다 되어 가는 우리 집 가계부는 내 삶의 흔적이고 역사이다.'라고 했다. 시골 아낙으로서는 참 드문 기록인 것 같다.

5.

    제4부 「함께 하는 사람들」은 시 16편, 수필 7편으로 되어 있다. 다양한 문화활동을 하며 일어난 서사적 사연이 더 많을 법도 하지만 의외로 시가 더 많다. 그것은 아마도 석전의 문학적 감수성이 수필보다 시에 더 가깝기 때문이 아닌가 한다. 다양한 문화적 요소를 향유하고 있는 석전이 가장 먼저 입문한 분야가 서예다. 석전은 서예 공부를 〈함께 가는 사람들〉에서 '삶이 힘들어/탈출구를 찾

아 모인 사람들'이라고 했다. 남들은 유한부인有閑婦人들이라 생각했을 법도 하겠지만 이는 본인의 삶이 그랬다는 방증傍證이다. '강산이 몇 번이나 바뀌고/인심이 팍팍해져도/변하지 않는 우정'을 다짐하며 영원히 동반하기를 희망한다. 서예는 기본이고 사군자에 문인화까지 섭렵한 그의 서화 삼매경은 시에서도 잘 그려진다.

> 하얀 여백에 산을 만들고
> 들길을 낸다
>
> 한적한 길가에 피고 지는 들꽃도 심고
> 갈바람에 하늘거리는 코스모스
> 알싸한 향기 뿜는 들국화
> 바람과 구름이 지나간다
>
> 비슬편한 야산에
> 커다란 바위 하나 떠밀어놓고
> 그 틈새에 늙은 매화 한 그루
> 청매 홍매 피운다
> 낭창한 가지 위에 참새 한 쌍 앉히고
> 청보리밭 타고 넘실거리는 휘파람 소리도 매단다
>
> — 〈붓으로 사는 세상〉, 전문

한 폭 그림이 완성되는 과정이 일렁이는 물결처럼 파노라마로 펼쳐진다. 소재도 채색도 다양하다. 휘파람소리를 매다는 청각적 화법法書은 석전이 시인이기에 가능하다. 취미생활로 하모니카와 아코디언도 배웠다. '무대 위에 오르면/어느새 우리는 멋쟁이 공연단/가슴 두근대는 소년소녀'가 되고 '아코디온 친구는 왼 손 오른 손 궁합이 잘 맞아야/아름다운 화음'을 이룬단다.

다양한 문화 활동에 동행하는 사람들도 많다. 우농, 녹곡, 묘당 등 존경하는 분들 이야기도 있고, 우진회 등의 동아리도 있다. 친구들도 많다. '같이 일하고 같이 다니다 보니/우리는 점점 닮아가는' 동네 친구는 그래서 뒷모습도 닮았는지 '엄만 줄 알았는데 아지매네에' 하며 딸들도 헷갈려 같이 웃는단다. 친인척간에도 친구처럼 지낸다. 〈사촌 시동생〉은 '시동생 형수로 만난 세월이 오십여 년/한결같고 무던한 친구'가 되었고 〈며느리 사돈〉도 '한가한 날이면/국수라도 삶아 같이 먹는/허물없는 사돈'이 된다. 석전의 원만한 인간관계를 짐작할 수 있다.

이렇게 해거름의 논 한가운데서 동동거리는 경운기처럼 바쁘게 달려온 삶에도 마무리를 의식해야 하는가. 석전도 언젠가는 떠나야 할 때가 있음을 깨닫고 자신의 일상을 되돌아본다.

그런데 나는
어디에 중독되었는지 모르고
부지런히 산다고 착각하고 있는 것은 아닌가

— 〈착각은 자유〉, 부분

악보도 쉼표가 있는데
휴식이라는 쉼표도 없이

너무 달려왔나 보다

— 〈쉼표 없이〉, 전문

그러면서도 최종적으로는 아직은 무엇이든 열정적으로 살고 싶다는 솔직한 생각이다.

나이가 많아서 늦었다
때가 지나서 늦었다
이 말은 하지 않을래요

내 나이 70이니까
청춘인 줄 알고
뭐든지 도전하렵니다

— 〈아직도 늦지 않았겠죠〉, 부분

왜 이리 모순되는 생각을 할까. 그것은 너무 바빠서 고달픈 현실과, 끊임없이 배우고자 하는 문화적 욕망이 충돌하는 양상이다. 그는 마지막까지 무언가를 그만두지 않을 것 같다. 포드 자동차 설립자 헨리 포드는 '배우기를 멈춘 사람은 늙은이'라고 했다. 좀 줄여야겠다고 말하면서도 늘 배우는 석전은 오래토록 젊어 있을 것이다. 다만 이제는 인생의 황혼 무렵, 유유히 흐르는 강가에 서서 어떤 삶으로 마감할 것인가에 대한 끊임없는 사념을 동반한다.

사라지는 아름다운 것들

가슴에 새기며 하루를 보낸다

(중략)

주홍빛 무릉도원

하늘을 물들이는 저녁 놀

나의 삶도 그렇게 곱게곱게 물들고 싶다

— 〈지는 해를 바라보면서〉, 부분

세속적인 욕망에서 벗어나고 욕심도 미움도 버릴 수 있는 힘을 주시옵고 평범함 속에서 인생의 중요한 진리를 배우고 진실하게 살려고 노력하는 사람이 되게 하소서.

내가 행복할 때 울고 있는 사람도 있다는 생각을 잊지 말게 하시고 건강한 사람보다 아픈 사람을 먼저 위할 수 있는 따뜻한 마음을 주시옵소서.

— 〈나의 독백〉, 부분

엄마의 탯줄을 끊으면서부터 만남은 모두가 새 인연이요, 새 만남이리라.

이름 모르는 풀꽃 하나에도, 작은 돌멩이 하나에도 서로의 당겨주는 힘이 있고, 질긴 연이 있어 그 자리에 있지 않을까. (중략)

날마다 날마다 이런 만남이 많았으면 좋겠다. 맑은 미음으로 다 같이 미소 지을 수 있는 아름다운 만남들. 집 앞으로 오고가는 한가로운 사람들을 불러 놓고 함께 나누는 따뜻한 차 한 잔의 만남도 인생의 느즈막한 날에 그릴 수 있는 한 폭의 멋진 그림이리라.

— 〈미소 지을 수 있는 만남〉, 부분

시와 수필에 고루 나타나는 대로 석전이 그리는 자신의 마지막 모습은 휴머니즘적 삶이다. 차별 없는 우애로 타인에게 향하는 동정sympathy이 석전의 인간관계에서 최우선으로 작용하는 변함없는 행동기저行動基底이기 때문이다.

6.

봄과 겨울, 순경과 역경, 만남과 헤어짐. 이 모든 것들은 삶의 불가피한 요소들이다. 석전은 지난 몇 년간 지독한 아픔 속에서 꽃을 피우고 열매를 맺었다. 문학작품에는 글쓴이의 무의식적 욕망과 생각들이 고스란히 드러난다. 이때 글을 쓰는 행위를 통해 가슴 속에만 묻어둔 상처와 아픔들을 해소하며 카타르시스catharsis를 느낀다. 문학 창작에서 내면의 정서를 표현하는 행위는 해원解冤이 되기 때문이다. 그리고 이 과정에서 자신이 쓴 글을 통해 자신의 문제들을 스스로 해결하는 통찰력을 갖게 된다. 작품성을 위해서는 자신을 객관화시키고, 완성된 작품 속에서 자신을 제3자로 인식할 수 있기 때문이다. 이 점을 활용한 것이 문학치료라는 분야이다. 의도한 바는 아니지만 석전에게는 문학이 치유의 좋은 처방으로 활용된 셈이다.

아직도 논두렁 저쪽 〈먼 빛으로 있는 그대에게〉 '단풍잎으로 글 곱게 써서 편지를 보내고' 싶은 칠순 소녀의 다정다감한 석전은 당분간은 상실의 서정을 문학 창작 과정에 계속 드러낼 것이다. 그러나 시간이 흐르다 보면 유리조각 같은 아픔으로 저미던 강물도 은

빛 금빛 반짝이는 꽃물결로 바뀌는 세월이 온다. 그때쯤이면 애틋한 그리움의 생생한 총천연색 동영상에서 벗어나 흑백사진으로 추억하는 날이 석전에게도 찾아올 것이다. 석전이 〈지는 해를 바라보면서〉에서 '사라지는 아름다운 것들/가슴에 새기며 하루를 보내는' 서정에 젖어들고 있음은 이를 방증한다.

200년 전의 인간은 95%의 시간을 먹을 것을 얻는 데 사용했지만 오늘날은 5% 이하라고 한다. 인류의 미래는 여가를 어떻게 수용하느냐에 달렸다고 했던 역사학자 아놀드 토인비의 말대로 현대인의 삶의 질은 문화 향유에 좌우된다. 이런 점에서 농부의 바쁜 생활 속에서도 다양한 문화 예술 활동을 하는 다정다감한 칠순 소녀 석전昔田은 참으로 아름다운 인생을 누리는 사람이다.(2014.)

김옥선

계간 『문예시대』 수필 신인상(2005)

낙동강문학상, 한국서화대전 입상 다수

문집 『그대 숨결은 강물 되어 흐르고』

박상기 문집 『그리도 짧은 밤』

낙동강 하구에 펼친 흙으로 빚은 글

1. 자기표현 본능으로 빚은 질그릇

동천 박상기 선생은 '인텔리 촌사람'[29]이다. 외모도 그렇고 인품도 그렇고 하는 일도 그렇다. 우리 사회의 언어 통념상 '인텔리'와 '촌사람'은 대립되는 개념이다. 그런데 필자가 이런 경어敬語와 비어卑語의 모순 개념을 한 개인에게 동시에 지칭할 수 있는 것은 강서구에서 향리鄕里의 선배로 알고 지낸 20년 동안 내가 경험한 그의 모습이기 때문이다. 그는 순박함과 넉넉함을 지닌 흙냄새 나는 농부이면서 해박한 지식과 온유溫柔한 덕망을 겸비한 향토사학자이다. 또한 심심찮게 시조를 읊조리더니 만년에는 수필가로 등단하여 강서문학회 회장을 역임한 문인이다.

동천 선생은 강서가 김해군에 속했던 그때부터 이미 가야伽倻의 역사는 물론 지역 곳곳에 산재해 있는 각종 향토 자료에 관해 연구한 대표적 향토사학자이다. 그리하여 향토 문화를 발굴, 보존, 전수하는 과정에서 남긴 그의 집필 경험이 그를 늦은 나이에나마 문

---

29) 『국어사전』(대영문화사, 1993)에 나오는 두 단어의 정의는 아래와 같다.
　　— 인텔리: 인텔리겐차(intelligentsia), 농업과 같은 직접 생산 일에 종사하지 않고 지적인 일에 종사하는 지식계급.
　　— 촌사람 : 앞의 사전, 시골에 사는 사람, 어수룩한 사람.

학의 길로 유인하게 되었고 문화유산 보전뿐만 아니라 문화 창조를 하게 된 것이다.

그가 대학 국문학과 수학(修學) 과정에서 문학에 대해 일부의 강좌를 배웠겠지만 그것은 그가 40여 년 뒤에 문학을 접하는 먼 요인은 되었을 뿐, 사실 그의 대부분의 삶은 문학과 연관이 없이 농부로, 향토사가로 활동했다. 때문에 이 문집에 수록된 그의 시조 작품은 60대 이상의 연배들이 초중등 학창 시절에 익힌 시조 암송의 영향으로 드러내는, 지극히 자연적으로 읊어내는 그의 호흡의 일부이다. 그리고 그의 수필은 그의 도덕적 가치관이 스며있는 일상의 모습이며, 삶의 족적이 고스란히 담긴 구체적 내력들이다. 서울에서 대학을 중퇴하고 먼 타향에 정착한 젊은 시절부터 농촌지도자로, 향토사학자로 살아오다 늦은 나이에 출간하는 이 작품집을 두고 문학의 본질 운운하는 언설(言說)이 있다면 이는 참으로 고답적(高踏的) 사치가 될 것이다. 당연히 문학에서는 표현과 기술의 문제가 다양하게 수반되어야 하겠지만 경험을 이야기하는 것이 문학의 출발점이요 또한 종결이라는 점[30]에서 그의 문집은 숱한 생물들을 길러내는 한 덩어리의 흙으로 빚은 글이다. 더구나 그 흙은 동천 선생이 손수 평생을 가꾸어 온 낙동강 하구의 논밭에서 퍼 올린 것이다. 따라서 그 그릇은 세련미 넘치는 도안에 매끈한 유약이 입혀진 도자기가 아니다. 오랜 연륜을 살다보니 그릇이 하나 필요해서 수작업으로 막 빚어낸 질그릇 같은 글이다. 따라서 이 글은 읽는 사람들에게 아름답게 채색되거나 예리하게 도안된 예술적 감동

---

30) 김석호, 『창작원론』, 문리사, 1964, 33쪽

을 준다기보다는 한 인간의 서정과 관념을 순수하게 전해주는 투박한 글밭이 될 것이다. 읽는 이에 따라서 맑은 흙내를 맡을 수도 있을 것이고 어쩌면 푹 삭은 거름을 넣은 밭고랑의 눅눅한 향수를 느낄 수도 있을 것이다.

동천 선생의 시조나 수필은 어떤 목적에 의해서 탄생된 것이 아니다. 자신의 내면에 자연발생적으로 우러나는 상념을 농사철이 되면 봇도랑을 흘러내리는 물줄기처럼 풀어썼을 뿐이다. 문학의 기원에는 원시종교의 영향설, 민요무용설, 발생학적 기원설, 심리학적 기원설이 있으며 심리학적 기원설에는 유희본능설, 흡인본능설, 자기표현본능설, 모방본능설 등이 있다. 이 중 동천 선생의 시조와 수필은 문학의 여러 기원 중에서 허드슨Willim Heney Hudson, 1841~1922의 자기표현본능설[31]에 의한 결과물이라고 볼 수 있을 것이다.

이 문집은 내용상 모두 네 부류의 글로 엮어져 있다. 첫째는 시조, 둘째는 개인적 사념들이 담긴 수필, 셋째는 그의 삶의 발자취가 새겨진 수필, 넷째가 문학동인지의 발간사, 행사의 축사 등이다.

2. 몸에 배인 시조 보법步法

동천의 시조 작품은 배우고 읽어 연습한 것이 아니라 순전히 그

---

31) 김원경, 『문학개론』, 학문사, 1982, 23쪽. self-expression instinct, 인간의 심리적 동기로서 자기표현욕을 들고 모든 예술은 이 내발적(內發的) 욕망에 의하여 창작되어진다는 것.

의 몸에 밴 호흡법이 절로 드러난 것이다. 그것은 그의 연배가 대부분 그랬듯이 순전히 시조를 암송하도록 교육한 학교 교육 덕분이다. 시조를 익힌 기억이 50여 년 너머의 세월임에도 불구하고 그의 시조 보법은 매우 정확하고 자연스럽다. 시조의 기본 골격인 3장 6구 12음보의 형식구조뿐만 아니라 각 장과 연에서 유지되어야 하는 의미망의 친소관계親疎關係까지도 그렇다. 그리고 시조의 초보자들은 대상에 대한 서경적 묘사의 단수 위주이거나 길어야 2~3연 정도의 호흡이다. 대상의 단순 서경도 아닌 시상을 길게 이어가기란 쉽지 않음에도 그의 작품은 유연한 흐름으로 쉽게 4, 5연을 이어간다. 그리고 시상도 나이 든 연배의 시인들이 흔히 읊조리는 전원의 낭만적 서정류의 음풍농월吟風弄月이 아니라 고향마을의 해체, 향토사, 농부의 삶, 가족 서정 등으로 매우 사실적인 요소들이다.

동천 선생이 20대에 정착하여 50년 가까이 살아온 낙동강 하구 갯가 사암마을은 현재 산업단지 조성으로 해체되어 버렸다. 평생 지기의 마을 사람들은 제각각 어디론가 훌훌 떠나갔고 동천 선생도 김해 도심의 낯선 아파트에 거주하고 있다. 들새처럼 노닐던 평야를 떠나 콘크리트 구멍에 몸을 틀어박은 소라고둥의 운명으로 적응하고 있다. 본래의 자기를 잃고 말았다. 인간이 존재를 망각한다는 것은 고향의 상실을 의미함이요, 귀향의식이란 바로 이 존재의 향수이다.[32] 그런데 고향이 없어졌다. 그 무서운 전쟁도 사람들의 고향을 뿌리째 무너뜨리지는 못했다. 뿔뿔이 흩어졌던 사람들도 때가 되면 하나 둘 고향으로 다시 모여들었기 때문이다. 그런데

---

32) 김준오, 『시론』, 문장사, 1982, 74쪽.

개발은 전쟁보다 더 무섭다. 갈래야 갈 수도 없다. 상전벽해桑田碧海
—내가 몸을 붙이고 수십 년을 살았던 집터조차 찾을 길이 없다.

고향을 빼앗기고 실향민 될 사암 사람
내 고향 못 준다고 목 터지라 싸웠는데
보상금 통지 받고선 숨 죽여 입을 닫고.

녹을 듯 어려운 돈 보상금을 받아들곤
어떻게 써야 할지, 뭘 해먹고 살아갈지
몇 번을 울먹이면서 갈 곳 몰라 밤 새웠나.

적은 돈 쓸 곳 많아 머릿속만 터지는데
나가란 통지 압력, 천근만근 내려올 때
뿔뿔이 흩어질 날은 살矢같이 다가오고.

떠나지 않으려고 발버둥 치는 동안
친구는 아파트로, 옆집네는 단독으로
속 타는 남은 이들은 어드메로 가야 하나.

물 마를 웅덩이에 남아 있는 고기처럼
조여든 삶터 공사 애끓는 가슴 치며
돈 없이 살 곳도 잃고 헤매도는 가장님들.

구멍 난 배를 젓는 허수아비 선장 되어

이웃집 볼 새 없이 내 가족들 살리려고

무작정 방향도 없이 파도 속에 배를 탄다.

— 〈실향민〉, 전문

'화전동 사암마을'이라는 부제가 달린, 비교적 근래에 지은 이 작품에는 '산업개발, 가옥과 농지 수용, 보상금, 새 터전 마련' 등등으로 대변되는 고향마을 해체의 현상이 적나라하게 드러나 있다. 평생을 뿌리내린 향토 마을이 개발이라는 미명 아래 불도저의 굉음에 무너지는 참담한 광경을 바라보면서 보상금 몇 푼을 움켜쥐고 각자 제 살길을 찾아 거친 풍랑 앞에 온몸을 던지는 이 광경을 더 이상 어떻게 실감 나게 묘사할 수 있을 것인가?

'내 고향 못 준다고 목 터지라 싸울 때는 동지이지만 '보상금 통지 받'는 순간은 서로 경쟁자가 되어 '숨 죽여 입을 닫'는 것이 어쩔 수 없는 현실이다. 그것은 '내 가족들 살리'는 길을 '뭘 해먹고 살아갈지'에 목을 매야 하기 때문이다. 그리고 '무작정 방향도 없이 파도 속에 (구멍난) 배를' 타는 '허수아비 선장'이 '내 가족들 살리려'면 '이웃집 볼 새 없'는 것이 당연한 현실이기 때문이다.

문학작품의 주제를 이루는 중요한 요소는 '인간'에 있다. 그런데 물질문명이 본격적으로 발전하기 시작한 양차대전 이후 개인의 불안의식은 시대적인 보편성을 띠면서 인간 사회 전체의 위기를 절감하게 되었고 급기야는 '인간은 어디로 가야 하는가?'라고 절규하게 되있다.[33] 이러한 위기의식은 전쟁보다 더 폭력적으로 합리적 체계

---

33) 김석호, 앞의 책 14-16쪽 참조.

를 갖추어 기계문명, 산업화, 정보화, 거대자본 등에 의해서 가속화되어 전통적 삶의 공간인 농촌사회마저 극단적인 에고이즘과 찰라주의로 변모시키고 말았다. 그러나 얼마 전까지만 해도 이들은 모두 순박한 이웃사촌이었기에 '첫닭 울음에 놀라 깬 몸/무개는 천근인데/일깨워 굽은 허리 펼 쯤엔/소쩍새 소리에 새벽달이 지는구나.//마구간 누렁소야, 논일 늦다 얼른가자.《그리도 짧은 밤》'며 고된 농삿일을 재촉하며 함께 살아온 사람들이다. 지금 각자 제 살길 바빠 뿔뿔이 흩어져야 하는 이들도 아래 작품에서 그렸듯이 기실은 젊디젊은 시절부터 평생을 한 마을에서 고락을 같이한 정든 이웃들이다.

장마철 찰방찰방 두레 모꾼 새악시들
비雨 말아 먹던 팥죽 논둑에선 꿀맛인데
그 시절 곱던 얼굴은 쉰 할멈이 다 되었고.

양쪽에 줄장 잡고 흥겹게도 목청 울려
온 밑천 다 털어서 가진 재주 부린 총각
그 잘난 소리재주꾼도 곯아빠진 영감일세.

호롱불 밝히면서 신문 보려 눈을 닦고
라디오 앞에 놓고 방바닥에 배 붙이고
세상을 보고 들으려 졸면서 밤새웠지.
                                    ― 〈옛날 이웃들〉, 1~3연

그의 작품에는 향토애가 고스란히 스민 작품이 많다. 동천 선생이 근 50년간 마음 붙여 살아온 강서구는 근세까지만 해도 갈대로 뒤덮였던 삼각주이거나 가난한 갯마을이었다. 그렇기 때문에 이 지역에는 역사에 기록될 만한 화려한 전통 문화 유적이 별로 없는 편이다. 다만 민중의 삶에서 자연발생적으로 형성되는 소박한 지방 문화유적이나 군사적 흔적이 일부 남아 있는 정도이다. 이들도 대부분 멸실되어 세인의 관심 밖으로 밀려나 버린 상태였다. 동천 선생은 이런 향토사에 관심을 지녀 많은 활동을 하는 과정에서 느낀 소회가 시조 작품으로 지어지기도 하였다.

낙동강 끝자락의 녹산이라 네바우
선바우 등잔바우 탕건바우 입바운데
수만의 왜적 앞에선 청하명장 위셀러라

임진란 왜적 앞에 크게 버틴 호국장군
어린 백성 품에 안고 몸으로 지켰더니
밤중에 들어온 왜병 네가 바우라더냐

— 〈네바우〉, 1~2연

한가람 갈대숲에 씨 하나 영글어
가얏고伽倻琴 천년 한을 강서 벌에 적셔두고
꽃 져간 임들의 넋을 기리오리 가람문화

강바람 물에 실려 가야 들瑟 스치는데

새 소리 갈숲 소리 새하얀 알을 품어

박차고 날아 오르리, 무한영겁 살으리라

— 〈가람문화〉, 전문

3. 체험의 진솔한 고백 수필

수필은 누구나 쓸 수 있는 만인의 문학이다. 수필은 시나 소설처럼 형식의 제약을 받지 않는 문학이다. 수필은 특정된 형식을 떠난 극히 자유의 심정에서 아무런 거리낌이 없이 쓸 수가 있는 데 묘미가 있다. 따라서 수필은 자연, 인생, 사회 일체에 대해 자유롭게 그 주제를 잡을 수 있다.[34] 일상적 삶의 과정에서 경험한 바를 소재로 택한 동천 선생의 수필도 그 주제가 사뭇 다양하다.

동천 선생의 수필은 수상적隨想的 내용이 주류를 이루는 본격 수필이 아니라 주관적, 개인적 사색적 유형의 생활수필[35]에 속한다. 'Essay'란 용어를 처음으로 사용한 몽테뉴Michel de Montaingne, 1533~1592는 그의 『수상록隨想錄』 서문 '독자에게'에서 집필 의도를 다음과 같이 말했다.

독자여, 여기 이 책은 성실한 마음으로 씌어진 것이다. 이 작품은 처음부터 내 집안일이나 개인적 일을 말해보는 것 밖에 다른 어떤

---

34) 김석호, 앞의 책 265쪽.
35) 구인환, 『근대문학의 형성과 현실 인식』, 한샘, 1983, 71쪽.

목적도 있지 않음을 말해 둔다. 이것은 추호도 그대를 위해 봉사하거니 내 영광을 도모해서 한 일은 아니다. 그런 생각은 내 힘에 겨운 일이다. 나의 일가권속이나 친구들의 편의를 도모하기 위한 것으로 내가 세상을 떠난 뒤에 그들이 내 어느 모습이나 기본의 특징을 몇 가지 이 책에서 찾아보며, 나에 관해 알고 있는 지식을 더 온전하고 생생하게 간직하도록 하려는 것이다. (하략)[36]

몽테뉴의 이런 정신은 동천 선생의 수필의 성격을 잘 말해주는 것이다. 동천 선생의 수필에도 몽테뉴의 말처럼 '생긴 그대로, 자연스럽고 평범하고 꾸밈없는' 자신의 '결점들'을 그대로 드러내고 있다.

한해의 결산도 이제 멀지 않았다.
되돌아보면 무엇을 어떻게 살아왔는지 시원스레 대답할 말이 없다.
그저 무력하게 하루하루를 보낸 날이 얼마나 많았는지?
가슴깊이 새겨볼수록 후회스런 날이 많은 것만 같다.
늘 '오늘은 무슨 좋은 일이라도 있을까.' 하는 기대 속에 보낸 것이 어느 듯 한해가 저물어가고 있다.
농촌 살이 가을걷이도 막판인 이즈음 부쩍 서글퍼지는 것은 웬일일까.
온여름 장마 통에 냉해를 받이 거둘 것이 줄이든 것도 있긴 하지만 그보다도 인생의 가을에서 더 거둠이 없는 것 또한 서글퍼서일까.
돈도 명예도 다 돌아갈 땐 한 줌의 흙일진데, 아무튼 풍성함을 느

36)   김원경, 『문학개론』, 학문사, 1982, 324쪽. 재인용.

끼지 못하는 가을이 아쉽기만 하다.

— 〈참선의 마음〉, 부분

성철스님의 입적 소식을 듣고 그분의 삶에서 자신을 반추하는 동천 선생은 속세에 살고 있는 자신의 깨달음이야 보잘것없으리라는 것을 익히 알고 있으면서도 한 해가 다 되어가는 이 마당에 어쩐지 허허하고 서글픔을 더욱 느끼는 마음을 토로하고 있다. 〈동전 한닢이 주는 번민煩悶〉에서는 도시의 외곽을 달리는 노선버스 바닥에서 우연히 100원짜리 한 개를 덜렁 주워 넣고는 마치 무슨 못할 행동을 한 것 같은 심정으로 번민을 하고, 〈75㎜ 담배와 나의 전쟁〉에서는 자기의 명예를 자신에게 걸어놓고 혼신을 다해서 싸우는 무서운 전쟁을 혼자 이기고 나서 '무엇이든 할 수 있다'고 자축하면서 커다란 자신감을 얻기도 한다. 〈건망증〉에서는 나이를 조금 더 먹어가면서 부딪히는 두려운 마음을 토로하면서도 〈고속시대高速時代의 노인네들〉처럼 고희의 나이에도 색소폰을 배우려는 과정에서 멋진 노령의 자신을 그려보기도 한다. 실제로 동천 선생은 노인들을 상대로 색소폰 공연을 함으로써 늦은 나이에 '오빠'라는 호칭을 종종 듣는다고 즐거워한다.

이상에서 보듯 자신의 지극히 사적인 주제들이 있는가 하면 이러한 사적 경험이 공공의 윤리관과 결합되어 쓰인 글도 많다. 그것은 문학의 기능이 '미적美的인 엄숙성'이면서 동시에 '지각知覺의 엄숙성37)'이기 때문에 당연한 결과일 것이다.

---

37) 박철희, 『문학개론』, 형설출판사, 1984, 61쪽.

그런 동안 버스는 한 정거장을 더 가서 녹산중학교 앞에서 많은 학생들이 내리기 시작하니 빈자리가 나오게 되고 이젠 이 무거운 가방과 함께 내가 앉을 자리가 생기고 지금부터는 좀 쉬면서 가겠다고 기대를 하면서 뒤쪽에 빈자리가 있는 곳을 보고 찾아갔다.

그런데 이게 웬일인가? 미안하지만 앞에 있던 여고생들이 줄줄이 앉아버리고 빈자리는 거의 없어져 버렸다.

결국 앉을 자리를 다 빼앗기고 하는 수 없이 포기상태에서 서 있다가 맨 뒤 높은 자리에 조그마한 틈이 있어 체면 불구하고 비집으면서 올라가 앉았다.

— 〈버스 속의 단상斷想〉, 부분

예의범절이 무너진 세태를 마음 아파하다 못해 '다 늙어서 책가방 들고 버스 타고 다니는 한심한 주제에 뭐라고 세상을 빈정대느냐'는 자격지심으로 부끄러움을 무릅쓰고 이런 글을 쓰기도 한다. 〈역지사지易地思之〉에서는 날로 흉포해져 가는 청소년의 문제를 걱정하기도 하며 〈더불어 사는 사회〉에서는 일본에서 성공한 택시계의 왕자 유봉식 사장을 거론하며 모범기업인을 흠모한다. 이것은 우리 사회의 기업인들과 매우 대조되는 인식의 우회적 발로일 것이다. 그리고 〈구두 수선공의 넉넉한 마음〉에서는 옷을 갈아입으면서 휴대폰과 지갑을 두고 그냥 온 황당한 상황에서 생면부지의 낯선 이에게 외상을 허용하던 소시민의 모습에 감동하기도 한다. 일반적으로 연세 든 사람들의 글은 도덕이나 관념의 과잉이 넘치게 마련이지만 동천 선생은 훈계에만 머무르는 것이 아니라 연장자들 스스로의 열린 마음을 주문하기도 한다.

> 우리가 어린 자식들에게 정직하고 검소하고 성실한 사람이 되도록
> 재대로 교육하지 않았다면, 그 자식이 효도하도록 앉아서 바라지
> 말고 지금이라도 햄버거와 피자를 나누어 먹으면서 그 자녀들과
> 서로를 이해하고 서로의 생각과 포부를 존중하는 사이가 된다면
> 이와 같은 세대차이 생각 때문에 고민하고 갈등을 겪어야 하는 일
> 은 거의 없어지고 효도하는 자녀들이 스스로 나타나리라고 믿어
> 의심치 않는다.
>
> — 〈세대차이의 극복 과제〉, 부분

1994년 향토지 《녹산》에 게재된 그의 글을 보면 그는 이미 멸실
되어 흔적만 희미한 문화유산들을 향해 오래 전부터 정열을 쏟았
다. 과거의 문화유산을 발굴 보존하는 동천 선생의 소명이 그의 시
조뿐만 아니라 수필에도 당연히 드러난다.

> 내 지방 향토문화의 길잡이가 되고자 달려온 녹산향토문화관!
> 앞만 보고 달려오다 보니 시행착오도 많이 있었으리라. 그러나 내
> 고장 향민과 더불어 동고동락하면서 더불어 생각하고 발전하고자
> 함은 예나 지금이나 변함없을진대, 다 함께 열려진 큰 길로 나아가
> 내 지방 녹산향토문화를 더 넓고 더 멀리 후손들에게 일깨워주고
> 함께 생각하면서 함께 엮어가는 녹산의 문화와 역사가 되도록 내
> 고장 향토민의 모든 힘과 정성을 모아야만 된다고 믿어진다.
>
> — 〈앞만 보고 달려온 사회〉, 부분

필자가 이 글의 모두冒頭에서 동촌 선생을 '인텔리 촌사람'으로 지칭하였는데 전통의례와 향리의 문화유산에 정열을 바친 연만한 분이라면 당연히 보수적인 사고를 지녔을 것이다. 앞에서 살펴본 그의 도덕적, 관념적 수필을 보면 역시 그랬다. 그래서 정치사회의 민감한 시사적 사건에도 당연히 공고한 지역색이 바탕된 파당적 사고를 지녔으리라 생각할 것이다. 그러나 놀랍게도 그의 시대사에 대한 통찰력은 나이와 지역감정을 극복하고 있다. 기득권의 외면에다 지역감정까지 복합적으로 얽힌 한국 현실의 정치적 사건을 통해 그의 민중적, 소시민적 가치관과 몸에 밴 예의범절의 정신은 여실히 드러난다.

> 3당 합당에 반대하고 돌아서는 멋진 정의의 사나이였지만 그 바람에 영남의 보수정치세력에 영원한 배신자와 좌파로 낙인 되어 몇 차례 선거에 낙선되고 대통령이 당선된 뒤에도 보수 세력의 거센 힘에 탄핵되고 계속 멸시받는 대통령을 면하지 못했고, 계속 영남 사람들에 의해 가차 없는 심판의 대상이 되었다.
> 임기를 마치고 고향에 돌아와 '사람 사는 세상'을 작은 곳에서나마 이루고자 고향사람들과 어울려 마을을 가꾸고 미래가 있는 마을을 만들기 위해 노력하지만 거듭되는 보수 세력과 언론이 주장하는 의혹에 검찰의 칼날이 노대통령의 마지막을 스스로 선택하도록 만들었다.
>
> — 〈바보 대통령 조문인파〉, 부분

그는 수필 〈판문점板門店에서〉에 '1950년 6월 25일 민족의 가슴에 총칼로 피를 흘리게 했던 전범 김일성은 전쟁으로 희생되어간 수백만을 넘는 지하의 고인이신 동족에게 씻을 수 없는 죄를 저질러놓고 50년 독재 생활을 대물려가면서 하다가 가버렸다.'고 했다. 이처럼 '포악한 빨갱이지도자'를 저주하는 지극히 보수적 이념을 지녔으면서도 노대통령의 상가에 직접 참여하여 조문을 한다. 이러한 그의 행위는 얼핏 모순으로 비쳐진다. 그러나 동천 선생이 전통제례 및 전통 문화행사의 집례자였음을 상기한다면, 아울러 그가 사암마을 4-H클럽을 창립하고 야학을 한 농민 지도자였음을 상기한다면 전혀 이상한 일이 아닌 것이다.

4. 생생한 삶의 족적들

우리 인간에게는 자신이 경험한 특수한 사연들을 상대방에게 전달하고자 하는 본능적 욕망이 있다. 이러한 욕망을 억압하면 대밭으로 가서라도 '임금님 귀는 당나귀 귀'라고 외쳐야 한다.[38] 동천 선생의 자전적 기록물인 「걸어 온 사연들」은 농촌 사회에서는 보기 드문, 동천 선생만이 체험한 특이한 경험들이다. 이러한 기록물은 작품이 지닌 미적美的 수준의 문제 이전에 한 개인이 받은 감동을 가족과 더불어 함께 느낌으로써 다 같이 그 감동 속에 젖기를 원하[39]는 치열한 삶의 구체적인 족적이다.

---

38) 김석호, 앞의 책, 30쪽, 참조
39) 김석호, 앞의 책, 31쪽.

'내가 고향 예천 땅을 떠나 김해 녹산에 와서 살아보니 이제 나도 늙어 가고 외롭고 자식과 같이 살고 싶은 생각뿐이다. 그러니 다 그만두고 나와 같이 녹산으로 와서 살아라.' 하시는 말씀에 내 생전 처음으로 눈물이 겹도록 찡한 부자의 정을 느끼고 그냥 아내를 설득하였다.

호랑이처럼 무섭고 바늘만큼도 정을 붙이지 못했던 부자간이라 나는 그 한마디에 감동했지만 아내는 무섭고 두려운지 망설이다가 지엄하신 시부모의 청을 거역할 수 없어 따르기로 했지만 그래도 아내는 눈앞이 캄캄하다면서 차라리 도와 달라고 하지 말고 다른 방법을 찾아볼 것을 하면서 눈물을 삼켰다.

그도 그럴 것이 이제까지 부자간의 서먹하고 힘든 관계 속에 살면서 며느리이자 아내의 자리에서 늘 보아온 형편이라 앞으로 살아갈 길이 얼마나 막막했으랴. 그러나 하늘 같은 시어른의 명을 어찌할 수 없이 이삿짐을 챙겨 대구역에서 기차화물로 구포역까지 발송하고 눈물을 머금으면서 다음날 김해녹산 사암마을로 내려왔다.

— 〈이삿짐 오던 날〉, 부분

수필이 비록 고백의 문학이라 하지만 이렇게 적나라하게 자신의 사적인 과거를 솔직하게 고백한 글이 흔히 있을까? 늙으신 부모님의 소망이나 자식의 부모님에 대한 이러한 순종이 불과 50년 전까지만 해도 당연한 것이었다.

20센티가 넘는 눈밭을 허우적거리면서 계속 밀고 당기면서 사취등

마을을 지나고 나니 길인지 아닌지 구분하기 힘들 정도로 눈이 깊이 쌓여 가끔 눈구덩이에 빠지기도 하면서 순아3구 마을에 도달했을 때 갑자기 강가에서 놀라 푸드득 하고 나는 청둥오리에 등골이 오싹하도록 놀라기도 하였다.

하늘은 캄캄한 밤인데도 눈이 계속 내리면서 들판을 하얗게 비치어 길 앞에 있는 사물을 알아볼 정도로 밝았다.

— 〈이삿짐 오던 날〉, 부분

지금 사람들은 이 부분을 읽으면 참 낭만적으로 느낄지 모르겠으나 1960년대 농경시대의 겨울철 이사는 참 고된 일이었다.

동천 선생은 군대를 제대한 20대의 젊은 나이 때부터 고향 예천에서 재건중학교를 만들어 자원봉사교육을 하였고 사암 마을로 와서는 경운기를 구입하여 기계 영농의 선진 농부가 되고 낮에는 농사일을 하면서 저녁시간을 이용하여 농촌 청소년을 모아놓고 농사교육과 가사원에 및 운동을 가르치고 '사암마을 4-H클럽'을 만들었다. 교육시설이라고는 아무것도 없는 마을에 토담집 갈대지붕으로 마을회관을 짓고 석유램프로 불을 밝히고 벽에 까만 페인트를 칠하여 칠판을 만들고 백묵으로 글과 노랫말을 적어 가르쳤다. 일제 치하인 1930년대의 정경이 그려지는, 그야말로 심훈의 『상록수』를 연상케 하는 삶의 모습이다. 비록 취임은 못했지만 35살의 햇병아리 같은 나이에 '녹산 단위농업협동조합장'으로 추천을 받았으니 그의 치열한 농촌 봉사를 충분히 짐작하고도 남을 것이다. 오죽했으면 간첩으로 오인을 받았을까.

이제 우리가 그렇게 바랐던 사적비가 세워지고 그 사적비가 이 땅에 보란 듯이 장엄하게 버티고 서면서 녹산 주민들의 애향심과 녹산 향토문화관의 향토사랑에 대한 공을 말해줄 것이라 믿고 신바람 나게 행사를 준비하였다.

1990년 3월 30일 제막식 행사에는 부산시 문화예술과장 및 강서구청장, 김해문화원장 및 강서구내 원로인과 지방유지 등 300여 명이 사적비 앞에서 모여 성대하고 경건하게 제막식행사를 하였다.

이 귀중한 조상들의 혼이 담긴 문화재산이 헐릴 때는 배고픈 백성들의 허기를 채우기 위해 밀가루 몇 백 포로 싸게 헐리었으나 지금 이 성을 복원하려면 수백억 원을 들여도 힘든 공사건만 한 치 앞을 못 내다본 그 시절 문화행정이 너무나 야속했다.

작은 불법보다 비중이 컸던 문화재복원공사에 운명을 걸었던 내 자신이 행사장을 찾아온 고위직 공무원 및 지방 유지들과 고향을 사랑하는 주민들 앞에 한층 더 보람 있는 일로 느끼면서 스스로 떳떳하게 잘했다고 위로해 보았다.

— 〈성城=金丹串堡 고개 사적비〉, 부분

동천 선생의 삶에서 문화유적에 관한 정열을 뺄 수는 없다. 《가람문화》 발행, 향토지 《녹산》 발간, 강서문화원의 사무국장으로 기여한 문화적 공로는 수없이 많다. 이러한 그의 업적이 한 편의 수필로 기록되어 자손과 이웃에 전해질 수 있다는 것은 참으로 다행한 일일 것이다.

이 문집에는 걸어온 사연들 외에 발간사와 특정 행사의 축사도 수록되어 있다. 강서지역의 향토 문화 보전 활동과 문학회를 이끌게 되면서 동인지 발간을 주도하여 문학 동인지 《강서문학》의 발간 사를 쓰게 되었고 여러 곳의 방송에 출연하여 향토문화의 귀중함 을 역설한 자료들이 수록되었다. 이런 자료들 역시 동천 선생의 삶 의 족적을 잘 보여주는 자료들이다.

5. 문학회의 명품 회장名品會長

2005년 봄, 서너 명으로 구성된 '강서문학회 복원 주비위원'들의 1년간의 노력 끝에 10년 동안 활동이 중단되었던 강서문학회의 복 원 총회가 열리게 되었다. 그날, 우리 회원들은 아직 문학에 본격 적으로 입문하지도 않은 동천 선생에게 회장의 책무를 짐지웠다. 복원총회에 참석한 회원들 중에도 의외라는 반응이 있었거니와 외 부에서는 모두 뜻밖이라고들 했다. 주비위원들이 사전에 동천 선생 의 내락을 받은 것도 아니었다. 그날 회의 진행이 자연스럽게 그렇 게 되었다. 아마 동천 선생 자신도 의외였을 것이다. 주비위원장으 로 그날 사회를 맡았던 필자는 동천 선생의 역량을 이미 짐작하고 있었다. 나는 확신하고 있었다.

동천 선생이 2년간의 임기를 마칠 즈음 우리 강서문학회 회원들 은 이구동성으로 회장의 중임重任을 지지했다. 회원들이 말했다.

"뽑을 땐 몰랐는데 지나면서 보니 정말 '명품 회장'을 뽑은 것 같 다."

동천 박상기 회장이 이끈 4년 동안의 강서문학회는 비약적으로 성장을 거듭했다. 회원들의 결속력은 부산 문단에 이미 소문으로 번져났다. 회장을 비롯한 미등단 회원들의 등단이 줄을 이었다. 회원들의 대외적 활동이 두드러지면서 작품집 발간도 이어지고, 낙동강의 마지막 관문인 강서江西의 특징을 옹골차게 담은 낙동강문학상도 제정하였다.

이 모든 것이 박상기 회장의 지도력 덕분이었다. 역시 동천 선생은 순박함과 넉넉함을 지닌 흙냄새 나는 농부이면서 해박한 지식과 온유溫柔한 덕망을 겸비한 향토사학자에 훌륭한 리더십을 겸비한 '인텔리 촌사람'이었다.

앞으로도 오래도록 우리 강서지역의 문화발전을 위해 왕성한 문화 활동을 계속하여주시기를 기대하면서 문집《그리도 짧은 밤》의 출간을 진심으로 축하드립니다.(2009.)

박상기

계간 『문예시대』 수필 신인상(2006)

강서문인협회장 역임, 부산 강서 향토사학자, 낙동강문학상 수상

문집 『그리도 짧은 밤』

하혜영 수필집 『꽃비의 사랑』

직반사형 감성 센서의 한길 동행하기

1.

　하혜영의 작품 세계는 직반사直反射, Direct reflection type의 감성
感性 센스sense로 반응하면서도 도전과 성찰을 통해 세상의 한길에
동행하려는 자기 서사의 이력서다. 작품 내용면의 특징은 서정적
인 요소보다 정보나 의견 개진의 성격이 강하여, 한 작품 속에서
도 작가의식이 다양한 중층 구조로 드러난다. 형식면에서는 작품
의 구성미나 수사적修辭的 기교에는 기본적 관심을 두면서도 제재
의 변주變奏를 통한 형상화 등 문학 미감美感의 실현에는 무관심한
편이다.

　인간은 관계하는 동물이기에 세계와의 관계에서는 다양한 파장
들과 맞부딪는다. 빛의 입사入射에 대한 반응 경로는 사람마다 다
양하다. 정반사가 보편적이지만 난반사도 있고 혼합반사도 있다.
아예 반응을 유보하는 완전 흡수의 오리무중 같은 사람도 있다.
작품 〈꽃비의 사랑〉에서 '대쪽 같은 성격을 지닌 나'로 자신을 표현
했듯 하혜영 수필에 담긴 현실 대응의 근저는 직반사의 감성이 기
저를 형성한다. 직반사는 입사각과 반사각이 직접적으로 반응하
는 일대일의 충돌적 대응이다. 그러면서도 그의 작품 속 행로行路
는 세상과의 소통을 통한 동행을 끊임없이 모색하는 과정의 연속

이다.

세상의 한길은 혼자만이 걷는 길이 아니다. 세상은 다양한 관계를 형성하는 입체형이기에 개인이 직반사형 감성 센스로 대응하면 불협화음이 일어난다. 이 충돌은 내면화되어 내적 갈등이 야기되고 그 해소를 위한 스스로의 길을 모색하려 노력하게 된다. 견고한 세상의 한길에서 부딪히는 내외적 갈등 속에서는 생각들이 많아진다. 그래서 하혜영 작가는 스스로의 길에 대한 성찰적 사색이 많다.

그러면 나는 어떤 길이었는가. 세상에 태어남을 감사하기보다 억울함과 분노로 휩싸여 혼란한 시기도 있었다. 힘들 때 한숨 쉴 틈도 없었고, 상처받고 눈물 날 때 소리 내어 울지도 않았던 지난 세월들의 회한이 물밀 듯 밀려온다.

― 〈희망 사다리〉, 부분

누구나 힘든 시절에 나는 전혀 모르고 자랐다. 그런 탓인지, 아직까지 원리원칙만을 고수하며 융통성 없이 살아가는지도 모르겠다. 아무튼 지구란 거대한 극장에서 아주 작은 소품 하나로 시련을 이기면서 오랜 세월 지나온 것 같다.

― 〈어린 시절의 추억〉, 부분

하혜영 작가의 내외적 갈등과 세상 인식의 표출을 강하게 담은 수필 30편의 동독과 정독을 반복하면서 느낀 점은 여성적 섬세한 감수성이 깃든 작품이면서도 정보나 의견 개진의 요소가 강하여 글 읽기가 무겁다는 점이다. 그리고 창작 모티브motive에서 우연성

보다는 의도적 요소가 강하며 그에 따라 특정 주제가 반복적으로 반영된다는 점이다. 이런 연유로 작품의 창작 모티브와 내용에 담긴 의식면의 성향을 중심으로 작품을 조명해보는 편이 작가와 작품을 더 정확히 이해하는 방법이겠다는 생각이 들었다.

창작 모티브는 작품을 쓰게 된 직접적 계기로서 매 작품당 중심되는 한 건의 모티브만 추출하였다.

표1 〈창작 모티브〉

분류	일상	회고	교육 사회	사색	합계
빈도	13	7	8	2	30
%	43	23	27	7	100

창작 모티브의 절반가량이 일상성에서 기인하는 점과, 회고적 요소가 적당히 반복된 것으로 보아 일반적으로 수필가들이 채택하는 사실적 소재의 취재 경향과 큰 차별성은 없다. 다만 교육 사회적 모티브가 좀 색다를 뿐이지만 이도 그의 직업적 요인에서 기인할 뿐이다. 문제는 위에서 보듯 간명한 창작 모티브에도 불구하고 한 작품 속에 담긴 작가 의식은 특정 이념이 반복적으로 토로된다는 점과, 이 의식들이 동일 작품 속에서도 두 가지 이상의 중층 구조로 직조되었다는 점이다.

전체 작품 속에 담긴 특정 주제의식의 빈도수를 조사해 보았다. 작가가 드러낸 세상과의 동행 의지는 도전, 인생론적 경향은 사유, 자아 탐색은 성찰, 교육 및 사회 기여는 봉사, 앞서의 이념들이 배제된 감성은 서정으로 분류하였다.

표2 〈작가 의식〉

분류	도전	사유	성찰	봉사	서정	합계
빈도	13	10	10	7	8	48
%	27	21	21	15	16	100

30편 작품 속에 특정 의식 노출이 총 48회나 되었다. 단일 작품의 단일 의식 노정露呈은 16편이었다. 나머지 14편에서는 중복으로 드러나며, 3가지의 의식이 교집합으로 섞여 있는 경우도 6편이나 되었다. 특이점은 작품 속에 현실에 대한 강력한 도전의식이 강하게 드러난 점이며 〈표1〉에서는 단 2회뿐이던 사색의 창작 모티브에도 불구하고 작가 의식에서는 사유, 성찰 등 사색과 연관된 의식의 빈도수가 22회로 매우 많다는 점이다. 도전 의식이 강한 이유는 작가가 처한 현실의 강력한 극복 의지의 결과로 보인다. 자연스럽게 생각이 많아지게 된 도전적 삶에서 사유나 성찰 등의 작가 의식이 중복 표현되었을 것이라 생각된다.

이상의 기초적 분석을 토대로 〈표2〉 '작가 의식'의 항목들을 중심으로 직반사형 감성 센서sensor의 한길 동행하기를 톺아보면서 본론의 마지막 장에서는 작품 속에 구현된 문학적 미감을 조명해 보고자 한다.

2-1.

인간이 사회적 동물이라는 명제에는 필수적으로 세상의 한길에서 남과 더불어 동행하는 삶이 전제된다. 그러나 하혜영 작가는 생래적으로 자력 이동에 제약을 타고 났다. 그가 맞닥뜨린 세상은 불공정한 비포장길이었다. 때로는 고독을 넘어 고립의 상실감도 아프게 느꼈을 것이다. 작품 〈내 마음의 선생님〉에서는 '내가 제일 곤란한 체육 시간. 아이들은 체육복으로 바꿔 입느라고 시끌벅적할 때면 가만히 앉아 멋쩍어 했던 나'로 표현했고, 또 작품 〈함께 달릴 수 있다는 것〉에서는 '보통 사람들에게는 하찮은 일이겠지만 나에게는 특별한 일이 이동 수단이었다.'고 고백하고 있다. 평범한 사람들에겐 단순한 적응이라도 그에게는 온 힘을 다해야 하는 응전의 현실이기에 도전이라는 다소 강력한 개념이 자리잡게 되었다. 그가 직반사형 감성 센서sensor가 된 것도 상당 부분 평등하지 못한 세상의 길에서 연유했다고 볼 수 있다. 그럴수록 한길 동행하기를 지속적으로 도전한 것은 그의 확고한 정체성 때문이었을 것이다. 부정을 극복하는 가장 확실한 방향은 객관적 상황을 긍정하는 도전 의지다. 당연히 작품 속에 편입된 작가 의식 요소에서 세상을 향한 도전적 의지가 높은 빈도로 추출될 수밖에 없을 것이다. 문제는 그 엄정한 현실을 작가가 어떻게 응전하고 수용하느냐 하는 점이다.

더 높은 어떤 불가능에의 도전, 내면의 세계에서 어떤 갈증이 시작되었을 때, 불가능이 없었다는 바로 그 사실 때문에 도전을 받았는지도 모른다. 삶이란 항상 이긴다는 사실보다는 이기기 어려운 것들이 있다는 사실만으로 더욱 더 노력을 하고 싶었다. 도전하고 극복해야 할 문제에 부딪쳤을 때 비로소 거기엔 꿈이 생기고 목표가 설정되어 있기 때문이다. '할 수 있다.'와 '할 수 없다.', '해 보았다.'와 '해 보지 않았다.'는 엄청난 차이일 수도 있을 것이다.

아무튼 운전으로 인해 이런저런 웃지 못할 사건들도 많았지만 온전히 나만의 능력으로 세상 사람들과 똑같이 달릴 수 있다는 사실은 나로 하여금 황홀한 경험을 하게 만들었다.

― 〈함께 달릴 수 있다는 것〉, 부분

자동차는 그가 세상의 한길에 동행할 수 있는 물리적 기반이 되었다. 그러나 기실 항상 스스로 성취할 수 있는 정신적 동행의지는 이전에도 확고하게 자리매김한 모양이다. 작가는 〈희망 사다리〉에서도 '늘 그랬듯이 내 삶의 멘토는 나'라고 했다. 아래 작품을 통해 그의 자립성을 확인할 수 있다.

나의 인생에서 피해갈 수 없는 조건들을 두 팔 벌려 말없이 안아야만 했던, 지난날들에 대한 회한의 능선에 서서 조용히 발밑을 내려다본다. 보다 나은 삶을 찾기 위한 수단으로 'Fluke'라는 뜻밖의 행운이나 요행수는 기다리지 않았다.

― 〈비상을 꿈꾸다〉, 부분

고등학교 졸업과 동시에 학생들을 가르쳤다. 옆집 아주머니께서 남매를 부탁하셔서 수업하게 된 것이다. 특별히 홍보도 하지 않았는데도 이상하리만큼 학생들은 점점 불어나기 시작했다. 겨우 20살에 알면 얼마나 안다고 선생님 소리를 들었을까? 그 당시만 하더라도 과외교습이 많았던 터라 나에겐 안성맞춤인 것 같았다. 선택의 여지도, 생각할 겨를도 없이 순식간에 80여 명의 학생들을 가르

치는 선생님이 된 셈이다. (중략)

그러나 이를 어쩌랴! 1980년 7월 30일, 전두환을 중심으로 '국가보위비상대책위원회'에서 발표한 7·30교육개혁 조치로 재학생들의 과외교습 및 입시목적의 학원수강을 금지한 조치가 발표되었다. 즉 과외가 전면 금지됨을 말한다. 나에게는 그야말로 아닌 밤중에 홍두깨였다.

— 〈과외지도 사십년〉, 부분

선불로 받은 과외비를 반환해야 했다. '봉투 겉면에 정확한 계산서를 기재하여 집집마다 찾아다니는 순간, 하늘을 바라보니 7월의 뜨거운 태양의 열기가 나의 온몸에 쏟아져 내려 더욱더 슬픔을 이겨내지 못하게 했다.'고 술회하고 있다. 어린 나이에 겹친 이러한 역경은 그를 더욱 강하게 했을 것이다.

그에게 세계와의 타협은 곧 좌절이었다. '뜻밖의 행운이나 요행수'는 요원한 현실이었음을 경험법칙으로 깨달았을 것이다. 자신의 처지를 숨길 것인가, 밝힐 것인가, 아니면 모른 척 외면할 것인가. 결국 그는 불편한 현실에서 불만을 품고 숨어버리는 것이 패배라는 사실을 깨닫고 자신을 당당히 드러내어 놓고 응전한다.

"우리 선생님은 못 하는 것이 없는 것 같아."
짓궂은 개구쟁이의 답변
"못 하는 것 딱 한 가지 있다~"
모두들. 뭔데? 뭔데?
"그래, 나는 달리기 못 한다. 그 대신 다른 것 모두 잘 하잖아?"

"와~~ 우리 선생님 대단해~"

그러고는 모두들 한바탕 웃곤 한다.

— 〈내 삶의 반세기〉, 부분

그의 과외지도 40년은 단순한 학원 경영이 아니라 아이들에게 심어주는 도전 의지였을 것 같다. 그러니까 고졸의 20대 초반부터 이어진 입소문 덕택에 동사무소에 취직을 한 지금도 그 나머지를 끊지 못하고 야간과 휴일에는 수업을 하면서 고등학교 입학까지는 책임을 져 주어야 하는 과외선생으로 고생을 하고 있다. 그에게 맡겨진 학생들은 어쩌면 반드시 목표 달성을 하게 될 것 같다. 최근에는 남들 퇴직할 나이에 새로운 직업을 찾았다.

2016년 1월 4일, 나에게 새로운 일이 주어졌다. 북구청 홈페이지에서 특별채용 공고를 보고 접수해 보았다. 면밀한 심사와 면접을 통하여 당당히 합격되어 금곡동 주민센터 복지과에 근무하게 되었다. 강산이 네 번이나 바뀔 만큼의 오랜 세월을 학생들과 함께 했던 삶에 다시 한 번 변신을 하고 싶어 새로운 사회 진출을 원했던 것이 이루어진 것이다.

— 〈비상을 꿈꾸다〉, 부분

그의 도전은 끝이 없는 것 같다. 짧지 않은 행로에 숱한 장애물을 넘어왔을 것이다. 그리하여 할 수 있는 일이라면 망설이지 않고 과단성 있게 도전해 보는 것이 몸에 밴 것 같다. 사회 복지의 필요성을 온몸으로 체감한 그가 대학에서 사회복지를 공부하고 또 오십 줄의 나이에 국어를 전공하고 수필을 쓴다. 지금 행하고 있는 동사무소 근무도 단순히 업무나 봉사 차원을 넘어 대상자들에게 의지를 심어주고자 하는 마음가짐으로 하고 있다. 그런 역할을 하고 있는 것도 자신의 삶과 연관된 적극적 의지다.

여든세 살 된 할머님 댁을 방문한 적이 있다. 좁은 공간이지만 비교적 정돈이 잘 되어 있었다. 대부분의 어르신들께서는 단절된 사회적 관계로 인하여 마음을 쉽게 열려고 하지 않으셨지만 의외로 엷은 미소로 반겨주신다. 대화가 순조로울 것 같은 느낌이었다. 내가 이 분의 멘토가 되어 최소한 삶의 질을 높일 수 있다면 최선을 다해 보리라 다짐했다.

— 〈희망 사다리〉, 부분

동사무소의 업무를 두고 '이 분의 멘토가 되어 최소한 삶의 질을 높일 수 있다면 최선을 다해 보리라 다짐'은 공무원이 쉽게 할 수 있는 생각이 아니다. 스스로에 대한 도전 의지가 확산되어 학생에게로, 복지 대상자들에게로 이어지다가 드디어는 아무런 의무감도 없는 이웃에게로 향한다.

시골에서 거우 초등학교는 졸업했지만 농사일이다, 집안일이다 해서 공부를 제대로 못한 데다 여태껏 일만 죽어라 해 왔던 터라 글을 배울 시간이 없었다며 눈물을 글썽였다. 그녀의 눈빛에는 배우지 못한 설움과 한이, 배움의 절실한 열망과 의욕이 엉켜 있었다. 순간 놀라움과 함께 가슴이 찌릿하면서 조금은 안타까운 생각이 내 가슴 밑바닥에서 일렁거렸다. 나는 앞으로 다가올 고통과 시련을 생각지도 않고 '한 번 해 봅시다!' 하고 쉽게 말을 건넸다.

— 〈남의 텃밭에 가꾼 꽃〉

자타의 구분이 없는 도전의지다. 별로 친하지도 않았던 학부모의 부탁으로 한여름에 숙식을 같이 하면서 11전12기로 운전면허를 합격시키고는 이어서 고입 대학까지 약속을 한다. 그가 이렇게 적극적인 것은 타고난 성품 탓도 있겠지만 자신의 불행을 오버랩시킨 동병상련의 공감이었을 것이다. 상대방의 어려움을 보고는 그냥 넘어가지를 못하는 품성이다. 그리고 나면 스스로 얻는 것도 있다.

한여름 열기를 받으며 함께 공들여 가꾼 철호 엄마의 텃밭에는 탐스런 희망의 꽃이 화사하게 피어나고 있었다. 그 곁을 서성이는 내 몸에도 은은한 향기가 스며있는 것을 느꼈다.

— 〈남의 텃밭에 가꾼 꽃〉, 부분

그 쾌감은 곧 자신감의 확보다. 그래서 이 글의 서두에 '비록 남의 텃밭에서라도 꽃을 피우는 일은 결국 향기를 나눠 갖는 즐거움인 것 같다.'고 하면서 수미쌍관으로 글을 구성했다. 도전의 성취에 대한 동일성이 자기만족이다.

2-2.

작품을 통해 볼 때 하혜영 작가는 자아와 인생사에 대한 이런 저런 생각이 많은 사람이다. 그렇다고 사상이나 철학에 체계적인 식견을 지닌 사람은 아니다. 또한 고고하고 심오한 의도로 글을 쓸려고도 하지 않는다. 일상생활에서 접하는 사상事象에 대한 그 나름의 소박한 사색이 노정露呈된 것일 뿐이다. 그런데 〈표1〉의 창작의 모티브에서 볼 때 사색의 빈도는 단 2회에 불과하다. 그런데 그의 작품에 이런 사유나 자기 성찰 의식이 22회, 42%의 빈도로 작용했다. 실제 30편의 작품 중 성찰 혹은 사유의 인식이 나타나는 작품이 14편이다. 왜 그럴까.

그 해답은 그의 작품에 그려진 삶의 과정에서 유추해 볼 수 있다. 그는 어릴 때부터 남들과 어울려 세상의 한길에서 뛰어놀 수 없었기에 삶의 현장에서 번민이 많았을 것이다. 어린 시절부터 혼자 놀고, 혼자서 생각하고, 혼자 독서하면서 많은 일상을 보냈을 것이다. 예민한 청소년기는 어땠을까. 그러다 스무 살부터 성실한 과외교사로 입지를 세웠으니 학생은 물론 학부모로부터도 선생 대접을 받으며 어른스런 시각을 키웠을 것이다. 거기에다 복지 관련 학과를 전공하고 불행한 노인들을 상대하면서 인생살이에 사념이 많아졌을 것이다. 요컨대 어린 시절에는 어른아이가 되어 있었을 것이고 청년 시절에는 존경받는 선생으로, 여기에 장년부터는 복지 관련 도우미로 세상을 살아온 것이다. 게다가 수필까지 쓰게 되었다. 이 모든 길목에서 그는 항상 남과 다른, 자신의 불안전한 모습을 의식하지 않을 수 없었을 것이다. 그리하여 그의 가슴 속에는 인생살이에 관한 긍정과 부정의 다양한 상념들이 맴도는 삶이 있었다고 본다.

여기에 그가 어릴 때부터 어머니께로부터 들었던 태몽 사연이 뇌리에 깊숙이 박혀 있는 것도 운명론에 대한 관심의 근원적인 요인이 되었을 것 같다.

예부터 셋째 딸은 선도 안 보고 데려간다는 1남 4녀 중 셋째 딸이다. 큰언니를 임신하셨을 때 어머니의 태몽이 있었다.

어머니께서 큰 길을 걸어가셨는데 바로 앞에 큰 우물이 있었단다. 우물가에 뭔가 있음을 발견하고 가까이 가서 살펴보니 옛날 양반들만 피웠던 긴 담뱃대 3개가 나란히 놓여져 있었다네. 신기한 마음에 첫 번째 담뱃대를 들고 당겨 보고, 또 다시 두 번째 것을 당겨보았다고 하셨다. 둘 다 아무 이상 없는 담뱃대였단다. 마지막에 놓여 있는 세 번째인 것을 살펴보았더니 담뱃대의 기능은 정상이나 고리가 빠져 있어서 생김새가 이상했다고 하셨다.

그 이후로 딸 셋을 낳으셨다. 이런 기막힌 일이 있으랴! 아마 셋째 딸이 부실할 것이라는 예지몽豫知夢이었을 것으로 믿어진다. 어머니께서는 이런 아이러니한 태몽을 말씀하시고 모두 운명으로 받아들이자고 말씀하셨다. 그래도 억울하다는 생각뿐이었다. 왜 하필 딸 넷 중에 나였을까? 얼마나 많은 것들이 너를 제지하고 억눌렀는지 누가 다 알까? 그 많은 세월들을 굴하지 않고 힘차게 살고서 뒤늦은 서러움에 이제야 통곡하고 싶어진다.

— 〈운명론과 예지몽〉, 부분

당사자인 하혜영의 입장에서는 기가 찰 노릇이다. 운명이란 무엇인가를 생각하지 않을 수 없을 것이다. 억울하고 슬프고 허망한 생각도 들었겠지만, 운명론이 맞든 그르든 어머니의 태몽을 현실적으로 수용할 수밖에 없는 현실이 아닌가.

우리들의 운명을 마음대로 주무르는 신은 과연 존재하는 것일까?
사주팔자는 한국인의 정서에 알게 모르게 깊게 뿌리 박혀 있다. 그래서 무의식중에 어떠한 일이 잘 되었을 때는 '운이 좋았다.', '일진이 좋았다.', '내 사주팔자四柱八字가 좋은가 봐.'라고 말을 한다. 그러나 일이 풀리지 않을 때에는 사나운 사주팔자 타령을 하곤 한다. 이렇게 운명의 존재를 믿고 의지하는 사람들을 종종 볼 수 있다.
얼마 전, 졸수卒壽를 바라보시는 협회 선생님께서 '이 세상에 내 마음대로 되는 것이 아무것도 없다.'라고 말씀하신 적이 있다.

— 〈내 인생의 재발견〉, 부분

모든 것이 운명에 의해 좌우된다는 생각이 들 것도 같다. 그래서 우리의 운명론에 대해 궁금해 하면서 신이 정해준 그의 운명에 대한 암호문인 사주팔자의 암호문을 연구해서 풀어주는 특정한 사람에 대한 관심을 갖기도 한다. 그러나 이러한 상념들은 아직까지는 막연한 관심사일 뿐 확실한 지침을 설정하지는 못한 것 같다. 그래서 관념적 운명론 내지는 무상관에 스며들기도 한다.

인생은 허망하고 무상하다. 누구든 늙으면 다 허무와 무상으로 빠진다. 봄여름에 피고 지는 꽃들이 그렇고 한 시대를 풍미했던 일세의 권력 또한 그러려니와 어젯밤의 꿈인들, 사랑인들, 또한 복락을 누리는 부귀영화인들, 어느 하나 무상치 아니한 것이 어디 있겠는가.

하물며 떠도는 구름이요 스치는 바람이자 흐르는 강물임이랴. 또한 인간사 파란고절의 세정까지도 어찌 무상타 아니할 것이더냐.

— 〈生, 바람 같은 것〉, 부분

이러한 무상관은 그가 노인복지 관련 업무에서 경험한 영향도 매우 클 것이다. 죽음을 앞둔 노인들을 보면서 스스로에게 대입해 보는 공감성의 발현이기도 하다. 흔들리는 상념에 한 가닥 의지처를 찾고자 하는 마음은 더 나아가 도학에 대한 궁금증도 지닌다.

내 인생의 여정에서 한 가지 더 욕심을 부리자면 도학道學 공부를 하고 싶다. 도학道學이란 어떠한 경우를 당하더라도 마음이 흔들리거나 요란하지 않고 어리석지도 않으며 그르지도 않게 하는 것으로 알고 있다. 즉 마음공부라 칭할 수 있을 것이다. 그리하여 운명이나 숙명론에서 자유로워져서 나 자신의 참 모습을 발견하고 싶다. 언제쯤이면 마음을 다잡아 도학道學과 다정한 길동무가 되어 나를 다시 찾을 수 있을까.

— 〈내 인생의 재발견〉, 부분

아직 그의 인생론적 사유는 접점도 시발점도 찾지는 못한 것 같다. 그의 인생론적 사유는 당분간 제자리를 잡기 위해 요동치는 팽이처럼 회전할 것 같다. 숱한 인생에 대한 사유는 결국 자기 성찰에서 비롯될 것이다. 그가 자신의 내면을 들여다보는 기회도 수시로 드러난다.

나는 원리원칙을 고수固守하는 곧은 성격으로 뭉쳐진 성품이라 반
세기를 훌쩍 넘게 살아오면서 나의 부족함으로 혹여 상대의 마음
을 다치게 한 적은 없는지 많이 생각해 보았다. 살다 보면 본의 아
니게, 또는 고의적으로 누군가에게 피해를 주기도 한다. 이로 인해
양심의 가책을 받으면서도 모른 척 애써 감추기도 하고, 깊은 곳에
눌러 놓기도 하지만 그 짐은 어느 특별한 계기를 만나면 표현하게
되는 모양이다.

— 〈푸성귀의 변신〉, 부분

그는 글 속에서도 스스로 너무 곧고 직선적이라 세상살이에 문
제가 많다는 말을 종종 한다. 그리고 어떻게 하면 이를 완화시킬
수 있을까를 생각한다. 그러면서도 갈등한다. 그른 것을 그르다고
말 못하고 외면해 버리기에는 그의 정직성이 견뎌내기는 버겁다.
그래서 뱉어놓고는 나중에 후회한다. 그도 세상살이의 한길에 동
행하려면 적당한 융통성이 필요하다는 것을 모를 리가 없다. 그래
서 자기를 향한 주문呪文 같은 주문注文을 종종 하게 된다.

대쪽 같은 성격을 지닌 나. 수많은 해를 넘긴 덕분인지 이젠 부드
럽고 촉촉한 심경의 변화에 엷은 미소를 지어보기도 한다. 세월이
지나감에 그냥 늙어가는 것이 아니라 익어간다는 것이 맞는 표현
이리라 생각이 든다.

— 〈꽃비의 사랑〉, 부분

지금 내 나이가 이순을 바라보고 있다. 참으로 살수처럼 흘러버린 세월이다. 인생을 사계절로 나눈다면 내 인생은 어느덧 가을을 지나는 시간이다. 추수가 끝난 삭막한 들녘에 홀로 서 있는 형국이다. 제때에 떨어지지 않는 나뭇잎들이 나무의 존재를 도리어 위협하듯이 인생의 가을에 버려야 할 것들은 무엇이고 떨어지는 것들 중에 지켜내야 하는 것은 무엇인가? 지나온 내 인생의 가을은 대풍년인지 아님 대흉작은 아닌지 때론 나 자신을 되돌아 볼 때가 종종 있다.

— 〈겨울나무〉, 부분

창작 행위는 자기표현과 동시에 자기치유의 기능도 한다. 특히 교술양식인 수필 창작의 경우 자아의 세계화 과정에서 자아를 탐색하고 자기를 객관적으로 조명하는 과정을 거친다. 자기 고백의 행위는 필연적으로 자아성찰을 수반하며 연이어 자기치유를 통한 내적 성장을 이루게 된다. 한마디로 언어 수행遂行을 넘어 언어 수행修行이 이루어지는 것이다. 그 진미를 작가는 발견하고 재미를 붙인 것 같다.

새해의 아침햇살이 그득한 거실 한쪽에는 고구마 한 상자가 얌전히 앉아 있다. 맞은편 거실장 위에는 햇살의 의지만큼이나 강렬한 고구마 줄기가 힘차게 돋아나고 있다. 올해는 마음의 여유가 생기려나 보다. 별것 아닌 것에서도 감탄할 줄 알고 신비로움을 느낄 수 있는 아침이다. 지난날의 바쁜 세월 속에서 많이도 무디어졌을 것 같은 내 감성도 다시 살아나는 것 같아 빙그레 웃음이 나온다.

고구마 새순이 돋는 상쾌한 새해 아침. 그래, 이제부터는 사소한 것
에서도 아름다움을 느낄 수 있는 다정다감한 중년 여인이고 싶다.

　　　　　　　　　　　　　　　　　　　　— 〈고구마 새순처럼〉, 부분

수필 창작 행위를 통해 자아를 발견하고 성찰하면서 아울러 문
학의 심미적 즐거움까지 누릴 수 있다는 점에서 작가의 중년은 더
욱 아름다워질 것 같다. 그의 중년이 무르익으면 인생에 대한 번잡
한 사유나 자기 연민의 성찰에서 한결 자유로워지리라 생각된다.
그러면 그의 수필 세계도 무거운 갑옷을 벗어던지고 사뭇 경쾌해
질 것이다.

2-3.

김학진 고려대 교수의 『이타주의자의 은밀한 뇌구조』(2017. 갈매나
무)에 의하면 이타적인 행위는 직관적이고 충동적이라고 한다. 즉,
이기적인 사람들의 이분법적 인식과 달리, 이타적인 사람들은 자
신과 타인을 위한 선택의 가치 차이를 구분하지 않는다는 것이다.
남의 일도 자기 일인 양 인식하고 최선을 다한다는 것을 뇌 구조의
활동양상으로 증명하고 있다. 이런 부류의 사람은 애틋한 사연 앞
에 서면 자타 구분 없이 몸을 던진다.

여든세 살 된 할머님 댁을 방문한 적이 있다. 좁은 공간이지만 비
교적 정돈이 잘 되어 있었다. 대부분의 어르신들께서는 단절된 사

회적 관계로 인하여 마음을 쉽게 열려고 하지 않으셨지만 의외로 엷은 미소로 반겨주신다. 대화가 순조로울 것 같은 느낌이었다. 내가 이 분의 멘토가 되어 최소한 삶의 질을 높일 수 있다면 최선을 다해 보리라 다짐했다.

— 〈희망 사다리〉, 부분

'멘토'가 되어 '최선'을 다해 보리라 '다짐'하는 직장인이 쉽게 있을까. 자칭 원칙주의자이면서도 국가적 공식 업무에서 인간관계가 연계되는 경우에 사적인 감성부터 앞선다. 그러다가 얼른 이성적 판단의 정상 절차로 회귀한다.

금곡동 주민 센터에서 애절한 음성의 민원전화를 받았다.
"여보시오. 요기 1단지 ○○○인데요."
"네, 말씀하십시오."
"이 할매가 너무 더버서 높은 데 있는 선풍기를 내루다가 선풍기가 자빠라져 고장이 나뿌렀어요. 혹시 주민 센터에 선풍기 헌기라도 없는기요? 억수로 더버서 선풍기 없이는 못살 것 같아요."
일단 알아보겠다고 하며 전화를 끊었다. 순간 집에 있는 선풍기라도 드릴까? 아니지. 민원처리에 사사로운 감정이 개입되면 안 된다는 생각이 들었다. 혼자서 한참을 생각하다가 퇴근할 즈음, 금곡동 주민 센터 내에서 근무하시는 마을지기 선생님 두 분에게 말씀 드려 보았다. '세상에 83세 어르신께서 이 더운 삼복더위에 얼마나 더우셨을까?' 하시며 가슴을 쓸어내린다.

— 〈독거노인 멘토링〉, 부분

그에게는 이 일이 나의 고유한 담당 업무냐 아니냐가 크게 중요하지 않다. 어떻게 해야 상대방의 문제가 해결되느냐에 먼저 생각이 머문다. 측은지심惻隱之心이 가슴 한가운데서 자리잡고 있는 모양이다.

> 낳아 길러서 출가시킬 때까지 자식들을 위해 헌신하셨던 부모님! 그런 부모님들이 지금은 세월이 많이 흘러 머리도 하얗고 어제, 오늘 일도 기억을 못하시는 어르신들을 대할 때 내 마음이 강물에 빠진 소금 가마니처럼 무거웠다. 만약 당신들이 없었다면 지금의 우리가 어찌 있을 수 있겠는가.
> 인생은 허망하고 무상하다. 누구든 늙으면 다 허무와 무상으로 빠진다. 봄여름에 피고 지는 꽃들이 그렇고 한 시대를 풍미했던 일세의 권력 또한 그러려니와 어젯밤의 꿈인들, 사랑인들, 또한 복락을 누리는 부귀영화인들, 어느 하나 무상치 아니한 것이 어디 있겠는가.
> 하물며 떠도는 구름이요 스치는 바람이자 흐르는 강물임이랴. 또한 인간사 파란고절의 세정까지도 어찌 무상타 아니할 것이더냐.
> — 〈생生, 바람 같은 것〉, 부분

남의 인생에서 자신을 되돌아보고 인생을 사유한다. 남과 나를 분리 대응하는 사고가 아니라 동일선상에 놓고 스스로를 몰입시킨다. 곧 나의 문제로 인식한다. 학생들 가르치는 일도 그렇다.

> 강사로서 원활한 수업이 이루어지려면 최소한 한 과목을 열 번은 반복해야 한다고 생각한다. 당시, 열 번하고도 다섯 번은 더 다졌

으니 이제 학원을 개원해도 부족함이 없다는 생각에 단과학원을 개원하게 되었다. 신설하였으나 학생들 모집은 어렵지 않았다. 원장인 나의 열정이 고스란히 전달되어서인지 수업은 순조롭고 원활하게 이루어져 학생들의 성적은 역시 고공행진이었다. 학습에 부족한 아이들은 휴일까지 불러서 보충을 하였으니 제아무리 안 되는 아이라도 어찌 잘 되지 않겠는가. 지금 생각해 보면 단과학원을 운영하는 동안 휴일을 쉬어본 적이 거의 없을 정도였다. 그 반면, 고마웠던 학부형님들도 많았다. 겨울이면 정성어린 김장김치, 계절마다 형형색색의 갖가지 과일들, 스타킹, 샴푸 등 웬만한 것들은 사지 않아도 될 정도로 챙겨 주셨다.

— 〈과외지도 40년〉, 부분

시간을 매우는 수업이 아니라 성적을 책임지는 수업을 한 모양이다. 그러니까 무료 보충수업을 다반사로 했다. 이해득실의 계산이 아닌, 이런 헌신獻身은 흔히 말하는 사명감과는 결이 다르다. 필자는 고등학교 재직시절에 휴일의 고3 자율학습 감독 문제로 교장과 논쟁을 한 적이 있다. 당연히 감독 수당은 없던 시절이었다. '선생으로서의 희생정신을 발휘하라.'는 교장의 요구에 '봉사까지는 하겠지만 희생은 못하겠다.'고 항변한 것이다. 사실 직장에서는 봉사도 필요 없이 책임만 다해도 충분充分하다.

결단력이 상당한 그도 책임감이나 인정人情 앞에서는 매우 머뭇거리는 사람인 모양이다. 학원 경영을 접었으나 일부 나이 어린 학생 학부모들의 부탁을 뿌리치지 못한 것이 동사무소 근무를 하는 지금까지도 방문과외 수업으로 계속 이어지고 있다.

그의 봉사적 사회 활동은 특이한 시스템의 과외와 복지관련 전공, 그리고 동사무소 근무 등이 종합적으로 영향을 끼친 것 같다. 그의 과외 시스템은 일 년 단위가 아니라 초등학생을 만나 중학교 과정까지는 책임지는 연속성에서 기인한 면도 클 것이다. 오랜 기간 학부모와 아이들과 호흡을 같이 해온 것이다. 지금도 초등부터 키워온(?) 학생들의 요청을 떨쳐버리지 못해 이 두 가지를 병행하고 있다. 자기 몸을 상해가면서 하는 '주경야교晝耕夜敎'의 이 수고는 책임감과 봉사 정신이 아니면 불가능할 것이다. 당분간은 이런 복합적 봉사성 활동을 쉬 접지는 못할 것 같다.

2-4.

　수필 창작에서 하혜영 작가가 구현하는 문학 미감은 제한적이다. 각 작품 속에 담긴 의식들, 즉 도전, 사유, 성찰, 봉사 등의 특정 가치나 이념이 배제되고 문예적 감성이 개입된 서정은 상대적으로 적은 8회 16%의 빈도였다. 사적 서정의 제재로 창작된 작품은 〈바닷가의 첫사랑〉, 〈나를 부르는 진도〉 등 4~5편에 불과했다. 이들 작품도 서사적 전개들이다. 이는 곧 정서 전달보다 정보 전달에 중점을 두는 하혜영 수필 창작의 관점을 보여주기도 한다. 지금까지 한국 현대수필의 창작 경향이 정보나 지식 전달에 중점을 두고 있었음은 주지의 사실이다. 문학적 미감을 통한 정서 전달을 소홀히 취급해 왔다.

　하혜영의 작품도 대부분 전자의 경향이다. 이런 경향에 익숙한

탓에 서정 중심의 작품도 서사적 전개 중심이다. 여성적 섬세한 감성은 곳곳에 드러나면서도 문학 미감 창출은 소극적이다. 전체 작품을 통틀어 일관성 있게 의도적으로 구현된 문학 미감은 구성미다. 그리고 부분적이나마 제재 또는 소재의 비유적 변주, 세련된 표현미 등에서도 작가의 미감 표현 의도를 찾을 수 있다.

구성미란 내용 전개 방식으로 현실적 제재를 미적 원리에 입각해서 독자에게 펼쳐 보이는 배열의 디자인이다. 포괄적으로 수필의 형식미라고 해도 무방할 것이다. 이 구성미 구현은 사람마다, 작품마다 다를 수 있다. 때문에 수필은 무형식의 형식이다. 무형식이란 곧 그 형식을 작가가 개별적으로 창출해야 한다는 의미다.

하혜영 작품에서 구현된 대표적 구성법은 서두와 결미 부분에서 드러나는데 기실 이 기법은 모든 글에서 가장 기본적으로 구사되어야 하는 요소다. 그 중 특징적인 것인 아래 작품들은 수미쌍관首尾雙關으로 호응된 예이다.

> 비록 남의 텃밭에서라도 꽃을 피우는 일은 결국 향기를 나눠 갖는 즐거움인 것 같다.
> 그해 여름, 그 유별났던 더위는 내 삶에 하나의 뚜렷한 나이테 바퀴를 이뤄 놨다. 한 사람의 소망을 위해 땀과 믿음을 쏟은 이야기는 어쩌면 제3자에게는 평범한 이야기에 불과할지 모르겠지만, 당사자와 나에게는 값지고 소중한 행복의 나이테였다.
>
> — 〈남의 텃밭에 피운 꽃〉, 서두 부분

한여름 열기를 받으며 함께 공들여 가꾼 철호 엄마의 텃밭에는 탐스런 희망의 꽃이 화사하게 피어나고 있었다. 그 곁을 서성이는 내 몸에도 은은한 향기가 스며있는 것을 느꼈다.

— 〈남의 텃밭에 피운 꽃〉, 결미 부분

주제에 호응하는 제목을 선정하여 그 의미를 서두와 결미에 반복 전용하고 있다. 이러한 수미쌍관은 작가가 그 글 전체를 통어通御하고 있다는 증좌이다. 문학작품은 디자인이다. 작가는 가치의 생산자가 아니라 가치를 예쁘게 전달할 줄 아는 디자이너라야 한다. 그런 점에서 작가는 자기가 쓰는 작품은 터럭 한 올이라도 모두 통어하면서 글을 떡 주무르듯 갖고 놀 수 있어야 한다. 그래야 좋은 디자인이 창출된다. 그 통어의 가장 원초적인 면이 구성의 일관성, 통일성, 완결성이며 그 기교의 일환이 수미상관으로 드러나는 것이다. 아래 작품도 봄의 이미지로 된 수미쌍관이다.

얼마 전까지만 해도 봄은 왔지만 봄답지 않아 춘래불사춘春來不似春을 노래할 정도로 바람이 세차고 공기가 차가웠다. 그럼에도 계절은 어김없이 찾아오고 개나리, 진달래, 산수유, 목련 등 봄꽃은 피어나고 있다. 이제 봄기운이 완연함을 느낀다. 땅바닥에 움츠렸던 새싹들도 꽃봉오리가 한꺼번에 깨어나 우리들에게 즐거움을 안겨 준다.

— 〈꽃비의 사랑〉, 서두 부분

이제 봄꽃들의 향연 속에 4월의 짧은 봄이 서서히 물러갈 즈음, 봄꽃 내음 가득 담아 따뜻한 차 한 잔 나누며 잠시 마음의 여유로움도 담아보련다.

— 〈꽃비의 사랑〉, 결미 부분

이러한 수미쌍관 기법은 새해맞이 감회를 쓴 〈고구마 새순처럼〉에도 사용된 것을 볼 때 작가는 이 기법을 선호하는 것 같다. 이외 부분적 구성미를 살펴보면 아래 작품은 서두 부분을 주제와 연관시켜 '어린 시절=아침해'로 유추한 동일성에서 출발하고 있다.

눈부시게 아름다운 아침을 맞이한다. 태양은 매일 떠오르지만 늘 새롭다. 태양뿐만 아니라 모든 자연은 늙지 않고 언제나 우리들과 신성하게 마주친다. 마주친다는 말은 순간을 있는 그대로 본다는 말일 수도 있다. 더하거나 빼지 않고 어떤 편집 작업도 없이 단지 있는 그대로 본다는 것, 마치 거울처럼 본다는 것이 무척이나 다행스럽다.

— 〈어린 시절의 추억〉, 서두 부분

결미 부분에서 주제와 연계한 작품도 있다. 아래 작품은 비상의 날개를 펼치는 이미지를 바닷새에 유추하여 생동감 있는 서정을 구사하고 있다.

바다를 보면 마음이 평안해지는 섯처럼, 또 푸른 늪이나 남색 꽃을 보듯 마음의 여유로움도 가지며 한껏 기지개를 켜본다. 이제부터는 또 새로운 비상飛上이다.

— 〈비상을 꿈꾸다〉, 결미 부분

하혜영 작가는 제재의 재해석이나 비유적 형상화를 시도하는 경우는 드물다. 아래 작품은 유일하게 제재를 주제와 연관시켜 비유적 형상화를 시도한 작품이다. 빳빳한 자신의 성향을 상큼한 나물로 변주하려는 의도가 보인다. 그러나 작품 전체를 관통하는 형상화가 아니라 지극히 단편적으로 결미 부분에서만 그 비유를 드러내고 있다.

몸이 아픈 덕분에 호들갑스럽게도 바쁘기만 했던 일상을 접고 눈을 감고 누웠으니 이젠 마음이 여유로워진다. 세월이 이렇게 소리 없이 나를 휘감아 가며 끊임없이 나를 변화시키고 있다는 것을 느낀다. 싱싱한 푸성귀가 숨이 죽은 다음에 입맛을 돋우는 상큼한 나물로 변한 모습을 그려본다.

— 〈푸성귀의 변신〉, 부분

부분적으로 구현된 작품 속의 표현미는 조직적, 체계적이라기보다는 간헐적, 즉흥적으로 시도되고 있다. 앞에서 살펴본 작품 〈남의 텃밭에 피운 꽃〉 결미 부분에서 '한여름 열기를 받으며 함께 공들여 가꾼 철호 엄마의 텃밭에는 탐스런 희망의 꽃이 화사하게 피어나고 있었다. 그 곁을 서성이는 내 몸에도 은은한 향기가 스며 있는 것을 느꼈다'는 표현은 비유를 통한 서정의 심화 확산 효과를 자아낸다. 아래 작품들도 마찬가지다.

새해의 아침햇살이 그득한 거실 한쪽에는 고구마 한 상자가 얌전히 앉아 있다. 맞은편 거실장 위에는 햇살의 의지만큼이나 강렬한 고구마 줄기가 힘차게 돋아나고 있다. 올해는 마음의 여유가 생기려나 보다. 별것 아닌 것에서도 감탄할 줄 알고 신비로움을 느낄 수 있는 아침이다. 지난날의 바쁜 세월 속에서 많이도 무디어졌을 것 같은 내 감성도 다시 살아나는 것 같아 빙그레 웃음이 나온다.

— 〈고구마 새순처럼〉, 부분

오늘 따라 길을 걷다가 잎새의 반짝이는 몸짓도 떠나보내고 온갖 풀벌레들의 재잘거림도 비워버리고 떠나간 모든 것들을 위해 우러러 기도하는 나의 어머니 같은 나무를 바라본다. 나무도 사계절에 순응하듯 우리의 인생도 그러하리라. 꿈꾸는 시대, 방황하는 시대, 정착하는 시대, 그리고 추억의 시대로. 도종환 시인의 '겨울나무'가 떠오른다.

— 〈겨울나무〉, 부분

〈고구마 새순처럼〉에서는 힘차게 발아하는 고구마 순과 햇살에 자신의 이미지를 결합시켜 새해의 의지를 담고 있다. 〈겨울나무〉에서는 모든 것을 바치고 비운 몸으로 선 나무와 어머니의 이미지 결합이다. 이러한 기교는 당연히 서정적 미감을 증폭시키는 문학성의 주요 요소이다.

문단의 중간 부분에 비유를 통한 표현으로 서정성을 확보한 경우도 있다. 일례로 〈늦깎이 대학생〉의 '반주와 율동이 맞지 않을까 봐 학생들의 동작도 살피며 건반에 수를 놓았답니다.'에서 피아노 건반에 '수繡를 놓는다.'는 표현은 동작의 섬세한 정성과 음악 미감의 요소까지 결합된 고급 문장이다. 이런 표현들이 잦을수록 작품의 서정성은 빛나는 것이다. 그리고 무거운 전개 속에서도 서정적 대상이나 분위기의 섬세한 묘사가 곳곳에 돋보이기도 한다.

글의 모두冒頭에서 작품의 구성미나 수사적修士的 기교에는 기본적 관심을 두면서도 제재의 변주變奏를 통한 형상화 등 문학 미감美感의 고급스런 실현에는 무관심한 편이라고 지적한 바 있다. 그럼에도 불구하고 하혜영 작가도 이념성이 강한 글과는 달리 서정적 제재나 주제를 구사한 장면에서는 구성미나 비유, 문체미의 요소가 상당히 고급스럽게 구현된 점을 볼 수 있다. 하혜영 작가의 이런 상반된 경향은 당연히 주제 중심의 글과 미감 중심의 글의 차이에서 오는 작가의 집필 자세에서 기인하는 문제이다. 훌륭한 정보 전달이 아니라 서정적 감화의 주제를 탐색한다면 하혜영 작가도 미감이 뛰어난 좋은 수필을 창작할 수 있다는 능력을 보여준 사례들이다.

3.

작가의 책임에는 문학 내적 책임과 문학 외적 책임이 있다. 전자는 올바른 언어 사용으로 미적 가치가 잘 직조된 작품 창작의 책임이며, 후자는 작품 내용과 작가 삶의 도덕적 일치성이다. 훌륭한 문인도 문학 작품이 아니라 그의 일상사로 인하여 사회적 지탄을 받는 일이 허다한 세상이다.

하혜영 작가의 직반사直反射, direct reflection type로 반응하는 감성感性 센스sense는 문학 책임의 측면에서 양면성을 지닌다. 위선이 난무하는 세상, 하혜영의 삶에서 작가 언행과 작품의 일치성이라는 점에서는 말할 나위 없이 훌륭한 요소이다. 그러나 창작성이라는 측면에서는 불리한 요인이 될 수도 있다. 직반사의 감성적 수사修辭에 주제까지도 무겁게 접근한다면 그 작품은 자칫 논설문이 되어 미학적 즐거움을 담보하기 어렵다. 문학은 사실 전달이나 자기 주장이 아니라 미감의 창작성을 발현해야 하고, 작가는 그 디자인을 담당하기 때문이다.

특히 삶에 대한 번다한 사유를 바탕으로 형성된 그의 생활 감성은 한 작품 속에서도 다양한 중층 구조로 표출되었다. 즉, 하나의 긴축된 주제로 쓴 글보다는 한 작품 안에서도 도전과 사유와 성찰과 봉사와 감성이 둘 이상 복합적으로 엉겨 있는 경향이 많다. 이것은 한 작품 속에 다소 이질적인 화소話素, motif의 개수가 지나치게 많다는 의미와 상통한다. 한 작품 속에 다양한 주제의식이 혼재해 있는 구성이면 산만하고 무겁다. 주제뿐만 아니라 전개 방식, 진술 방식도 그런 경향이 있다. 단일 주제, 단일 제재, 단일 서정의 통일성 있는 글이 좋은 작품이다.

무거운 전문적 주제는 전문가에게 맡기고 문학에서는 미학적 즐거움 창출을 목적으로 해야 한다. 개인의 성향으로 생활 속의 사념이 그쪽으로 흐른다 해도 무거운 주제일수록 가볍게 접근하는 제재 선택의 기술이 필요하다. 문학작품은 철학, 역사서가 아니라 이것들을 효과적으로, 즉 '재미있게 보여주는 언어 디자인'이기 때문이디. 하혜영 수필은 과거 실용성에만 선고했던 독일제 공산품을 연상하게 한다. 생산 기술이 이미 보편화된 현대에는 예쁘고 아름다운 디자인 감각이 필요하다.

필자의 경험상 문학 양식 중 작가의 역량이 가장 다채롭게 구현되는 장르는 수필인 것 같다. 다른 양식인 시나 소설, 희곡 등은 최소한의 작법 기술을 제공한다. 시는 운율, 소설은 구성법, 희곡은 대사 전개법만 맞추어도 기본은 된다. 형식 제약이 엄격한 시조는 글자 수만 맞추어도 시조가 된다. 그런데 수필 작법의 힌트는 고작해야 '무형식의 산문성'이다. 그래서 수필은 붓 가는 대로 쉽게 접근하는 무성의한 작품도 가능하다. 그러나 고급 작품 창출에 부딪히면 문제가 달라진다. 다른 양식과 달리 최소한의 작법 규칙인 형식마저도 작가가 알아서 창안創案해야 하니 그 나머지 미감 창출이야 첩첩산중을 헤맬 수도 있을 것이다.

그러나 수필의 진정한 매력은 바로 이 무형식에 있다. 무형식을 바꾸어 생각해 보면 오히려 아무런 제약이 없는, 창조성의 극대화 양식이 수필이기 때문이다. 결국 수필은 무형식의 제약으로 인하여 작가마다, 작품마다 다를 수 있는 천차만별의 형식과, 천차만별의 형식에 어울리는 천변만화의 표현이 가능한 양식이다. 이것은 수필가에게는 행운이다. 이 점에서 다른 양식보다 수필 작가의 디자인 감각이 더욱 창조적으로 발현될 수 있기 때문이다.

하혜영 작가의 작품세계는 이제 첫걸음을 떼었다. 첫 작품집은 시작일 뿐이다. 지금까지 보여준 그의 작품 성향은 세상과의 소통에서 겪은 갈등 극복의 시작과 과정의 자기 서사였다. 작가는 지난 10년 동안 문단 활동을 통한 사회적 소통과, 자전적 수필 창작을 통한 심리적 안정감 등 많은 경험을 쌓았을 것이다. 이제는 세상에 동행하기 위한 조심스런 탐색을 그쳐도 충분할 만큼 한길로 들어선 모습이다. 셋째 딸을 두고 평생 가슴앓이를 하셨을 어머니께서도 인정하신다.

어제 여든여덟이신 어머니께 안부 전화를 드렸다. 어머니께서는 높은 연세임에도 소녀 같은 순수함을 그대로 간직하신 분이시다. '내게 가장 가슴 아픈 자식이 너였는데 열심히 살아줘서 참말로 고맙데이. 네가 진짜로 효도했데이. 정말 장하다.'라고 하신다.

— 〈나의 부모님〉, 부분

앞으로는 세상의 한길에서 타자他者들과 평안하게 동행하면서 서정성 충일한 제재를 탐색하여 문예창작의 즐거움을 한껏 누리기를 바란다. 하혜영 작가가 지닌 직반사의 예민한 감수성, 섬세한 관찰력, 논리적 사고, 지적 탐구성, 그리고 열정적이면서도 정직한 삶의 태도는 수필 창작의 좋은 밑바탕이 될 것이다. 그리하여 이번 작품들에 간헐적으로 구현된 문학미감의 싱싱한 묘목들을 잘 성장시켜 창작성이 충분히 발현된 다음 수필집을 기대한다.(2017.)

하혜영

계간 《문예시대》 수필 등단(2007)

한국토지주택공사 수필부문 전국 최우수상, 부산수필문학협회 작품상 외

수필집 『꽃비의 사랑』

반강호 문집 『강마을 이야기』

서낙동강 집오리 강서 하늘을 비상하다

1.

집오리는 창공을 날지 못할 것이라는 사고는 낡은 버전version이다. 현대는 퓨전fusion과 변신變身의 시대다. 인류 역사상 인간의 삶이 어느 시대인들 변화를 지속하지 않았으랴만 현대의 변화는 획기적이고도 다채롭다. 개인의 삶도 마찬가지다. 생활의 영역전환領域轉換도 용이하게 해주는 사회문화적 시스템이 폭넓게 열려 있다. 위대한 전문직 종사자라 할지라도 평균수명 80여 년의 장수 사회에서 평생을 제한된 기능성만 발휘하며 산다는 것은 무리다. 제2의 인생이니 제3의 인생이니 하는 때도 지났다. 요즘은 은퇴隱退 전후의 삶을 전생前生, 후생後生으로 일컫기도 한다. 어찌 한 우물만 파면서 살 수 있겠는가.

현대인의 놀라운 퓨전과 변신은 인간이 다채로운 능력을 지닌 존재이기 때문에 가능하다. 인간이 만든 컴퓨터나 스마트폰만 보아도 알 수 있다. 컴퓨터는 범용성汎用性의 기기器機, general purpose computer다. 못 하는 게 없다. 스마트폰도 기능이 대단하다. 그런데도 우리는 이 경외敬畏로운 기기들이 지닌 성능의 1/4도 활용 못 한다. 이를 만든 우리 인간은 컴퓨터보다 우수한 존재다. 누구나 다양한 재능을 지니고 있다. 벤자민 프랭클린Benjamin Franklin은 활용되지 못하는 재능을 '그늘에 놓인 해시계'라고 했다. 퓨전과 변신의 시대, 현명한 사람들은 자기의 해시계를 양지로 끌어낼 기회를 놓치지 않는다.

평생 수학을 가르친 반강호 선생, 10년 전의 반강호 교장선생님은 그의 칠순에 이런 문집을 출간하리라는 것을 감히 상상도 못했을 것이다. 그런 그가 퇴직 후 샛강을 벗어나 비상을 시도했다. 그동안 수필가로 등단했고, 부산강서문인협회 회장직을 맡아 부산강서문화원에서 중추적 활동을 하면서 강서구의 세밀한 탐조探照꾼으로 날개를 펼치고 있다. 아호雅號도 '강촌江村'이다.

외유내강外柔內剛, 언행일치言行一致!
나에게 각인된 강촌 선생의 인품이다. 강촌 선생의 오리를 닮은 외형적 요소는 착한 눈매와 넉넉한 입술과 깔끔한 상반신이다. 몸매나 걸음걸이는 오리와는 정반대다. 그런데도 필자가 강촌선생을 '샛강의 집오리'로 부르는 것은 그의 품성과 행적이 그렇기 때문이다. 그는 서낙동강변에서 한국 최초의 오리 유기농법을 시행하던 아버지를 도우며 어린 시절을 보냈다. 그는 ROTC 출신 장교에 평생을 중등학교 수학선생으로 보낸 사람답게 원리와 원칙을 존중하는 합리적 보수 성향으로, 책임과 성실이 몸에 밴 사람이다. 매사에 창의적이면서도 온화하다. 사립학교에 근무하던 그가 교장이 되고 나서 처음으로 이사장을 면담해 보았다는 일화는 그 학교재단 이사장도 대단한 분이겠지만 강촌 선생의 품격과 성실성을 웅변하는 사연일 것이다.

그는 흰 와이셔츠에 점잖은 넥타이를 맨 정장 양복 차림으로 평생을 '샛강 물줄기'를 따라 오르내리던 성실한 '집오리'였다. 그의 부모님이 기르던 집오리가 서낙동강의 야생으로 돌아갔을 때, 마지막까지 울타리 안으로 되돌아온 몇 안 되는 모범생 집오리를 닮은 사람이다. 그런 그가 이제는 화사하고도 자유분방한 활동복 차림으로 변신하여 문학회에서, 문화원에서 제3의 인생을 다채롭게 향유하면서 드디어 강서의 하늘을 비상한다.

필자가 강촌 선생을 처음 만난 것은 부산강서문인협회를 복원한 이듬해인 2006년 늦은 봄이었다. 당시 총무였던 수필가 이진웅 선생님은 반강호 교장선생님과 같은 학교에 근무를 하고 있었다. 우리 협회에서는 문학에 관심 있는 분들을 물색하고 있었다. 그때 교장선생님이 협회 동인지 《강서문학》에 수록할 수 있겠느냐면서 산문을 두어 편 주더란다. 입장이 난처해진 이 선생이 그 글을 나에게 가져왔다. 우리 협회 회원도 아닌 데다 문학과 전혀 상관이 없는 분이라 나는 다소 당황하였다. 그러나 생각과 달리 제법 다듬어진 글을 본 나는 이분을 아예 문단으로 이끌 궁리를 하였고 즉각 우리 협회 가입을 권했다. 훗날 들어보니 문단의 관례를 전혀 알지 못한 채 그냥 주면 되는 줄 알고 자기 글을 한 번 맡겨본 것이라고 했다.

알고 보니 그의 독서량은 대단했다. 학교 모든 선생님들마다 생일 선물로 책을 사 주었단다. 그것도 자기가 읽은 책 가운데 그분께 가장 알맞은 것을 골랐단다. 그 후 문학 활동을 통해 상당한 수련이 되었음에도 '아직 멀었다'며 등단을 미루다 근년에야 수필가로 등단을 하게 되었고, 이제는 그동안의 글들을 모아 문집을 출판하기에 이르렀다.

　강촌 선생의 문집『강마을 이야기』에서 독자가 읽어내야 하는 것
은 무엇일까. 그의 글은 낙동강과 함께 흐르는 모든 생명과 풍경을
그의 성실한 삶의 유리창에 투영시킨 서정이다. 여기에 수록된 글
은 고도로 세련된 문학의 세계가 아니다. 그는 고도한 예술성을 담
보하는 문학적 창작을 의도하는 사람도 아니며, 문학을 통해 무엇
인가를 이룩하겠다는 소명의식을 지닌 사람도 아니다. 이 문집은
고향 강서의 미래를 마음속으로 설계하며 성실하게 살아가는 삶의
모습이 고스란히 조명된 투영도投影圖이다. 그것도 본인의 말대로
'문학'과는 전혀 관련이 없는 세계를 평생 살아온 사람이 쓴 자기
고백적 발자취다. 그러면서도 역시 수필가다운 섬세한 면모가 아
름다운 서정으로 곳곳에 발현되는 글이다.
　모두 4부로 구성된『강마을 이야기』는 제1부에서 강서에서 보고
느끼는 서정수필을, 제2부에서 국내외 기행수필을, 제3부에서 일
상에서 경험한 생활수필을, 제4부에서 향토 서정을 담은 시조작품
이다. 발표한 표어 몇 개를 양념으로 수록했다.

2.

　제1부 「물길 맴도는 자리」는 '강마을 이야기'란 부제가 붙은 연작
수필로 강촌 선생의 향토애가 잘 드러난 글들이다. 그는 강서 전체
지역을 동백꽃나무로 채워놓겠다는 야심찬 계획을 세우고 몇 년째

나무를 심고 있다. 그것도 40년 전 결혼 기념으로 직접 심었던 마당의 동백 씨앗을 받아 키운단다.

금년 봄에는 지난 가을에 모아 둔 동백 열매 500여 개를 뒤뜰에 파종을 했다. 앞으로 매년 열매를 모두 수확하여 동백 묘목을 정성껏 키워서, 우선 우리 마을부터 심기 시작하여 동백꽃 피는 마을로 점차 확대해 나갈 계획이다. 후손에게도 계속 이어진다면 강서구 전체가 동백꽃 피는 마을로 장식되고 말 것이다. 모처럼 계획을 세웠으니 꼭 실천으로 옮길 각오이다.

— 〈우리집 지킴이 동백나무〉, 부분

열매와 씨앗은 같은 사물이다. 수확하면 열매가 되고 심으면 씨앗이 된다. 강촌 선생이 결혼 기념으로 심었던 동백에서 수확한 열매는 오롯이 그의 인생의 함축含蓄이다. 그리고 그 열매를 씨앗으로 뿌린다는 것은 인생의 확산擴散이다. 과연 누가 이런 원대한 일을 도모할 수 있을까. 사람은 죽어 이름을 남긴다고 하지만 강촌 선생은 애당초 이런 공명심功名心마저 없던 사람이다. 굳이 이유를 찾는다면 무조건적 애향심일 것 같다.

그가 얼마 전부터 이미 동백나무를 심어가고 있는 곳이 서낙동강 강둑이다. 이 강둑은 그의 유년시절부터 지금까지 줄곧 그의 발길이 닿는 곳이다. 강둑의 의미는 물리적 공간만이 아니다. 강둑에 올라서면 유유한 강의 흐름을 본다. 강은 삶의 원형으로서의 시간적 존재다. 이곳에서는 작게는 한 개인의 삶의 내력을 반추할 수도 있고, 크게는 인간 역사의 도도한 전개를 인식할 수도 있고, 깊게는 강과 더불어 흐르는 삼라만상의 유전流轉을 깨달을 수도 있다. 이 모든 지혜를 아우르는 공간이 강둑이다. 그래서 그의 글에는 강둑길의 정취를 담은 글이 많이 등장한다.

길을 걷다보면 길 위에서 나는 또 하나의 길을 깨닫는다.

길을 걸으며 내가 만나는 모든 것들이 나와 함께 살아가고 있다는 사실에 대한 자각이다. 갈대나 물 위의 새들이나 풀벌레 그리고 물 밑의 고기나 하늘의 별과 바람까지도 모두 나와 함께 살아가고 있다는 사실을 나는 가슴으로 느끼고 있다. 걸을 땐 사고의 문이 열리고 생각이 무척 넓어지는 것을 느낀다.

그래서 나는 아침마다 서낙동강 3킬로 제방길을 걷는다. 해뜨기 전 한 쪽으로는 파아란 들판 위의 안개 자욱한 세상과, 다른 한 쪽은 수면 위의 물안개로 가득한 세상 가운데 이 길을 걷노라면 하늘 길을 걷고 있는 황홀함에 무아지경으로 흠뻑 빠져든다. 마치 천상의 사람이나 된 것 같은 착각에 사로잡힌다.

— 〈사랑의 서낙동강〉, 부분

길은 정적靜的인 존재다. 말없이 벋어있는 길路에서 길道을 찾기란 현자賢者로서의 오묘한 사색이 필요하다. 그러나 강은 만상의 '흐름'을 사실적으로 보여준다. 인간은 무형無形의 시간도 '흐르는' 것으로 인식한다. 그래서 유유히 흐르는 긴 물길을 사실적으로 조망眺望할 수 있는 '강둑길에서의 길찾기'는 범인凡人도 가능하다. '길'이 관념적이라면 '강둑'은 훨씬 상징적 이미지를 지닌 구체성을 띠기 때문이다. 누구나 강둑을 오가면서 계절마다 바뀌고 세월 따라 변하는 것을 눈으로 바라보게 된다. 때로는 스스로를 아득한 옛 시절로 데리고 간다.

　누구나 추억은 아름다운 그리움으로 남는다. 어릴 때의 서낙동강은 내 추억의 산실이다.
　우리집은 남해고속도로의 서낙동강교 끝자락에 있는 대부동 마을 선창가였다. 지금은 고속도로가 들어서 옛 모습은 깡그리 사라졌지만 그 낙동강 물만은 여전히 흐르고 있다.
　50여 년을 되돌아 달려가면 낙동강 물에 자맥질하며 마음껏 뛰놀던 나의 깡마른 모습이 잡힐 듯이 보이며, 서낙동강에서의 그 아련한 추억이 어제같이 다가온다.
　초등학교 시절, 여름철이면 유일한 놀이터가 바로 서낙동강 강변이었다. 마치 오리 떼들 마냥 우리는 삼삼오오 떼를 지어, 물 밑을 쓸고 다녔다. 술래잡이 놀이를 한답시고 자맥질하여 물밑으로 숨어 풀숲으로 기어들면 찾기조차 어려웠다. 배가 고파서야 집에 갈 생각을 했지, 그 신나는 놀이에 시간가는 줄도 모르고 입술이 새파래지도록 놀았다. 집으로 돌아가면, 부모님의 심부름도 깜빡 잊고 야단맞을 때가 한두 번이 아니었다.

— 〈추억 어린 서낙동강〉, 부분

　강촌 선생은 고향인 강마을이 영원히 아름다운 모습으로 간직되기를 바란다. 어쩌면 그것은 강과 더불어 오래 살아온 그 자신도 이미 강의 일부가 되어 흐르는 존재이기 때문일지도 모르겠다. 그리하여 강둑이 아름답게 유지된다는 것은 강촌 선생이 엮어가는 전생애全生涯, 그의 과거와 현재와 미래가 그렇게 지속될 수 있다는 의미가 될 수도 있겠다. 서평書評을 담당한 호사가好事家의 현학적衒學的 평가야 어쨌든, 실천가인 그는 사념에만 머무르지 않고 직접 아름다운 강변 만들기를 실행한다.

> 아침마다 걷는 서낙동강 3킬로미터 제방길엔 계절별로 특징들이 나타난다. (중략)
> 그런데 언제부터인가 이 아름다운 강둑에도 온갖 쓰레기들이 흩날리기 시작했다. 아마도 행사도 많고 사람들도 많아서 그런가 보다. (중략)
> 그러나 말보다는 행동이 먼저라고 우리의 젖줄인 낙동강을 이대로 놔둬선 안 된다는 생각으로 산책길에 빈 큰 봉투를 지참하여 눈에 보이는 대로 쓰레기를 줍기 시작했다. 주운 쓰레기는 분리배출을 하니 곧 자원으로 활용된다. 이제는 이것이 일상의 습관이 돼 버렸다.
>
> — 〈아름다운 강변 만들기〉, 부분

그의 '교육자적'인 사명감이 일상의 곳곳에서 드러나는 점을 잘 보여주는 글이다. 그의 향토애는 잘못 유래된 것들에 대한 것도 고증考證을 통해 바로잡으려는 생각으로 나타난다. 그것이 '낙동강 오리알'이다. 무리에서 떨어져 외톨이가 된 처량한 신세를 비유하는 이 말을 모르는 한국인은 드물 것이다. 강촌 선생은 이 말의 연원淵源이 자기 집에서 유래했다는 생각을 펼치면서 그 근거를 구체적으로 제시한다.

흔히 말하기를 어쩌다 '낙동강 오리알'이라는 말을 쓴다. 처량한 신세와 낙동강 오리알이 도대체 어떤 관계가 있기에 이런 속담이 생겼을까.

인터넷 창을 검색하면 '한국전쟁 낙동강 전투 유래'와 '흰뺨 검둥오리의 알 견해'가 나오는데 전자는, '6·25사변 때 낙동강 전투에서 패한 인민군들의 처량한 신세를 오리알에 비유'한 데서 비롯되었고, 후자는 김해창 기자가 그의 저서인 『생태이야기』에서 '텃새인 흰뺨검둥오리알이 홍수가 지면 물가서 둥지를 틀었던 알이 떠내려갔을 가능성이 있다 보니 낙동강 가 사람들이 그렇게 불렀지 않았을까 추측이 된다.'고 말한다. 그럴듯한 해석이지만 둘 다 재미있게 추측해 본 상상의 산물인 것 같다.

그러나 낙동강을 좀 아는 사람은 '낙동강'이나 또 이곳의 '오리알'을 폄하하는 이 말에 동의하기가 어렵다.

— 〈낙동강 오리알 유감〉, 부분

그는 이 말의 연원을 더듬어 1960년대, 다방면에 매우 창의적이셨던 선친께서 아이디어를 내어 이른바 오리농법을 실행했던 사연을 제시한다. 그의 수필에 의하면 일본 후쿠오카에서 시작된 오리농법이 국내에 첫 선을 보인 것은 1992년, 경남 창녕군 부곡면 김대년 씨 농가라고 알려졌으나 실은 아버지가 선구자 중의 선구자라고 한다. 그러나 오리 먹이와 오리알의 판로 문제 등으로 인하여 하는 수 없이 아침에 먹이를 준 뒤 낙동강에 풀어 놓아 먹이를 구하도록 하였는데 이들이 점점 야생으로 변해간 것이었다. 놓아먹인 오리들은 새로운 삶의 터전이 된 갈대숲이나 수중 풀숲 등에 마구 알을 낳았다. 강 곳곳에는 하얀 알들이 뒹굴었다. 맑은 물 밑의 하얀 오리 알을 누구나 주워서 삶아 먹곤 하면서 입에서 입으로 오리알 줍기 소문이 퍼져 나갔단다. 선친께서는 더 이상 오리 사육하기가 어려워졌고 오리는 이렇게 한두 마리씩 집오리에서 야생으로 돌아가 버렸다. 안타까운 사연이었지만 '낙동강 오리알'의 조어造語에는 이런 연유가 깔려있다는 것이다.

비슷한 유형이 '댕떼기'라는 사투리에 대한 애착으로도 나타난다. 토속어 한 단어를 소재로 전개하면서 학교에서 배운 표준말로 표현하는 정서에는 이런 구수한 맛이 날 수가 없으므로 '댕떼기'도 영원한 토속어가 되어 언제나 영원히 함께 하길 바라는 그의 향토애는 사뭇 진지하다.

강촌 선생은 수필을 쓰면서 구성plot적, 문예적 기교를 구사하지는 않는다. 대상에 관한 내용을 추보식으로 서술하기를 좋아한다. 이것은 그의 정직한 성품과 무관하지 않을 것이다. 그러면서도 대상에서 인식하는 그의 사색은 섬세하면서도 깊다.

> 한 해 사는 풀무치, 여치, 메뚜기도 함께 살아간다. 곤충들도 살기 좋은 환경이면 어느 곳이든 찾아온다. 유달리도 다리가 한 개 뿐인 커다란 장에 풀무치 흰 머리는 뜰 안을 맴돌면서 살아간다. 특히나 잔디를 깎을 때 날아가지도 않고 주위를 서성거리고 있다. 혹시나 다칠세라 조심조심 예초기 날을 댄다. 한 번은 불안한 마음에서 잠시 동안 잠자리 통에 넣었다가 되돌려 놓았다.
> ― 〈잔디 단상〉, 부분

〈잔디 단상〉에서 부드러운 잡초인 괭이밥이 억센 잔디를 제압하는 과정에서 '힘은 결코 외형적인 힘보다는 내면적인 힘에 있음을 실감'하면서 '부드러움이 단단함을 이기는 것처럼 거친 한마디보다는 부드럽고 고운 한마디 말에서 진정한 감동과 변화의 힘이 나타남을 상기'하는 인식의 경험을 토로하고 있다. 이러한 인식은 가을 열매를 보면서 자신을 바친 꽃들의 희생, 그 겸허한 자태에 묵상하기도 하고, 가까이에서 꽃의 음성을 직접 듣는 듯한 서정을 나타내기도 한다. 그의 이러한 섬세한 서정은 사랑의 마음으로 미물과도 공생하는 모습으로 드러난다.

수필은 교술갈래로서 '자아自我의 세계화世界化'로 형성되는 문학이다. 대상에 대한 인식이 언어미감으로 채색되어야 좋은 글이 된다. 즉, 단순한 신변잡기의 나열이 아니라 사회적 철학적 인식의 바탕 위에서 대상을 재해석하는 안목이 예술적으로 형상화되는 과정이 수반되어야 한다. 강촌 선생의 수필이 단순한 신변잡기를 뛰어넘는 이유는 위에 인용한 작품들처럼 대상에 대한 깊은 인식의 바탕 위에서 출발하기 때문이다.

강촌 선생은 최근 문화유산 해설을 겸하면서 강서구의 곳곳을 탐조하는 시야視野를 갖추게 되었다.

문화관광해설사 두 분이 연대봉 해설을 마치고 오면서 캐어 온 자연 그대로의 쑥으로 빚은 쑥개떡은 어머니가 만들어 주신 바로 그 맛으로 당신의 그리움과 고향의 향수가 새록새록 피어난다. 온 산야가 연한 녹색으로 펼치는 장관은, 밝고 맑은 아이들이 풍기는 모습 그대로이며, 청순하고 생기발랄하게 뛰노는 모습이며 행동들의 순수 자체가 곧 가덕도이다.

언제나 연한 녹음의 품속에서 재롱도 떨며 오래오래 함께 뛰놀면
서, 눈으로 즐기고 입으로 맛보아가며 쉽게 찾을 수 있는 가덕도를
첫사랑마냥 오늘도 내일도 영원히 사랑하며 살고 싶다.

— 〈가덕도 사랑〉, 부분

　강서구의 문화유적, 개발로 인해 사리지는 옛 마을들에 대한 애
착은 강촌 선생의 강서구 사랑의 내포內包를 더욱 다지게 될 것이고
이것이 그의 문학적 시야를 더욱 확장해 갈 것이다.

3.

　제2부 「문화의 향기를 찾아」는 평소 강촌 선생의 섬세한 관찰력
과 메모 습관이 잘 드러난 부분이다. 그는 단체여행에서도 세상을
구경하거나 관람하는 것이 아니라 기록하고 느끼고 판단하고 사
색한다. 조류鳥類의 시력이 그렇듯 그의 눈도 돋보기 눈인 것 같다.
여행에서 홍보물이나 안내인의 설명이야 당연하겠지만 얼핏 스쳐
가는 사소한 대상도 파노라마처럼 사진을 찍고 생각하는 모양이
다. 대상에 대한 선입견저인 초오好惡를 두지도 않는다. 기독·신지
인 그의 불교적 문화유산에 대한 자세한 관심과 경탄은 놀랍다.
낙동강 강폭처럼 넓게 열린 사고를 지녔기 때문일 것이다. 그의 기
행수필을 읽으면 관광과 해설과 소감과 사색을 한꺼번에 다 맛볼
수 있다. 우선 그의 사소한 관찰기를 일본 여행의 일단一端으로 살

펴보자.

아직도 쿠마모토 시가지를 달리고 있는 전차를 보니 과거와 현재
가 공존하는 나라의 느림의 미학을 엿볼 수 있다. 새로운 것과 빨
리빨리만을 강조하는 우리가 생각해봐야 할 과제라고 생각된다.

어디를 가나 집집마다 창가에는 커튼이 모두 내려져있다. 개인의
프라이버시를 아무도 침해할 수 없는 엄중한 사생활 보호 차원에
서일까.

도시 거리에서 자동차의 경적을 들어본 적이 없다. 거리 주차 역시
보이질 않는다. 바로 선진국다운 모습을 엿 볼 수 있다.

거리에는 미용실이 거의 보이지 않는다. 우리와는 퍽 대조적이다.
머리 모양은 자연의 순수 그대로이다. 남에게 과시하거나 보여주기
자세보다 거저 자기만의 고유 스타일을 주장하는지. 아니면 너무
값비싼 미용료 때문인지.

거리의 청결함과 차량들의 질서유지, 경차나 소형차가 거리를 대부
분 차지하는 것, 호텔 방의 크기나 식당 크기 등은 너무 작고 비좁
아서 불편하기 그지없었지만 일본의 이용객들은 거의 불평하지 않
고 깨끗하게 사용하고 있다. 곳곳에 왜소문화며 깔끔문화의 특징
이 나타나고 (하략)

— 〈가깝고도 먼 이웃〉, 부분

그는 참으로 부지런하고 용기도 대단하다. 영어공부에 애를 먹어 본 우리 세대들은 외국어 공부라면 끔찍하게 생각하는 사람들이 대부분일 것이다. 10년을 공부하고도 사소한 대화 한 토막 못하고 영어 울렁증에 시달리는 처지를 경험하며 살았던 사람들이다. 그래서 외국어 공부라면 손사래를 먼저 치기 일쑤다. 그런데 강촌 선생이 60대 후반의 나이에 중국어를 배우기 시작했다. 중국어는 한자 공부가 아니라 굴절어이다. 같은 첨가어로서 어순語順이 한국어와 동일한 일본어와는 또 딴판이다. 늦깎이 공부에 야무지게도 목표가 한국여행객의 중국 가이드 역할이란다. 용기가 강촌 선생답다. 1년쯤 지나고는 자신이 생겨 드디어 중국어 학습 해외여행을 떠난다.

세 번째 가보는 북경의 외형적인 변모는 실로 눈부심을 실감했다. 첫 번째 여행 때는 주로 역사적인 문화 유적지 투어에, 두 번째는 자연의 풍광을 중심으로 관람하였는데, 이번 여행은 현지인과의 짧은 대화형 여행으로 언어 소통을 주제로 하여 관광하고 싶었다. 강서 문화원 중국어 연수반 수강생들을 중심으로 한 중국 여행 5박 6일은 북경과 서안이었다. 중국어를 제법 익혀 이제는 용기만 내면 손짓 발짓을 이용하여 간단한 대화를 할 수도 있을 것 같아 가급적 현지인과 접촉을 자유롭게 할 수 있는 기회를 만든다는 여행 계획이었다. (중략)
언어의 배움 길에는 왕도王道가 없으므로 계속하여 반복 학습만이 지름길이기에 중국어 수업 중에도 일상생활의 몇 마디를 열심히 실습했다.

　　　　　　　　　　　　　　　　— 〈중국어 연습 나들이〉, 부분

여행 도중에 현지인과 주거니 받거니 희희낙락하며 어울린 간단한 대화에서 또한 많은 즐거움도 있었다고 만족한다. '여행은 다리가 떨릴 때는 하지 말고, 가슴이 떨릴 때 하라는 여행가의 말을 되새기며' 종종 여행 기회를 만든다. 열흘 정도는 거뜬하게 행군하는 체력도 대단하다. 어디를 가든 관광지에 대한 메모와 관찰과 인식과 판단은 늘 그와 동행한다. 엄밀히 말하면 '관광觀光'이란 용어는 그의 여정에 맞지 않는 말이다. 그는 '여행旅行'을 만끽하는 사람이다. 국내 여행도 빠질 수 없을 것이다. 아울러 지역개발로 인하여 시시각각으로 변모하는 강서 지역의 구석구석도 일일이 답사한다. 앞으로는 그 답사의 결과물이 문학적 기록으로 축적될 것 같다.

4.

제3부 「아름다운 길목」은 그의 일상에서 보고 느낀 사실들, 그리고 생활의 한 단편들을 모았다. 소박한 재미들을 그려내고 있다.

작은 봇도랑에서 미꾸라지 몰아가듯 요리조리 기어드는 것처럼 재미있는 길이다. 요즘은 이 골목길을 많이 이용하고 있다. 얼마 전까지는 기분 좋게 다닐 수가 없었던 골목길이라 거의 이용하지 않았던 길을 즐거운 마음으로 오고간다. (중략)
그런데 이곳 양지 마을 어르신들이 서로서로 힘을 모아 아름다운 길로 바꿔 놓아, 자랑스러운 골목길로 변하였다.

자투리땅에 철따라 아름다운 꽃을 심어 놓고 깔끔한 팻말에 '이곳은 아름다운 꽃이 피는 곳입니다. 여러분들의 아름다운 양심의 꽃도 피워 보시기 바랍니다.'라고 적고 있다. 이러기에 마을 골목길을 곰지락곰지락 느껴보는 재미가 솔솔 난다.

— 〈골목길 풍경〉, 부분

다정다감하다. 무심코 스쳐가는 일상의 길목에서도 새의 눈으로 관찰하고 따스한 서정을 펼친다. 그러면서도 그의 수필 내용은 역시 교육적 공리적 요소로서 교육자의 직업 정신을 잘 보여준다. 낡은 목욕탕의 변모를 통해 주인의 친절 정신을 포착한다.

주인 한 사람 바뀌었는데 목욕탕의 분위기가 몰라보게 달라지고, 또 이런 목욕탕을 가까이에 두게 되어 동네사람들마저도 자랑스럽게 여기게 될 줄은 아무도 생각 못했을 것이다. (중략)
그런데 지금의 주인이 목욕탕을 인수하고 나자 상황이 엄청나게 달라졌다. 주인 내외의 친절은 남다르다. 고객들에게 언제나 상투적으로 하는 인사말이 아니고, 진정으로 감사함을 표시하는 태도며 행동이다. 사람 사는 세상 이야기도 항상 덧붙이면서 주고받는 대화로 정감이 넘쳐난다.
그뿐 아니라 주변 환경까지 확 비꾸어 놓았다. 정리되지 않은 목욕탕 입구 사두리 공산에는 철따라 화분들을 전시하여 마치 작은 꽃가게를 방불케 한다. 꽃들이 마음에 들어 유심히 관찰하는 고객들의 모습을 보고는 일부러 같은 꽃을 화원에서 구입하여 선물도 한다. 옹벽 시멘트 벽면에 줄장미를 심어 꽃피는 5월에는 지나가는 길손들의 눈길을 사로잡아 탄성을 자아내게도 한다.

— 〈친절〉, 부분

쇄락해 가던 목욕탕이었다. 그런데 주변 환경을 예쁘게 꾸미는 시각적 서비스까지 곁들여져 고객들의 마음을 사로잡는 마음이 곧 새 주인의 친절에서 비롯된다고 판단한다. 이러한 공리적公利的 생각은 퇴직을 앞두고 미래의 삶을 설계하는 계획에서도 잘 드러나 있다.

금년 초 '부산교육 OB한마당'에서 퇴직교직원 자원봉사자를 모집한다는 안내장이 배달되어 왔다. 혼자서 망설이다가 용기를 내어 신청서를 직접 접수했다.

37년간 교직생활의 틀에서 벗어나면 무한한 해방감을 얻어 자유인의 부러움을 마음껏 누릴 것만 같아 들떠 있었다. 마치 새장 안의 새가 틀을 벗어난 것처럼……. 한편으로는 먼저 퇴직한 선배들이, 오랫동안 갇혀서 생활했던 먹이 있는 새장 안이 부럽기라도 하듯 주위를 배회하는 모습들을 보고 어쩜 나의 내일을 반영이라도 하는 듯해서 초조한 생각이 들기도 했다.

3월부터 사하도서관에서 봉사활동을 한다는 연락을 받았다. 신청한 우선 지역 중 가장 마음에 들었다. 거주지와는 담장을 사이에 두고 있는 가장 가까운 장소이기에 더욱 좋았다.

— 〈봉사의 보람〉, 부분

긴 직장생활에서 벗어나 당분간은 완전 자유인으로 해방감을 누린다는 생각이 그에게는 없다. 항상 사회를 위해 무언가를 해야 하는 사람이다. 그래서 그의 일상은 늘 계획적이고 바쁘다. 문학회 일이든 문화원 행사든 적극적이다. 시골 집에서도 일류 농사꾼이다. 이런 사람이 가족에게 소홀할 리가 없다.

> 오늘 우리는 마흔 번째 맞는 녹옥혼식일綠玉婚式日의 에메랄드 기념을 위해 여행을 하고 있다. 햇수로는 40년, 강산이 네 번 바뀌었고, 날짜로는 14,600일, 시간상으론 350, 400시간이다. 눈 깜짝할 시간으로 느껴지며, 참으로 세월은 '유수流水와 같다.'는 말이 정말 실감난다.
>
> 시간을 되돌려 그때의 신혼여행 장소인 천년 고도 경주를 되돌아본다. (중략)
>
> 하늘은 우리를 하나로 묶어주었고, 우린 서로 소중히 여기며 살아왔고 또 사랑하며 살아갈 것을 굳게 약속한다. 한 뿌리로 인연 맺어 묵묵히 인내하며 사랑해온 당신, 당신이 있음으로 내가 있고, 내가 있음으로 당신이 있기에 남은 인생 즐겁고 행복하게 지내자고 굳게 다짐하면서…….
>
> '당신의 고마움을 이제서야 알았어요. 당신을 만나서 참 행복함을 고백합니다.'
>
> 40년이 추억을 더듬는 천년 고도 경주에도 태양은 뉘엿뉘엿 서산으로 지고 있다.
>
> ― 〈황혼 무렵 경주에서〉, 부분

인생의 황혼에 머물러 서서 지난 세월의 감회에 잠겨 있다. 그러면서 아내에게 고백을 한다. '당신의 고마움을 이제서야 알았어요. 당신을 만나서 참 행복함을 고백합니다.' 생각해 보자. 70세 전후의 대한민국 남편 중 이런 표현을 하는 사람은 몇이나 될까. 또 수많은 문인 중에서 이런 글을 남긴 사람이 몇이나 될까. 구두선口頭禪이 아니다. 강촌 선생은 부끄러움을 무척 타는 사람이다. 숨기지를 못한다. 금세 얼굴이 발갛게 달아오르기 때문이다.

일화 한 토막. 며칠 전 강서문인협회 모임에서 시집을 출간한 여류 시인에게 작은 화분을 전달할 때였다. 전달 과정에서 사진 촬영을 위해 포즈를 취하면서 여류와 맞잡은 손을 놓을 수 없게 되자 갑자기 얼굴이 발갛게 되었다. 회원들이 웃음꽃을 피우며 강촌 선생을 놀리고, 얼굴은 더 달아올랐다. 10년 지기知己의 그 여류도 같이 놀리면서 웃었다.

그런 강촌 선생이다. 그렇기 때문에 그는 넉살좋게 이런 표현을 하지는 못하는 사람이다. 아내에게 '당신을 만나서 참 행복함을 고백합니다.'는 그의 이 글은 온몸으로 하는 그의 진정성이다. 자식에게도 마찬가지다.

오늘 우리 내외는 큰 아들 며느리를 얻어
또 다른 천륜天倫의 아들과 며느리의 인연因緣을 맺는구나.

세상에서 가장 아름답고, 가장 재미있게,
세상 사람 모두가 부러워하는, 모범이 되는 가정을 이루어라.
두 집안의 어른께 정성을 다해 효도하며, 형제간에도 우애가 돈독
하여야 한다.

너무 부富에만, 출세에만, 사랑에만 눈멀지 말고,
봉사하면서 이웃도 돌볼 줄 아는 참된 삶을 살아라. (중략)

지금부터는 큰아들 동훈이는 숙희가 우선이고,
큰며느리 숙희는 동훈이가 최우선인 삶이 되도록 하여야 한다.
너희 부부가 가까이 있어 한없이 든든하고 행복하다.

— 〈사랑하는 큰아들, 며느리에게〉, 부분

아마 갓 결혼한 큰아들 내외에게 보냈던 글인 것 같다. 많은 부모들이 자식에게 보내는 형식의 글이 많겠지만 이런 내용을 직접적으로 당사자에게 보낸 글은 쉽지 않을 것이다. 그렇게 되려면 무엇보다 자식들 앞에서 자신의 삶에 부끄럼이 없어야 한다. 강촌 선생의 삶은 항상 진지하다. 삶이 진지하면 감동어린 글은 저절로 우러나온다.

5.

제4부 「강마을 사랑 노래」는 시조 작품들이다. 강촌 선생은 시조를 배운 적이 없다. 그런데도 시조의 3장 6구 12음보의 율감律感을 체득體得하고 있다. 왜 시조 형식으로 짓느냐고 물었더니 '그냥 그렇게 되더라.'라고 한다. 이는 아마도 그가 어린 시절에 학교에서 익힌 시조 교육 덕택일 것이다. 1950~1960년대의 초중등학교에서는 교육과정과 상관없이 시조 암송暗誦 교육이 행해졌다. 그래서 60대

이상의 연배들은 시조 율감이 몸에 배어 있다.

그의 시조는 매우 즉흥적이다. 강서구의 유적지를 다녀오고 나면 그날 밤으로 한 편의 시조가 탄생한다. 호흡도 매우 길어 보통 3~4연이다. 무슨 문학적 창작품이라는 인식도 아니다. 어린 시절 암송했던 '태산이 높다 하되~'와 같이 옛날 고시조의 '시절가조時節歌調'처럼 노래 삼아 즐기는 품새다. 요즘 시조문단 일부에서 권장하고 있는 '생활시조'의 유형이 되겠다.

> 마른 갈댓잎이 찬바람에 부대낄 때
> 을숙도 철새들의 풍물놀이 한마당은
> 수묵화 한 폭을 그려 가슴 속에 새겨준다
>
> 재롱이 잔치인 듯 병사들 훈련인 듯
> 엉덩이 치켜들고 바장이는 물구나무
> 하구의 생태공항은 철새들의 낙원이다
>
> 언제나 열려 있는 새들의 보금자리
> 창공을 선회하던 큰고니 한 무리도
> 칠백 리 활주로를 따라 을숙도로 내려온다
>
> ― 〈을숙도 철새〉, 전문

당연한 귀결이겠지만 그의 시조도 역시 강서에서 느끼는 향토적 정감의 표현들이다. 긴 호흡이면서도 4음보 율격의 문맥적 의미망도 참 잘 들어맞는 보법步法이다. 그는 시조를 지으면서 시적詩的인

예술적 미감은 전혀 고려하지 않는다. 보고 느끼는 그대로, 때로는 묘사描寫로 때로는 진술陳述로 엮어낸다. 사실적 대상을 포착하여 이렇게 표현하는 것이 어설픈 창작적 기교의 '문학작품'보다는 훨씬 가슴에 젖어드는 서정이 맑다.

> 도로 가 곳곳마다 쌓아놓은 배추 더미
> 줄 이은 차량행렬
> 본 채 만 채 지나가네
> 한 맺힌 농부 설움은 꽁무니만 바라본다
>
> 한 포기라도 팔아보려 합판에다 적은 글씨
> 〈골라잡아 오백 원〉
> 찌그러진 입간판도
> 주인의 마음이 되어 한길 가에 앉았네
>
> ― 〈길거리 배추 장수〉, 전문

인건비도 안 나오는 김장배추를 밭에서 그대로 갈아엎어야 했던 때가 있었다. 그러나 애써 지은 농작물을 차마 그럴 수도 없는 것이 농부의 마음이다. 김장하기 좋게 알뜰살뜰히 다듬고 다듬어서 한길 가에다 전을 펼친다. 오백 원이라면 거저 주는 마음이다. 그래도 꽁무니만 보이며 차량들은 스쳐지나간다. 그들을 원망할 일도 아니다. 그저 내 팔자려니 하고는 한길 가에 퍼질고 앉은 것이 농부의 마음이다.

앞 장의 수필에서 나타내 보인 강촌 선생의 애향적 관심사가 시조에도 잘 드러난다. 시조는 3장 구조의 엄격한 정형양식으로 관념적 요소나 서정적 요소에 적합한 시형이다. 그래서 유적, 생태공원, 전통마을 등의 서사적 사연을 펼쳐 시조로 짓기란 용이하지 않다. 그런데 그는 이런 대상을 연시조든 단시조든 어렵지 않게 펼쳐낸다.

그대, 아시는가
가덕도 봉수대를

낮에는 연기로
밤에는 불빛으로

이 땅의
천릿길 통신
불을 당긴 시발지始發地를

— 〈가덕 봉수대〉, 전문

가덕 봉수대는 고려 충렬왕 때의 기록을 필두로 조선초기부터 19C말에 폐지될 때까지 운용한 바가 있는 남해의 중요한 조망루였다. 특히 임진왜란 발발을 조정에 최초로 보고한 곳이기도 하다. 이런 긴 사연들을 창작 조건이 까다로운 시조로 운용하는 것을 보면 시조 율감이 그의 서정 속에 깊이 배어 있음을 알 수 있다. 이는 곧 어릴 때의 교육 영향력이 얼마나 큰지를 깨닫게 하는 방증傍證이 될 것이다. 민족 전통시가인 시조가 점점 쇠락해 가고 있는 작금의 현실을 보면서 시조 율격으로 서정을 표현하는 자연스러운 세대는 지금이 마지막이 아닌가 하는 아쉬운 생각을 해 본다. 이런 점에서 강촌 선생이 그가 사랑하는 향토적 사연들을 지속적으로 시조에 담아내기를 기대해 본다.

6.

강촌 선생의 글은 평소 그의 생활모습 그대로 원리와 원칙을 존중하면서도 부드럽게 대응하는 정직하고도 자상한 '선생님 반강호'의 모습을 고스란히 담고 있다. 오랜 직업의식의 결과이기는 하겠지만 그는 세상을 교육자적 관점에서 본다. 작품에서는 직접적으로 드러내는 것을 삼가지만 그 근저에는 공리적 사고가 배어 있다. 이것은 그가 창안한 많은 표어로도 나타난다. 각 기관 공모 당선작을 많이 잃어버려 남아있는 자료들이나마 수록했다는 표어들은 우리에게 익숙한 것들이다. 이런 구호는 그의 실천정신에서 비롯된다.

집집마다 시설마다 가스점검 지금 바로

독서하는 우리 가정 희망 솟는 우리 미래

문학의 원동력이 사랑이든 아픔이든 또 무엇이든 어휘만 다를 뿐 그 본질은 같다. 그러나 문학은 결국 언어로 포장되기 때문에 위선僞善의 창작도 가능하다. 이것을 독자는 알 수가 없다. 실제로

한 개인의 작품성과 삶의 행태가 큰 괴리를 보이는 경우도 많다. 그래서 문학작품과 작가를 분리하는 평론도 생겼다. 형식주의 계열의 비평 정신이다. 그러나 작품의 모든 의미를 지배하는 것은 작가의 의도에 있으므로 내재적內在的 관점의 비평은 한계가 있다.

'문학은 언어예술'이라는 점에서 작가에게는 내적內的으로 두 가지 책임이 있다. 언어적 책임과 예술적 책임이다. 언어적 책임은 공리적 책임으로 올바른 문장과 가치 있는 내용을 담는 것이요, 예술적 책임은 미적美的 책임으로 정서적 즐거움을 주는 것이다. 이것이 문학의 내적 책임이다.

그런데 작가가 지는 더 큰 책임은 문학 외적 책임이다. 문학 외적 책임은 작가의 개인적 삶에서 오는 책임이다. 문학과 삶의 연관성에서 오는 일치성이다. 문인이 존경을 받는 것은 오히려 이것이 더 큰 이유이다. 이는 지식인, 종교인 등도 마찬가지다. 그래서 글을 쓴다는 것은 지극히 엄숙하고 두려운 작업이다. 세계에 대한 통찰과 인식에 드러나는 작가의 철학은 고상한 이론이 아니다. 오직 인간과 자연에 대한 진실된 마음이다. 이 진정성이 곧 문학의 원동력이 되는 참된 아픔이요 사랑이다. 문학작품과 작가의 삶이 일치될 때 그 작품은 진정성을 지닌다. 다행스럽게도 강촌 선생은 문학정신과 생활모습이 따로 엮이지 않는 사람이다. 그래서 그의 글은 진정성이 있고 이 점이 위선僞善과 허상虛像으로 만연된 세상의 교훈이 된다.

현대는 뿌리를 상실하는 시대다. 고향이 없다. 있던 고향도 개발 등으로 금세 사라진다. 한창 개발도상에 있는 강서의 현실은 상전벽해다. 전통마을의 현지인은 대부분 흩어졌고 남은 사람들도 언제든 떠나야 한다는 사실에 직면해 있다. 그래서 강서의 문인들은 향토성 짙은 문학 활동을 많이 기획하고 있다. 그 한 축을 담당할 사람이 강촌 선생이다.

애향심 짙은 그는 바닷바람이 아무리 거칠게 몰아쳐도 야성野性의 청둥오리로 변하지는 않을 것 같다. 더 깊고 넓은 변신을 위해 비상하는 집오리가 되어 향토鄕土의 구석구석을 조명하며 과거와 미래를 엮어내는 강서의 지킴이가 될 것 같다.

존경하는 강촌 선생의 향토문학 천착穿鑿을 기대하며, 칠순 기념 문집『강마을 이야기』상재上梓를 진심으로 축하드린다.(2013.)

반강호

계간『문예시대』수필 신인상(2010)

부산강서문인협회장 역임

낙동강문학상, 자랑스런 강서인상, 녹조근정훈장 수훈

수필집『강마을 이야기』

김영순 문집 『바람이 불면 물결 반짝이더라』

자기성찰 프리즘의 행복 파장 만들기

1.

문학 작품을 통해 본 김영순 작가는 내면의 스펙트럼Spectrum을 이성적理性的 파장波長으로 조절 반사反射하는 프리즘Prism 같은 사람이다. 그의 작품 속에는 일상에서 받아들이는 다양한 빛의 파장을 원만하게 조절하고자 하는 내면세계가 승화되어 있다. 이 행복 파장은 자아의 그림자shadow를 정면으로 조율하면서 세상과 행복 여행을 함께하려는 '언어 수행言語遂行을 통한 언어 수행言語修行'의 결실이다.

문학 행위에서 비롯되는 언어 수행言語修行의 도구는 김영순 작가의 마음속 프리즘이다. 프리즘은 빛을 굴절시키거나 전반사全反射시키는 데 사용하는 삼각형 또는 다각형 기둥이다. 스펙트럼은 프리즘을 이용해 빛을 분산하면 무지개 색과 같이 이어지는 색의 띠를 말한다. 색상은 프리즘을 통과할 때 꺾이는 비율이 다르기 때문에 흡수에서부터 방출에 이루기까지 다양하게 변주된다. 그가 내면의 스펙트럼 조절에 특별한 공을 들이는 이유는 그가 평생 살아온 물리적, 정신적 환경에 닿아 있는 것 같다.

작품 속에 나타난 김영순 작가의 서정 묶음은 하나의 울타리 속에 세 개의 퍼즐로 맞추어져 있다. 하나의 울타리는 강마을 고향이라는 지극히 좁은 공간성이며 세 개의 퍼즐은 이 공간에서 평생 동안 형성된 향토성, 소통성, 원형성이다. 향토성은 긴 세월 동일 공간에서 정주定住한 애증愛憎의 결과이며, 소통성은 고향이라는 좁은 공간에서 엮었던 갈등과 화해의 지혜이다. 그리고 원형성은 소통의 지혜를 위해 작가가 성찰한 자신의 그림자shadow이다.[40]

그는 좁은 향토 공간에서 그림자를 지우면서 원만한 소통을 향한 실천적 도전을 결행한다. 그가 늦은 나이에 동주대학교 재활요양관리학과에 입학하여 사회복지사 자격을 취득한 것과, 부산강서문화원에서 향토관광해설사 자격을 취득한 것이 대표적이다. 그리고 결국은 평소 꿈꾸던 문학에도 도전했다. 그 결과 그의 작품에는 고향산천에서 고향사람들과 어우러지는 공동체적 삶의 반성적 지혜로 세상과 소통하는 서정이 주조主潮를 이루게 된 것이라 생각된다.

강서, 그 중에서도 그가 현재 살고 있는 대저라는 좁은 울타리는 그가 태어나고, 결혼하고, 지금도 살고 있는 곳이다.

> 사춘기 무렵 길을 지나가면 동네 어른들은 누구집 둘째딸 암챙이 지나간다고 했다. 어른들이 언제나 불러주던 암챙이 뜻은 해석해 본 적은 없지만 아무래도 입 꼭 다물고 말을 안 한다는 뜻이라고 나름대로 생각해 본다. (중략)

---

40) 자기 성찰은 자아의 발견에서 출발한다. 융(Carl Gustav Jung)에 의하면 인간이 타고난 정신의 세 가지 구성 요소는 그림자(shadow)와 영혼(soul)과 탈(persona)이다. 현실적 인격체인 탈(persona)이 어두운 과거(그림자shadow)를 떨쳐내고 순수자아(영혼soul)를 회복하려는 몸짓이 자기 승화의 단계이다. 충돌이 심한 비좁은 공간일수록 그 성찰은 잦아질 것이다.

한 번은 오이 밭을 지나오다 둘이서 지금의 덕두초등학교 뒤에 밭
에 슬쩍 들어가 오이 한 개씩 입에 물고 나왔는데 그때도 들키지
는 않았는데, 참 희한하게도 그 오이 밭 주인집에 내가 시집을 왔
다는 거 아닌가.

— 〈옛날 친구들〉, 부분

참으로 좁은 지역사회에서 김영순 작가는 평생을 살고 있다. 사
람이 태어난 곳을 고향이라 한다. 어머니 뱃속은 생물학적인 탄생
이며, 고향이라는 장소는 지리적인 탄생이다. 고향의 의미는 공간
空間과 시간時間과 심리心理의 세 요소가 불가분의 관계로 굳어진 복
합적 심성이다. 그리고 고향에 대한 심리적 요소는 고향집과 고향
마을과 고향사람이다.

때가 되면 어머니라는 존재가 반드시 소멸되듯이 일반적으로 한
개인이 평생을 고향에서 살 수 없기에 '고향'이라는 말은 누구에게
나 다정함과 그리움과 안타까움이라는 정감을 강하게 주는 말이
다. 고향은 나의 과거가 있는 곳이며, 정이 든 곳이며, 일정한 형태
로 내게 형성된 하나의 세계이다. 결국, 고향은 운명의 장소가 된
다. 그러나 현대 사회는 급격한 산업화로 고향마저 개발로 멸실되
고 있다. 더 큰 문제는 태어나고 자란 동일 공간에 가만히 눌러 살
고 있어도 심리적 고향은 지속적으로 격변한다는 점이다. 이러한
요인으로 고향살이는 내적 외적 갈등이 더욱 심해진다. 고향이라
는 비좁은 울타리 안에서 겪은 다양한 충돌과 해소의 과정이 오늘
의 김영순 작품 세계를 형성한 동인動因이다.

인간의 삶의 과정은 크든 작든 변화와 갈등의 연속이다. 그런데

한 개인이 평생을 고향 마을에서 산다는 것이 축복일까 재앙일까. 이 양면성이 갖는 삶의 현장이 김영순의 작품에는 어떠한 스펙트럼Spectrum으로 표출되어 있을까. 결론부터 말한다면, 작품 속에 반사된 이 미세한 파장을 확대경으로 비춰보면 김영순 작가가 성찰로 일구어낸 꽃중년의 행복 물길이 드러난다. 본고는 그 결과물들인 시와 수필을 '향토', '이웃', '혈육', '사색'의 4개 묶음으로 분류해서 탐색해 보고자 한다.

2-1.

평생을 고향에서 붙박이로 살아온 관계로 그가 향토에 대한 깊은 애정을 지닌 것은 당연한 귀결이다. 전형적 농촌 마을이 산업화를 거치면서 도농 복합마을로 변모하고 이제는 상가가 형성되어 대도시의 한 면모를 보여주고 있다. 작가는 반세기가 넘게 진행된 고향의 변모 과정을 생생한 파노라마로 기억하고 있을 것이다. 이러한 고향에서 향토관광 해설사로 활동하면서 강서의 지리 역사에 대한 안목이 작품 속으로 스며들게 된다.

> 처얼썩- 처얼썩
> 말 못하고 쳐다본 죄 지금도 맞고 산다
> 부산포해전 삼박사일
> 이순신 장군 호령소리 덕분에
> 오늘도 막배 타고 섬으로 간다

무기 던지고 달아나던 억이놈

몽돌로 왼쪽다리 탁, 때려눕히지 그랬나

구멍 난 인공동굴 군사기지 마주 보고 역사를 말한다

뿌리 깊은 호국얼은 가슴에 묻은 채 몽돌이는 지금도 반짝반짝

어로장의 고함소리 쳐다보다 숭어 떼 그물에서 춤을 춘다

순풍에 돛 달고 유람선도 뱃고동 울린다

세월은 고요하다

몽돌밭은 말이 없다

— 〈가덕도 몽돌밭〉, 전문

　조일전쟁과 그 이후의 400년 역사에 가덕도의 일제침탈 흔적을 현재적 이미지로 착색시키고 있다. 시정 함축을 위한 다양한 소재 선택과 표현을 조율하는 재치가 잘 조응되었다. '해전-파도-몽돌-숭어-유람선' 등의 소재들이 기묘한 이질성을 극복하면서 교직되어 있다. 몽돌의 이미지가 파도의 매를 맞아 둥글어지도 하고, 도망병에게는 다시 매로 되었다가, 종국에는 유구한 세월 속의 몽돌밭으로 변주된 다원화의 상징이 빛난다. 파도에 부대끼는 몽돌, 전란의 방관자로 치부된 몽돌들이다. 원관념 치환이 독특하다. 매를 치는 자도 자연이고 맞는 자도 자연이다. 전란으로 유린된 산천초목이 무슨 잘못이 있으랴만 특정 인격체를 향한 힐난보다 훨씬 더 준엄하다. 그러면서도 '탁, 때려눕'혀야 했다는 희극적 표현의 익살로 홍분의 수위를 낮추었다. 처참했던 상흔을 이기고 반짝이는 몽돌에

서 조선의 아름다운 자연의 불변함도 그랬다. 그리하여 고난의 역사를 극복하고 풍어를 알리고 유람선도 띄우며 세월도 몽돌도 순리대로 진행된다. 시행의 장단 조화와 동원된 다양한 소재들로 하여 시정의 진폭이 다채롭다. 시 〈몽돌밭〉에서 드러낸 과거사에 대한 현재적 이미지 착색은 그의 일생에 함께 흘러온 낙동강에서도 예외는 아니다.

> 검푸른 저 깊은 물 속 언제쯤 입을 열까
> 강 건너 유학한 까까머리 박씨 집 삼대독자
> 성난 파도 휩쓸려 어디론가 무심히 떠나가고
> 어이없는 불행에 밧줄에 꽁꽁 묶어 힘없는 나룻배
> 세상에도 쓸모없는 이 에미 먼저 데려가지
> 천금 같은 내 새끼, 울부짖는 모정은 슬프다
> 파뿌리 된 엄마가 아들 사진 붙잡고 죽지도 못한다
> 동당동당 굿쟁이 바다와 영혼을 달래고 낙동강도 슬피 울며
> 파란 눈물 흘리면서 낙동강 칠백 리 흘러흘러 떠내려간다
> 수십 년 아들 부르며 그 자리 맴돌다 돌이 되어 있어도
> 봄눈 녹듯 녹아내린 잠잠한 저 강은 아는지 모르는지
> 열길 물 속 안다는 건 오늘날의 먼 수수께끼
> 한가롭고 잠잠해진 낙동강 물 위에
> 물오리만 파닥파닥 입질하고 평화롭게 놀고 있다
>
> ― 〈낙동강은 말이 없다〉, 전문

박제로 굳은 강이 아니라 사람들의 희로애락이 녹아 스며든 강

이다. 수십 년 전, 아들 하나 강 건너 유학시키는 일은 대단한 교육
열이었다. 자식을 가슴에 묻은 어머니의 평생 한을 담은 강물에다
잠잠해진 낙동강의 현재적 평화를 대조시키고 있다. 내용뿐만 아
니라 '검푸른 물', '파뿌리 머리카락', '파란 눈물' 등으로 시각적 이미
지도 선명히 부각시키면서 '동당동당', '파닥파닥' 등의 음성상징으
로 청각을 곤두세웠다. 피눈물 흘린 인간사가 담겨 있지만 물오리
가 노니는 강물은 무심하고 자연은 평화롭다. 그래서 고향마을을
살아가는 민중의 애달픈 애환이 더 서럽다.

　수필작품에서는 강서의 현장이 더욱 구체적으로 전개된다.

> 옛날에는 낙동강에 갖가지 배들이 오르락내리락 했다고 한다. 어
> 떤 종류의 배들이 떠다녔는지 궁금하다. 고깃배, 나룻배, 소금배,
> 똥배 등이 다녔다고 하며 하굿둑이 생기기 전에 이곳은 민물과 바
> 닷물이 만나는 지역으로 어족이 풍부하여 고깃배들이 참 많이 다
> 녔다고 한다. 명지 염전의 소금을 싣고 소금배가 안동까지 올라갔
> 다고 하며, 똥배에 대해서는 이웃 어른들의 말씀에 따르면 낙동강
> 의 똥배는 부산시민의 똥을 싣고 바다로 가지 않고 들판을 찾아갔
> 다고 한다. 낙동강 강가에 펼쳐져 있는 밭에다 거름으로 똥을 뿌렸
> 으며 그 똥으로 재배한 무, 배추를 한 아름씩 키워서 부산시민에게
> 돌아갔다고 한다. 옛날 어른들의 완벽한 농사 지혜라고 볼 수 있다.
> 　　　　　　　　　　　　　　　　　　　　　　— 〈내 고향 강서구〉, 부분

　수필에서는 향토해설사의 면모가 직접적으로 드러난다. 강서구
의 과거사에 대한 숨겨진 이야기와 자랑이 담겨졌다. 소금배는 이

미 역사 속의 사연이고 똥배도 두 세대 전의 이야기다. 태풍과 홍수에 진저리를 치던 을숙도와 일웅도였다. 강서에서 자란 젊은이들은 일웅도는 몰라도 나룻배나 고깃배 정도는 아련한 기억으로 남아 있을 것도 같다.

아래 작품에서는 마을 자랑이 넘친다. '지금은 등 떠밀어도 가고 싶지 않다. 빛나는 강서에서 우리 마을을 지키면서 고향의 지킴이가 되고 싶다.'고 한다.

> 그 옛날 강변 둑에서 친구들과 빈 깡통 차기 놀이를 하면서 놀던 때, 바로 강변 둑 언저리 숨을 곳이 없어 금방 잡혀 꿀밤 맞던 시절, 그때 반들반들하던 강변 둑 내 자리도 이제는 온갖 사철나무와 벚꽃이 자리를 차지하고 추억의 자리로 변하였다. 대저에서 명지까지 30리 제방둑길을 사월의 벚꽃들이 꽃망울을 터뜨리고, 강 건너 삼락공원 벚꽃도 시샘을 하듯이 꽃잎이 날아든다. 해마다 봄이 오면 들려오는 꽹과리소리도 가까워질 때가 되어간다. 주인 손을 잡고 따라오는 장군이도 벚꽃을 좋아하는지 이리 뛰고 저리 뛰고 꼬리를 감춘다. 뽀얗게 올라오는 어린 쑥들이 앞다투어 내다보고 여인네들 손놀림이 바쁘기만 하다. 살기 좋은 우리 마을, 4월의 벚꽃이 지기 전에 지나가는 걸음 멈추어 꼭 훔쳐보고 가시라고 자랑하고 싶다.
>
> — 〈살기 좋은 우리 마을〉, 부분

서정적이다. 낙동강 제방 30리 벚꽃길의 풍광을 옛 추억과 연상작용으로 살려 놓았다. 고향살이의 애정이 아련한 추억으로 그려지면서 현재의 명품 강변을 겹쳤다. 김영순 작가의 작품에는 동물들이 부수적으로, 때로는 생뚱맞게 등장하고 있는데 여기서는 강아지 장군이도 함께 산책한다.

한나절 오후쯤이면 '동동구루무' 사라고 북치는 아저씨에게 엄마 아버지 오시기 전에 얼른 쌀 됫박 퍼담아서 동동구루무와 맞바꾸었다. 로션인지 골드크림인지 분간도 없이 선반 위에 올려놓고 온 가족이 얼굴에도 손에도 반들반들 바르면 그 시대 최고의 화장품이었다. 동네에서는 텔레비전도 없고 제법 잘 산다는 군인댁에 마을 사람들이 모이면 흑백 텔레비전에서 뉴스가 터져 나오고, 연속극 주인공을 만나보는 게 유일한 농촌 저녁의 오락거리였다.

명절 전후 일 년에 한두 번 정도 노천극장이 들어왔다. 방송이나 신문을 통해 알리는 것도 없었고 동네 언니오빠들을 통해서 입소문으로 전해 들었다. (중략) 밤이 되면 부모님 몰래 빠져나갈 눈치만 살핀다. 저녁날씨는 꽁꽁 얼어 입가에 서리가 내릴 정도에 목에는 실목도리 두껍게 감고 가진 돈도 없으면서 동네 언니오빠들 사이에 끼어 귀를 바짝 낮추고 표 파는 아저씨 몰래 공짜로 들어가다 그냥 그 자리에서 잡혀서 밖으로 쫓겨났다. (중략)

오늘 저녁 방송에서 흘러나오는 뉴스. 어느 독지가가 이웃돕기 성금으로 오천여만 원을 나무 밑에다 두고 간다고 기관에 전화를 걸어서 연락만 하고 사라져 갔단다. 올겨울 추위가 기슴에는 벌써 봄이 올 것 같다. 오늘날 남에게 봉사하는 마음이 세상에 울려 퍼져서 온정의 손길이 골고루 다가가 따뜻한 겨울이 되었으면 좋겠다.

— 〈겨울 이야기〉, 부분

농촌의 옛 문화 향유 풍광이 사실적으로 드러났다. 직설적 표현도 재치 있다. 옛 이야기를 하면서도 현재적 인식을 놓지 않는 기교를 부린다. 동일 공간에서 야기되는 세월의 시차를 교집합으로 엮고 있다. 박제화된 추억이 아니라 과거와 현재가 교감하는 따뜻한 겨울나기의 소망이다.

세상은 급변해도 따뜻한 마음과 넉넉한 인심 넘치는 고향생활을 기대하고 있다. 출생 이후 같은 장소에서 평생을 살아온 작가의 향토사랑은 앞으로도 계속될 것 같다.

2-2.

서두에서 한 개인이 평생을 고향 마을에서 산다는 것이 축복일까 재앙일까 하는 문제를 제기한 바 있다. 그 이유는 이 좁은 지역에서 겪어야 하는 관계성이다. 인간의 삶은 관계를 형성하는 과정의 연속이다. 급변하는 시대사 속에서 현대인은 다양한 환경을 겪으면서 새로운 관계를 지속적으로 맺어가는 것이 현실이다. 고향은 공간과 시간과 심리라는 세 요소가 불가분의 관계로 굳어진 복합적 세계다. 그런데 평생을 한 동네에서 붙박이로 부대낀다는 것은 생활현장에서는 양면성이 있다. 고향살이는 오랜 동안 함께 얽어온 깊은 인정의 안온한 현장일 수도 있겠지만, 전통적 삶의 외형은 물론 사람도 인심도 변하고 인식마저 급변하는 현대사회에서 수많은 문제점들이 노출될 수도 있기 때문이다.

김영순의 고향은 공간만 그대로일 뿐 시간과 심리, 즉 고향집과 고향마을과 고향사람이 확연히 변해버린 상태다. 고향이면서도 고향이 아닌 모순 상황의 연속에서 겪는 갈등이 생성되기에 고향이라는 정서적 공간에서도 시대 변화에 따른 인간관계의 다양한 파장을 흡수해야 한다. 그러나 파장의 솔직한 전반사全反射는 곧 갈등이 될 수도 있다. 고향에서의 갈등은 객지의 갈등과는 다르다. 객지처럼 돌아서고 외면해 버릴 수도 없는 곳이 고향이다. 이 좁은 향토 사회에서 자신이 보유한 프리즘을 어느 각도로 조절하느냐에 따라 반사되는 스펙트럼이 갈등도 되고 화해도 되는 공동체 공간이기 때문에 섬세한 지혜가 발동될 수밖에 없다.

갈등은 내적으로도 생성되고 외적으로도 노출된다. 좁은 지역의 외적 갈등은 심리적 중압감이 증폭된다. 외적 갈등을 억압하면 스트레스가 쌓인다. 여기에서 스펙트럼의 조절 지혜가 생성된다.

더러는 좋지 않은 기억으로 남아 있지만 그래도 우리가 자랄 때는 부모 팔아서 친구 사야 할 정도로 소중한 친구였다. 다들 행복한 가정에서 자식 본보기로 안 좋은 모습은 보이지 말고 서로 열심히 살아가기를 바랄 뿐이다.

― 〈소중한 친구 1〉, 부분

하얀 남방 옷에 옷깃을 빳빳하게 세우고 화장술이 빼어나 지나가는 나그네 살짝 비켜줄 만큼 당당한 진 여사. 곰곰이 생각하니 사십대 초반쯤에 나하고 한판 붙은 적이 있긴 했는데 하도 오래된 일이라 내용은 모르겠다. 그때 일로 몇 십 년을 아는 체 안하고 모르는 사람으로 평생을 만난 일이 없을 줄 알았는데 우연히 어느 장소에서 주위 친구의 권유로 맥주 한 잔 마주쳤다.

— 〈소중한 친구 2〉, 부분

통통 뛰는 딸, 까칠한 친정엄마 사흘들이 맞불

창문 열고 동쪽으로 이것들아 빨리 가라 조용히 살고 싶다

딸자식 키워서 덕 볼 일 없다

— 〈빈 집〉, 부분

〈소중한 친구〉에서 드러내는 성찰의 스펙트럼은 공감 형성의 지혜다. 〈빈집〉에서는 작가가 부리는 갈등도 직접 드러낸다. 미운 정고운 정이란 말도 공간을 달리하면서 시간을 묵히고 나서야 효용이 된다. 고향에서는 이것이 지난至難하다.[41] 이웃의 뇌리 깊숙이 선점해 있는 과거의 정보, 곧 선입견의 지배를 받는다. 이 선입견을 떨쳐내는 데는 지속적인 노력이 요구된다. 그것이 삶의 지혜다. 그 지혜의 출발점은 지속적인 자기성찰이다.

일련의 반복되는 자기 성찰을 통한 포용력과 이해력의 고양高揚은 지향하는 삶의 품격이 달라지게 한다. 그 결과 어두운 추억을 즐겁게 공유하게 된 것은 오롯이 필자의 변신 덕택이다. 그의 변신은 내면적으로 오래 지속된 것 같다. 그러다 격이 다른 변신을 시도한다. 드디어 동주대학교 재활요양관리학과에 입학하고 복지사

---

41) 자기 성찰은 자아의 발견에서 출발한다. 융(Carl Gustav Jung)에 의하면 인간이 타고난 정신의 세 가지 구성 요소는 그림자(shadow)와 영혼(soul)과 탈(persona)이다. 현실적 인격체인 탈(persona)이 어두운 과거(그림자shadow)를 떨쳐내고 순수자아(영혼soul)를 회복하려는 몸짓이 자기 승화의 단계이다. 충돌이 심한 비좁은 공간일수록 그 성찰은 잦아질 것이다.

자격증 과정도 밟아간다. 이는 단순한 학력의 외형적 성취가 아니라 사회와의 공감에 대한 자신의 절대적 변모를 추구하는 적극적 도전이다. 아래 작품은 제4부 수록이지만 작가의 성찰과 변신과정을 잘 보여주는 글이라 여기서 인용한다.

사회복지사 자격증을 취득하기 위하여 3주의 실습을 받았다. 꿈에 부풀어 강서구 낙동복지관으로 동료 친구와 함께 어깨를 같이 하고 교육에 들어갔다. (중략)

그런데 어르신 목욕시키고 어린이들과 놀아주고 하다가 며칠이 되었을까 프로그램 작성을 하다가 인내심이 부족했던지 동료친구와 언성이 높아지고 시끄러워졌다. 내가 많이 하고 니가 적게 하고, 어려운 건 내가 다 하고, 쉬운 건 니가 하고 하면서 옥신각신 싸움이 되어 버렸다. 맙소사. 그런데 하필이면 복지관에서 제일 높은 분인 관장님이 옆 사무실에서 전부 다 듣고 있을 줄이야. 단박에 두 사람 불러가서 세워놓고 복지사가 될 기본자세가 전혀 되어 있지 않으니 원래대로 돌아가라는 것이다. 실습생이 잘해도 점수를 줄까 말까인데 여기가 어디라고 고함소리를 내느냐며 학교 측에 연락할 것이니 집으로 돌아가라는 것이다.

— 〈복지사의 길〉, 부분

사회복지사 실습과정에서 동료와의 다툼은 치명적인 품성 훼손이다. 너그러운 관장님의 배려로 용서를 받고 얻은 자격증은 살아 있는 교훈이 되었을 것이다. 내면의 프리즘 각도 조절의 필요성을 뼈저리게 느꼈을 것이다. 그리하여 '순간의 실수로 큰 화를 부를 수 있으니 사회생활에서는 항상 참고 인내하는 모습으로 일하다 보면 결실의 날이 반드시 온다고 쓰고 있다, 사회복지를 전공한 점이 인간관계를 사랑과 행복의 조건 속에 비추어보려는 고양된 인식을 낳았다.

김영순 작가의 성찰에 대한 직접적 동인動因은 작품 속에 언뜻언뜻 노출되었을 뿐이지만 일상에서도 가치의 변환을 유도하는 인생 공부를 계속했을 것이다. 그리하여 근년에는 자기 발견을 택한 또 하나의 과정으로 문학 공부를 선택했다.

> 몇 해를 눈만 처다보고 들은 것 같은데 그래도 이제는 서당개가 되어 풍월을 읊을 줄도 안다. 해박한 지식을 쓰려고 하면 쓸 말이 어렵고, 산전수전 경험을 쓰라 하면 도를 닦듯이 잘 쓴다고도 생각했는데, 때로는 선생님께서 지적을 하실 때는 얼른 자신을 알고 잠깐 멈추었다가 혼자서 고뇌에 빠져서 멍청하게 지낸다. 그래도 자꾸 두드려야 열린다. 그러면서 또다시 몰두하다 보면 스스로 내 가슴을 뛰게 할 때도 있다.
>
> ― 〈문학반 회원님들〉, 부분

문학 공부 영역은 다른 취미활동과는 좀 다르다. 무엇보다 회원끼리 소통하는 방식이 특이하다. 창작이라는 자기 내면의 세계를 표출하는 작업이다 보니 우선 서로를 잘 이해하고 본심을 주고받는다. 그리고 나와 다른 점을 용인하고 상대방의 작품, 나아가 인격을 매우 존중한다. 서로 주고받는 호칭부터가 다르다. 그 결과 인간관계에서 확연히 달라진 필자의 위상이 표현된 노골적 작품이 탄생한다.

요사이 시장통 친구들 무엇 하고 있을까
희끄므레한 낡은 벽지를 두른 사방벽 가운데
역시나 김 할매 두 다리 쭉 펴고
허리디스크 최 여사 누운 채 신세타령
몇몇 성한 년 화투짝에 빠진 채
간만에 친구 방문에 눈길도 주지 않네
(중략)
내일이면 날 따라 문학반 가자
이년 저년 삿대질 아니라
우리끼리 서로서로 선생님이라 부른단다

— 〈화투짝 친구들에게〉, 부분

두 상황에 대한 대응이 직설적이다. 문학 동아리 활동은 창작만
하는 것이 아니라 감상과 비평도 겸하면서 생각의 진폭을 고양시키
면서도 특히 회원들의 공동체의식이 끈끈하다. 그리하여 세상을 바
라보는 눈빛이 대상의 진정한 본질을 찾아 긍정과 행복, 그리고 공동
체적 사랑의 안목으로 심화된다. 여기에 타인의 작품 감상, 직접 창
작 경험을 통한 자기 치유와 성찰은 또 부수적으로 얻는 소득이다.

〈경 고〉
뽑아가지 마시오
걸렸다 하면 전에 잃어버린 것까지

다 물리고 도둑으로 끌고 가서 벌금내고
평생 감옥 가서 못 나가게 할 테니
오늘부로 꼭 알린다. 주의하시오

어느 밭주인이 등산길 모퉁이에
쪽파 반 평도 안 되게 심어 놓고
흰 판자에 엇둑빗둑 빨갛게
경고문을 한 평이나 무섭게 적어
굵은 밧줄로 꽁꽁 묶어 세워 놓은
수상한 팻말이 이상하게 겁이 안 난다

— 〈수상한 팻말〉, 전문

상황 포착과 서정 전개가 재미있다. 무기교의 기교다. 표현의 엄
중함 속에 담긴 이면의 심리를 따뜻하게 포착한 작품이다. 세상을
바라보는 인식이 수용적 안목 그대로 드러났다. 대인관계도 마찬가
지다.

한 달이 지나도 재첩 사라 소리가 없다
통일벼 아지매 갑자기 쓰러졌다 하네
재첩국 한 국자 안 쥐도 좋으ㅣ 제발 살이만 있이주소
그래도 아지매 재첩이 제일 찐하던데 그게 뭐라꼬
작은 냄비 들고 기다릴게요 양동이 이고 소리쳐야지요
툴툴 털고 일어나 고함쳐야지요 재첩국 사이소

— 〈재첩국 사이소〉, 부분

재첩국 한 국자에 떼를 쓰던 마음이 어느덧 이해와 공감으로 전이된다. '재첩국 한 국자 안 줘도 좋으니 제발 살아만 있어주소'라는 마음이 얼마나 애틋한가. 세상을 바라보는 복지사의 인식이 스며있다. 미감을 자극하는 특별한 기교는 없으면서도 소박하고 진솔한 전개에 진중한 맛과 푸근한 미소가 번지게 하는 글이다.

소여물로 줘도 못 먹을 걸 몸뻬 바지에 쓱쓱 문질러 주면서
맛 봐라 맛있으면 내년에 한 번 더 주께
대저 바닥에 물이 다 말라도 우리 집 토마토는 안 마른다
우물 안 개구리 꿈은 우물만큼 꾼다더니
자기 것이 최고라고 빡빡 우긴다
남에게 주는 것은 좋은 것을 줘야지 구시렁 구시렁
받을 것도 없었는데 약탈당한 기분이다
조상에 복을 지었나 아들은 장군 만들어 놓고
비싼 땅 주주 되어 아들 뒷바라지에 등불을 들고 있다
타고난 천성대로 아무 일 없듯이 헐떡이며 사라지네
자식에게 쉼 없이 감로의 열매가 되어주는
헐떡이 아지매 그대 참 아름답습니다

— 〈헐떡이 아지매 2〉, 부분

소박한 이웃의 이야기다. 얼마나 열심이고 부지런하면 별호가 헐떡이 아지매일까. 평생 농부의 삶에서 지역사회 정치가로 입신한 자식 뒷바라지까지 하는 이웃이다. 소여물로도 못 쓸 불량(?) 농산물을 비싸게 사 주면서 약탈당한 기분으로 구시렁대지만 주인공으

로 향한 마음은 칭송이 자자하다. 불만의 어휘 동원과 우호적 표현의 모순 현상은 이웃과의 소통에서 아름다운 스펙트럼을 분사하는 시선이 잘 드러나 있다.

> 장사를 하다 보면 하루도 쉬는 날이 없이 박스 줍는 노인들이 동네 점차 늘어 가고 있는 것이 눈에 띈다. 수입금 십만 원을 벌기 위해서 새벽 발자국 소리도 낮추고 손수레를 밀고 한 달 내내 움직인다. 박스나 빈병을 줍고 나면 주위 청소까지 말끔하게 쓸어 가신다. 고마운 마음에 피자와 음료수 대접을 했더니 피자만 드시고 콜라 음료수는 뚜껑도 열지 않고 그냥 두고 갔다. (중략)
> 열심히 살아가는 이 모든 사람들에게 날마다 건강과 행복이 가득하면 좋겠다.
>
> — 〈이웃 사람들〉, 부분

가난하면서도 체면과 예의를 지키는 이웃 이야기다. 그리고 그들을 살갑게 도와주는 동네부자의 마음씨도 고맙다. 사회 전체가 이렇게 행복하기를 바라는 작가의 소망이 은연중에 담겨 있다. 수십 년간 지속된 친구들과의 사연도 덕담으로 이어진다.

> 고향에서 지킴이로 살아오다 보니 주위에는 신배나 후배가 늘 함께 보고 듣고 지켜주며 선배는 깍듯이 대하고 후배에게는 좋은 본보기가 되는 게 우리 동네의 장점이면서 사람 사는 냄새에 향수를 느끼게 한다.
>
> — 〈소중한 친구 2〉, 부분

이어서 친구들 덕담이 계속된다. '차려입은 옷맵시도 수준급이라 같이 있으면 즐겁고 어울리면 빛이' 나는 김여사, '팔남매 며느리로 들어와서 오랜 노력 끝에 서실에서 키운 글솜씨로 이미 대가를 이룬 고여사, '화장술이 빼어나 지나가는 나그네 살짝 비켜줄 만큼 당당'한 진여사이다. 아래 작품에서는 동네 시장의 풍광도 따뜻하게 그리고 있다. 세상을 공동체적 시선으로 바라보는 애틋한 마음이 구절구절 담겨 있다. 시장의 총각 사장이 깎아주는 천원에도 마음이 쓰인다.

> 옛날에는 꼭 덤으로 더 받아내고 주지 않으면 다음 장날에는 다른 생선자판에 서 있었다. 어디서 이런 마음이 생겼는지 오늘은 천원을 되돌려 주면서 얼마나 남는다고 다시 돌려주는 마음도 생긴다.
> "총각, 다시 넣어두세요. 많이 팔아서 어서 가정 이루어야지요."
> 그렇다. 이제는 서푼어치도 안 되는 걸 가지고 다투기 싫다. 낙동강에 버려도 억지로 뺏듯이 가져오면 어딘가 내 뒷모습이 들킨 것 같았는데 돈 천원의 가치가 이렇게 흐뭇하고 편할 수가 없다.
> (중략)
> 그동안 지키지 못한 인연들을 지금이라도 소중히 생각하고, 좋은 인연 지어 웃으면서 주름 펴진 얼굴로 살아야겠다.
>
> — 〈장날 인심〉, 부분

가슴 속에 자연발생적으로 야기되는 어두운 파동을 억제하면서 대외적으로 맑은 파동을 전하고자 하는 강력한 의지를 축적하는 생활모습이다. 그것이 프리즘의 각도를 효과적으로 조절한 스펙트럼으로 반사되는 것이다. 온 동네 어른들이 인식했던 '암챙이'의 변신이다. 그리하여 프리즘 작동에 의한 따뜻한 스펙트럼 반사광은 독자의 마음도 흐뭇하게 젖게 한다. 세월 따라 변모하는 시속에서도 고향이라는 좁은 공간에서 가다듬는 공감과 소통의 품성은 오롯이 작가의 지속적인 자기성찰의 결실로 드러나는 것이다.

2-3.

김영순 작품에 등장하는 혈육 관련 제재는 지극히 제한적이다. 작품도 상대적으로 적다. 자녀, 친정, 시댁, 사돈의 단편들이다. 혈육은 마음 주고받기가 편안한 대상이다. 혈육 관련 작품에서도 김영순의 체화된 스펙트럼 조절법은 그대로 드러난다. 다음 작품 〈빈집〉은 전반부에서 자칭 '까칠한 친정엄마'와 '통통 튀는 딸'의 도긴개긴 갈등이 부각된다. '사흘들이 맞불이 붙어 '창문 열고 동쪽으로 이것들아 빨리 가라 조용히 살고 싶다/딸자식 키워서 덕 볼 일 없다'고 성화를 부렸다. 그런데 모두 이사를 떠난 텅 빈 집에 눈물 찍으며 서성인다.

> 산만한 브럭이 이삿짐을 올린다 가슴이 철렁
> 흩어진 옷가지에 버리고 간 신발 한 짝 그것도 눈물
> 일일이 내 편이던 정서방까지 세 식구 웃으며 가고 없다
> 뒷집 강아지 무슨 일이 났다 빼꼼이 쳐다본다

저 강아지 내 편일까 숨겨둔 꽁치머리 너 다 줄게

— 〈빈집〉, 부분

　　여기서도 뜬금없이 뒷집 강아지가 등장한다. 해학과 익살을 구가
한다는 것은 그가 이미 이 상황을 수용하면서 마음의 여유를 찾고
있음이다. 이것은 스스로의 서정을 다스리는 그의 독특한 소통 방
법이다.

　　어머니의 정서를 그리는데도 특이하게 제목이 〈엄마는 용감했
다〉이다. 어설픈 감독관 아버지와 반동적 행동대장 엄마의 사연이
재미있게 그려진다.

　　한평생 속여서 자식 용돈 쥐어주고 야단도 대신 맞아주고
　　어딘지 모르게 불만이 가득한 아버지 고함소리 넌더리나서
　　저 영감 세상 뜨면 동네잔치 열어준다 탁주 두 말 약속
　　세월이 무상이네 영감님 덜컥 병원으로 실려 간다
　　영감아 지독한 영감아 조금만 더 살다 나 데리고 같이 가지
　　아버지 침대 앞에 얼굴을 파묻고 사흘을 맞절하고 쓸쓸히 울었다
　　저 영감 빨리 가면 잔치 연다고 영감 욕을 입에 물고 살더니
　　약속했던 탁주 말도 없이 어기고
　　고함소리 향수였나 돌아도 보지 않고 영감 따라 가고 없다
　　자식에 짐 될라 악처부부 영영 따라 갔나
　　이제야 알았다 자식 위해 엄마는 평생을 용감했다

— 〈엄마는 용감했다〉, 부분

엄마에 대한 그리움이 애상과 미련으로 반추된 것이 아니라 익살과 해학을 섞어 수용하고 있다. 첫 연은 평생 속고 사는 조조 같은 아버지 이야기다. 큰딸을 위해 불호령을 각오하고 살림을 빼내는 엄마의 눈치코치 행동에 속수무책으로 당한다. 그런 엄마도 이젠 아버지 따라 갔다. '저 영감 빨리 가면 잔치 연다고 영감 욕을 입에 물고 살더니/약속했던 탁주 말도 없이 어기고/고함소리 향수였나 돌아도 보지 않고 영감 따라 가고 없다'는 거친 표현은 애틋한 정서의 반어적 표현이다.

저녁노을이 지기 전에 대소쿠리 찾아들고 엄마는 뒷밭으로 들어간다. 반쯤 커버린 호박 하나 발견하고 얼른 따서 담는다. 풋고추 몇 개 손에 쥐고 나오다가 호박잎 줄기째로 뚝뚝 끊어서 부엌으로 들어간다. (중략)
된장뚝배기에 멸치 세 마리 이상 들어가는 걸 본 적이 없다. 김치 한 포기에 마늘 두 쪽. 칼자루로 세 번 두드리면 그게 끝이다. 고춧가루는 넣었는지 마는지 그래도 김치그릇에는 손이 바쁘다.
— 〈엄마의 반찬〉, 부분

시골 살림살이의 풍광이 선연하다. 멸치 세 마리 이상 들어가는 걸 본 적이 없던 된장뚝배기의 알뜰한 모습이다. 꼬맹이들은 뚝배기 속에 숨은 큼직한 멸치 쟁탈전도 벌였으리라. 아버지의 옛 고향 도요마을에는 대대로 살아온 혈육들의 소식이 아프다. 그곳에도 예외 없이 개발의 바람 앞에 갈등의 광풍이 분다. 표현이 해학적으로 과장이 되어 있다.

철철이 효자상품 전국구에 도요 물고구마 팔아서

새끼들 물 좋은 시내로 유학시키고

산 좋고 물 좋은 도요땅을 대대손손 물려줄라고 손에 쥐고 있다가

날벼락이 왔다 포크레인 땅 파헤치고 기둥뿌리 뽑아갔다

이정표 밑으로 빨간 줄 점령하여 아스팔트 밀어붙이고

강나루 나룻배도 죄인처럼 밧줄에 묶여 블랙박스 되어 있다

침침한 눈 뜬 봉사 벼 한 포기 끌어안고 다 팔아가도 모르네

(중략)

트리오 삼촌숙모 홧병 나서 세상 등진 지 오래다

엉거주춤 자식들은 미소 짓고 오늘날 정부에 감사하다지만

— 〈도요마을〉, 부분

현대 사회의 급변 속에서 야기되는 민중 생활의 변모 여정을 그
린 작품이다. 순박한 옛 풍경으로 시작해서 자식들 뒷바라지의 노
고에 허리를 펼 즈음 불어닥친 개발의 광풍이 몰고온 갈등이다. 상
전벽해는 어디에도 존재한다. 동원된 시어들이 현장감 넘친다. 표
현들이 직설적이면서도 생략과 비약 속에 반어가 스며든 생동하는
서정이다.

통영 앞바다 주름잡는 씩씩한 우리 안사돈

바다 밑에 가리비, 굴, 멍게 쫙 깔려있다

전부 우리 사돈 거라네

부산 사돈, 굴 한 박스 부쳤으니 잘 받으세요

애써 키운 바다농사 큰돈 사셔야지 안 보내도 됩니다
그다지 좋아하지 않으니 다음에는 보내지 마세요
통영사돈 전화기를 스르르 놓는다

엄마, 말도 그렇게 할 줄 몰라요
시어머니 기분 상해 다음부터 안 준대요
야단났다

사돈도 그렇다
굴 안 좋아하는 사람 어디 있겠노
말이 그렇지 뜻이 그렇나. 미안해서 인사라고 한 말인데

사돈 절대 아닙니다
나는 특히 통영 굴은 너무너무 맛있어 좋아합니다

올해도 굴 한 박스 배달되어 왔다
너무 고맙습니다. 꾸뻑
해풍 맞은 땡초, 시금치는 더 좋아합니다

— 〈사돈의 선물〉, 전문

직나라하리만큼 솔직담백한 사연 전개가 재미있다. '야단났다.',
'사돈도 그렇다.' 등의 일상적 담화도 시어로 선택되니 신선하다. 이
시를 사돈에게도 보냈단다. 지극히 조심스러운 사돈과의 관계를
이렇게 솔직하고도 해학적으로 풀 수 있다면 그는 이미 소통의 달

인이다.

그때 그렇게 농사와 부업은 우리 가족의 생활 일부였다. 엄격하고
부지런하게 열심히 살아온 부모님만큼만 닮고 살아가면 어디서라
도 어렵지 않게 살아갈 수 있을 것이다. 재미로 가꾸는 꽃밭이 돈
이 되는 것은 아니었지만 그 꽃들이 아름다운 추억이 되었다. 그래
서 우리들은 엄청나게 달라진 세상 속에서도 그 기억을 더듬으며
또 꽃밭을 가꾸며 즐기고 있다.

— 〈친정집 봄날〉, 부분

큰 고무 물통에 담아 수레에 싣고 강변 둑으로 끌고 올라간다. 시
퍼렇게 출렁이는 낙동강 물에다 빨래를 불려놓고 비누로 잔뜩 비
벼 빨래방망이로 두드려 물밑이 훤한 강물에 활활 씻고 있을 때면
지나가는 잔챙이 고기들도 입질을 하고 지나간다. 푸른 하늘만큼
이나 하얗게 씻은 이불호청은 다시 가마솥에 푹푹 삶아서 다시 강
물에 흔들어 씻어 올려와 뒷밭 빨래 줄에 하얗게 늘어놓으면 펄럭
이면서 봄바람에 금방 마른다.

— 〈시댁의 봄날〉, 부분

친정집 봄날과 시댁의 봄날이 잘 조응되었다. 친정집 살림에서
1960~1970년대의 소득증대 풍광이 잘 그려졌다. 집 안에는 온통
꽃향기로 가지가지 꽃들이 가득했던 어릴 때의 기억으로 지금도
꽃을 가꾼다. 부잣집이던 시댁의 빨래 이야기는 강마을의 풍광이
잘 드러났다. '어른들의 근검절약했던 재산들은 가지가 많다보니 다

지키지 못했다.'는 간단명료한 문장 하나로 굴곡진 숱한 사연들을 암시적으로 다 녹여내고 있다. 공감의 소통을 위한 스펙트럼은 시댁의 재산문제도 아주 얕게 스쳐가면서 조상님께 감사를 올린다.

얼마 전에는 손녀를 안겨준 며느리를 안고 좋아서 어쩔 줄 몰라 하는 아들을 보면서 각시자랑 손녀자랑에 행복해 하는 아들과 며느리가 귀엽고 살갑기만 하다.
좋은 것 있으면 자식 주고 싶고 더 좋은 게 있으면 며느리 다 주고 싶은 게 요즘 시대 시어머니다. 우리 모두가 이웃에게 사랑을 나눌 수 있는 그런 사람이 되어서 넉넉한 마음으로 한 세상을 살아가는 가족이 될 것을 기대해 본다.
— 〈가족의 행복〉, 부분

지난 명절에는 시집간 딸이 '엄마, 예전에는 음식을 먹고 가고, 지고 갈 만큼 많이 해서 스트레스를 주더니 요사이는 눈에 띄게 적게 장만하네요. 힘이 떨어졌는지 점점 음식 양이 줄어가고 잔소리도 줄어지고 그러네요. 많이 하면서 짜증내지 말고 알맞게 만들면서 즐겁게 하세요' 하던 말이 생각난다. 나도 나이 들어가는 모양이다.
그래도 올 추석은 우리 집안의 기쁨조 외손녀도 올 것이고 즐거운 명절이 될 것 같아 벌써부터 마음이 비뻐긴다.
— 〈추석〉, 부분

애틋한 가족 사랑이 절절이 묻어나는 글이다. 오랜 세월 아이들을 기르고 가정을 이끌던 신산辛酸한 이야기는 모두 잊어버렸는지 김영순 작가의 프리즘에 투영되는 빛의 스펙트럼은 즐겁고 행복한 일상의 파장으로 출렁거린다.

2-4.

김영순 작가의 내면적 서정은 생활 속의 희로애락을 서사적 사연으로 담아 자신의 삶을 진솔하게 드러내며 반성하고 모색하는 글이 주종이다. 그래서 제재나 사색의 진폭이 생활 현장을 벗어나지 않는다. 다만 그 속에서도 체화된 반성과 공감성의 스펙트럼 조절을 볼 수 있다.

소백산 국망봉 장엄한 첩첩연봉 구인사
사천왕 눈을 부릅뜨고 호통을 친다
내 죄인가 깜짝 놀라 절로 고개 숙여라
부처님 앞에 오늘도 한 가지 화두를 던져놓고
젖어 있는 이 몸은 좌선으로 서서 눈시울 붉어진다

정화수 물 위에 사연을 담아 염을 외웁니다
삼매에 들지도 못한 중생들 속내를 감추옵고
신비스런 자비로 굽어 살펴 주옵소서

스님들의 엄숙하고 정숙한 모습에
산사의 새벽 종소리 단양 고을을 울린다

종소리에 잠을 깬 참새들도 노래로 염을 하고 반주를 한다
애써 비운 깨달음이 상념에 젖어들고
대조사님 설법 말씀 국망봉 능선을 타고 흘러서
이 세상 내 것이 어디 있나 쓰다가 빈손으로 돌아갈 뿐이다
소도 말도 아닌 것이 이 무슨 말인고 오늘도 고개만 끄덕끄덕

— 〈구인사의 새벽〉, 전문

    내면의 소리를 신앙심으로 드러낸다. 그런데 마지막 구절이 특이하다. 대조사님 설법이라는 지고한 안전에서 지극한 자기 비하가 드러나면서도 익살스럽다. 그 근저에는 어리석은 중생의 한계를 스스로 시인하며 수용하는 불심 깊은 마음이다. 결국 선문답 같은 일상의 내공이 토출된 것 같다. 다른 작품인 〈꿈〉에서는 허욕을 부리다가 뻘밭에서 허우적거리는 자신을 반성하면서 '내 것이 아닌 것에 잠시 욕심을 부렸다가/꿈속에서도 꽃밭 아닌 뻘밭에 빠져 욕많이 봤다'고 해학적으로 토로한다. 이러한 일련의 작품들을 통해 볼 때 작가는 내면의 어두운 그림자를 탈피하려는 끊임없는 단련을 지속하면서 스스로의 스펙트럼을 아름답게 반사시키려 노력하고 있는 것 같다. 자신뿐만 아니라 나아가 길짐승에게까지도 공감성을 발휘한다.

뚜벅뚜벅 소리에도 화들짝!
담장 위로 점프
밤낮 물어뜯고 뛰고 달아나고
한 많은 들고양이 곡예를 한다

센서등 없는 곳에 쓰레기통 머리에 이고 후비고
눈치밥도 좋다 썩은 고기 더 좋다
팔다 남은 좌판에 배고파 혀를 내밀고
적선하듯 던져준 뼈다귀 한입 물고 뺏길라 잡힐라 날고 뛴다
영롱한 눈알로 삼킬 듯이 노려보나 번쩍, 암호를 던진다

사람이면 다 사람이냐 장미꽃이 따로 없다
다시 태어나 봐야 팔자를 안다 해탈하는 그날까지
배불러 버려둔 빈 깡통 오늘도 쳇바퀴로 돌린다

— 〈들고양이〉, 전문

　　고양이가 던지는 암호를 풀고 있다. 배고픈 고양이를 앞에 두고
'사람이면 다 사람이냐 장미꽃이 따로 없다'는 절대 평등의 상징으
로 위로를 던진다. 고양이와 사람을 연결지은 것은 어차피 같은 중
생衆生이라는 뜻이겠지만 갑작스런 장미꽃의 등장은 종교적 사유
와 시적 기교 연결에서 낯선 연상기법 활용이다. 인간이 버린 배부
른 깡통과 배를 채우려 쳇바퀴를 돌리는 고양이의 대조도 세상 모
든 존재와 소통하는 공감적 파장의 일환이다.
　　이젠 나이를 느끼는 세월, 자신의 현재 삶의 모습을 익살 섞어
그린다.

　　그럭저럭 산 날에 새치가 내려앉는다
　　표도 없이 가설극장 천막을 서성거린 어린 소녀
　　군중 속에 끼어들어 실전 구경 하던 맛이 참 괜찮던데

헝클어진 실타래도 암호로 풀어 단단하게 감았던 것이
기일도 생일도 숫자들로 날아다니고 동지가 또 지나갔다
가슴 맞대고 나누던 사랑도 아편처럼 뜨겁던 심장도
이젠 뛰지도 않는다

이제는 애쓰지 않아도 절로 비우는 마음으로 자책하는 시간
강물 속 징거미 신발 벗어 화들짝 건질 때는 옛날 이야기
운동회 날 달리기는 언제나 일등
이제는 총소리만 들어도 뒤로 넘어진다

— 〈인생〉, 부분

'가슴 맞대고 나누던 사랑도 아편처럼 뜨겁던 심장도/이젠 뛰지도 않는다'고 하면서도 표현은 방금 건져올린 활어마냥 통통 뛰는 생동감이다. 아직도 통통 뛰는 활력은 그의 몸에 잔존해 있다. 충돌하는 두 자아의 한 모습이다. 그러나 여기서도 역시 '애쓰지 않아도 절로 비우는 마음으로 자책하는 시간'으로 다스린다. 자칫 자신의 그림자를 드러내는 것을 경계하면서 그의 내면적 스펙트럼 조절이 얼마나 지극한지 잘 묻어난다.

유난히도 추운 12월, 하단 오거리 노점에서 산 대봉감을 차에 두고 내려버렸다. 그리고는 아끼운 마음을 따뜻한 파장으로 빈시하면서 스스로를 다스린다.

그래 오늘은 남에게 좋은 일 하는 날로 정하자. 추위에 떨고 있는 할머니와 아이 그리고 아저씨를 생각하고 박봉에 시달리는 버스기

사 아저씨에게 선물했다 생각하자. 언제 아저씨에게 대봉감 선물할
기회가 있겠나. 잘했다 참 잘했다고 마음을 고쳐먹으니 사르르 두
통이 사라지고 어느새 미소를 짓고 있다. 예전 같으면 차고에 전화
를 해서 내 감 봤으면 내 감 내놔라 소리소리 칠 텐데 어느새 내 모
습도 잘 익은 대봉감이 되어가고 있는 것 같아 스스로 칭찬하고 흐
뭇하다. (중략)

계절이 바뀌어 다른 물건을 팔면서 지금은 따가운 햇살을 받고 있
겠지. 열심히 살아가는 모든 이에게 서러운 한겨울은 만나지 말고,
희망을 바라보면서 살아갈 수 있는 용기가 주어지기를 바라면서
내 삶도 다시 한 번 뒤를 돌아본다.

— 〈대봉감〉, 부분

자화상의 면모가 보인다. 자아 성찰의 프리즘이 어떻게 외부로
전파되는지를 확연히 보여주는 글이다. '세상사 마음먹기에 따라서
흑과 백이 달라진다.'는 덕담은 자신의 그림자에게 충고하는 주문
呪文이다. 작가가 스스로에게 전하는 이 강력한 주문이 반복되는
것은 그의 다른 내면에 그만큼 그 반동작용이 생동하는 것을 알고
있기 때문은 아닐까. 그것을 다스리는 것이 지혜다. 실은 이 지혜
를 이 글 〈대봉감〉의 서두에서 이미 포착하고 있었다. 사연 전개에
복선을 깔아놓는 기법이 시든 소설이든 종종 나타난다. 〈대봉감〉
서두에서 '가로수들이 잎을 다 떨궈내고 몸을 줄여서 추위에 대비
하는 지혜가 경이롭다.'는 말은 작가가 지향하고자 하는 인생의 대
유적 표현이다.

돈이라는 것은 소중하게 여기며 열심히, 정직하게 살아가는 사람에게 돌아가야 한다고 생각한다. 주위 친구들을 보면 남의 것을 탐하거나 욕되게 한 적 없이 건강한 생각으로 자기 일에 충실하다. 직장에서 집으로 돌아와 겨우 눈을 붙인 다음날 새벽엔 또 어느새 일터로 사라진다. (중략)

피자 주문했던 중년남자가 느닷없이 가게 홀을 지나서 주방으로 뛰어 들어와 '피자 찾으러 왔습니다.' 한다. 알바학생이 저기 나가 있으라고 하는 말에 깜짝 놀라 가게 밖으로 뛰어나간다. 뒤로 돌아보니 그 남자는 추위에 손을 입에다 모으고 피자가 다됐나 창문 너머로 힐끔 쳐다본다. 가게 홀에서 기다리라는 말인데 아예 밖으로 뛰어나가 서있는 모습이 우스워 눈을 맞출 수가 없다. 그래도 자녀들 피자 먹일 생각에 표정도 밝게 밖에서 웃고 서있다. 저런 어진 백성만 있으면 촛불을 들고 함성을 지를 필요도 없는 세상에 살아갈 수 있겠다. 오늘 저녁 흐뭇하다.

— 〈오늘 저녁 흐뭇하다〉, 부분

글의 주제가 열심히 살아가는 이야기라면 흔히 주위 친구들의 이야기를 부정적 재료로 강조하는 경향이 있지만 김영순의 글에서는 정반대다. 어찌 부정적 이웃이 없겠으랴만 작가의 공감성이 스펙트럼을 조절한다. 가게 손님의 에피를 들면서 추운 겨울 촛불정국의 어지러운 세태를 반어적으로 소명한다. 그리하여 소박한 마음으로 온 세상의 행복을 염원한다.

이 세상에는 수없이 많은 일들이 벌어지고 있다. 살림이 넉넉한 사모님들은 외국을 내 집같이 드나들면서 여행을 다니는가 하면, 법정에서 억울함을 호소하고 목이 메인 사람들도 있다. 생과 사의 갈림길에서 울부짖는 가족의 울음소리도 들린다. 12월의 차가운 하단 오거리 길바닥에서 무단으로 과일을 팔다가 감시원에게 들켜이리 쫓기고 저리 숨어다니면서 행상을 하는 사람들이 추운 날씨에 마음까지 얼어붙지 않게 이들 모두에게 안정된 밝은 햇살이 올해는 비춰졌으면 한다.

아쉬움과 희망찬 새해의 제야의 종소리가 울려 퍼지면서 새해에는 모두들 복 많이 받으시라고 갑오년 새해아침에 빌어주고 싶다.

— 〈제야의 종소리〉, 부분

이 세상의 다양한 사람들을 열거하면서 가장 밑바닥에서 생활하는 어려운 행상에 눈길을 모은다. 일상의 시선을 낮게 반추하면서 공동체적 동질감을 끊임없이 발현하는 빛의 파장은 김영순 작가가 경험한 사회복지사의 시선이 따뜻하게 스며있기 때문일 것이다. 그리하여 그는 서사적 사연을 전개하는 시와 수필의 집필 과정에서 스스로를 반성하고 치유하고 힐링하는 따뜻한 붓끝을 운용하게 된 것이다.

3.

이상에서 고향이라는 지극히 좁은 울타리 속에서 소통의 지혜를 위해 자신의 그림자shadow를 적극적으로 제어하면서 작가가 성찰한 스펙트럼Spectrum의 주요 파장을 살펴보았다. 동네 어른들이 별호로 불렀던 '암챙이'의 변신은 성공한 것 같다.

시와 수필로 생활 속의 희로애락을 서사적 사연으로 담아 자신의 삶을 진솔하게 드러내며 반성하고 모색하는 글은 김영순 작가의 문학세계를 특징짓게 되었다. 미학적 언어 기교를 부리지 않으면서도 다소 생뚱맞은 표현들로 인한 신선한 익살은 무거운 주제도 반어적 위트로 작용하여 이것이 그의 문학적 개성의 한 축이 되기도 한다. 이렇듯 인간관계를 담은 글 속에 뜻밖의 익살이 많다. 이런 언술이 생래적인 것인지 후천적인 것인지는 알 수 없으나 그 중에서도 풍자보다는 해학이 압도적이라는 점에서 잘 조절된 스펙트럼으로 보인다. 풍자는 공격성이고 해학은 수용성이기 때문이다. 그래서 가끔 등장하는 풍자는 매우 절제되어 있다. 간혹 사용하더라도 해학적 표현을 겸한 노출이다.

머리로 쓴 글이 아니라 꾸밈없는 마음으로 쓴 이번의 글 속에는 그가 지향하는 삶의 지표가 그대로 담겨 있었다. 그 지표는 평생을 고향이라는 좁은 공간에서 부대끼며 살아가는 인간관계의 원만한 소통을 통한 행복 추구이다. 그 지향점을 위해 작가는 끊임없이 성찰하고 다짐을 한다. 그래서 그는 인간관계에서 야기되는 모든 파장을 조절하여 공감으로 소통하는 파장의 빛만 나타나는 스펙트럼의 지혜를 모색하고 있다.

세상사 살아오면서 감동스러운 일, 슬픈 일, 억울한 일 등 잊지 못할 수많은 사연들이 겹겹이 쌓여있지 않던가. 할 말은 가슴에 매우고 들어 줄 이 없어 남의 탓만 하면서 내 탓으로 돌리기가 그리 쉽지가 않았다. 그래도 세상은 아무 일 없듯 지금도 잘 돌아가고 있다. 이제는 제발 머리에 칭칭 쌓아두지 말고 꿈으로 만들고 글로 써 알알이 표현하면서 다른 사람의 심금을 울릴 수 있는 그런 사람이 되고 싶다. '고민 끝 행복 시작'이라 어느새 세월은 약이 되어서 그래도 살아보니 세상은 살아볼 만하더라고 제법 덕담을 나눌 줄 안다. (중략)

지금 가까이 있는 이웃이나 선생님, 선배님들과의 변함없는 관계를 맺으며 같이 공유하고 사랑하면서 남은 날들은 내 인생에 박수를 치면서 그렇게 살고 싶다.

— 〈나의 일기〉, 부분

옛날로 돌아가고 싶을까
아니다 나는 지금이 좋다

아들딸 평범하게 제자리로 잘 가주고
손녀들이 한아름에 달려오니 입을 열고 산다
허접한 소리도 농으로 넘길 줄 알고
따르는 술자리에 잔을 부딪칠 줄도 안다
걱정거리 하나는 숨 쉬고 살아있으니 주는 것이라고
헌집에 살다가 새집에는 웃비가 새지 않아 따뜻하다

풍랑이 거칠다고 바람만 탓하면서
반짝이는 물결은 보지 못했다

강렬한 장미가시가 나에게만 찌르는 줄 알았다
숭숭한 바람도 이제는 시원하게 지나가고
앞산도 버티었고 역경은 낙동강에 띄워 보냈다
옆 사람 싫은 땀 냄새가 살 냄새로 설레인다
애쓰지 않아도 절로 비워지는 오늘을 바라보며
남아 있는 세월이 가슴 뛰고 성숙되기를 염원하고
거울에 비친 나를 보고 잘 참고 살았다고 쓰다듬는다

더도 말고 덜도 말고 지금만큼
나는 이대로가 좋다.

— 〈바람이 불면 물결 반짝이더라〉, 전문

　자기 인생에 대한 주문呪文 같은 성찰과, 소통의 공감을 넓혀가겠다는 확신이 작품 전편에서 반복된다. 문학 행위는 자기 치유도 되고 자기 성숙도 된다. 특히 자기 서사, 자기 고백의 문학 활동은 언어 수행言語遂行을 통한 언어 수행言語修行으로 카타르시스를 거쳐 마음의 평정을 다스리며 문학적 심미감審美感까지 경험한다.

　세상의 빛을 받아 내면의 파장으로 조절하는 프리즘Prism 같은 사람 김영순 작가가 성찰로 일구어낸 꽃중년의 행복 물길을 살펴 보았다. 이 물길이 반짝이는 낙동강 물굽이와 함께 끝끝내 이어지기를 기대하면서 그의 생애 첫 분집 발간을 진심으로 축하드린다.(2017.)

김영순

2013년 계간 《문예시대》 수필 신인상, 칠점산 문학상 수상

부산문인협회, 강서문인협회, 물길문학동인회 회원

문집 『바람이 불면 물결 반짝이더라』

김삼종 시집 『당신이 모르실까 봐』

동심으로 채색된 아름다운 비가

1.

　인간의 필요에 의해서 시가 존재하는 것이 아니라 인간이기 때문에 시가 탄생한다.
　현대사회를 두고 혹자는 시의 위기를 논하고 또 혹자는 시의 무용론을 운위云謂하지만 시는 인간 존재와 그 궤軌를 같이할 것이라는 증거가 이 시집에서도 또 발견된다.

　　갈대들은 여러 날
　　강가에서 울고만 있다

　　돌아올 수 없는 먼 곳으로
　　사랑하는 사람을 떠나보낸
　　나의 슬픔과 애통함을 알고 있나

　　엄마 잃은 자식들의
　　애절한 한숨이 바람 되어
　　갈대를 울리나

하늘나라에 계신 할머니 품이 그리워
빨리 오시라고 손짓하는
손주들의 눈물을 보았나

너는 얼마나 울고 울어 긴 강물을 만들었나

나도 참았던 눈물, 눈물 모아
길고 깊은 강물 만들어 볼까

— 〈갈대의 울음〉, 전문

4년 전, 문화원 문학반 수업 중 시 창작 과제물을 받았을 때 김삼종씨의 시를 처음 접한 필자는 깜짝 놀라지 않을 수 없었다. 낙동강 긴 물길을 두고 '너는 얼마나 울고 울어 긴 강물을 만들었나'라니! 아내를 잃고 강가에 앉아 하염없이 바라보다 고개를 끄덕이며 곡哭을 하는 듯한 강변 갈대에 자신의 울음 우는 모습이 치환置換되었다. 순간, 이별시의 백미白眉 고려 정지상의 〈송인送人〉 시구가 떠올랐다.

大同江水何時盡 別淚年年添綠波
대동강 물이야 언제쯤 마르리
해마다 이별 눈물 푸른 물에 보태는 것을

내가 본격적인 시창작 공부를 권했더니 김삼종씨는 적성에도 맞지 않고, 시간도 없다고 사양하였다. 아픈 마음을 추스르지 못해 풍물반에서, 민요반에서 온몸으로 다잡고 있다면서 문학반에 입문한 것도 주변의 권유에 의한 우연일 뿐이라고 했다. 그래서 수업 중에 내가 공개적으로 말했다. '나는 평생 낙동강을 맴돌고, 수십 년 동안 낙동강 시 수백 편을 쓰고 있지만 이런 시구는 아직 생각하지 못했다.'고.

이 시집의 저자인 김삼종씨는 60여 년 평생을 시와는 담을 쌓고 살아온 사람이다. 50여 년 전 학창시절의 국어수업에서나 시를 접해보았을 것이다. 대한민국 국민 대부분은 이런 삶을 엮어왔다. 이런 사람들은 언감생심 시를 짓는다는 것은 상상조차 할 수 없는 시대를 살았다. 그랬던 그가 아내와의 갑작스런 사별 후에 한동안 소용돌이를 겪다가 우연한 인연으로 시를 만나게 되어 시를 쓰게 되었고, 드디어 시집을 출간하기에 이르렀다. 본인의 말대로 너무나 예상 밖의 엉뚱한 결실이다. 그는 아직도 시의 문단에 이름을 올리지도 않았고 본인이 시인이라는 생각도 없다.

아내의 부재로 인한 시공간時空間의 소용돌이를 이겨내고자 '집-텃밭-문화원' 등을 자리잡지 못한 팽이처럼 돌고 돌면서도 그의 시심은 수시로 발현되었고, 그렇게 몇 년의 시간이 흘렀다. 수업 과제로 지어 온 시로 회원들의 눈시울을 간간이 적시더니 그동안 아내 생각이 날 때마다 긁적거려 본 것이라며 128편을 모았단다. 자녀들과 지인들의 권유로 외로운 칠순을 맞이하면서 아내에게 바치는 헌시집獻詩集으로 『당신이 모르실까 봐』를 묶었다.

시란 쓰고 싶다고 만들어지지 않는, 정말 특수한 경우에만 창작되는 까다로운 소산물이다. 내가 궁금한 것은 시창작에 전념하지 않겠다던 김삼종씨가 어떤 경우에 시상을 떠올려 한 권의 시집 분량을 채웠는가 하는 점이었다. 쓰지 않고는 배겨내지 못할 어떤 사연이 있었을 것이다. 그래서 필자는 이 시집 한 편 한 편의 주요한 창작 모티브motive를 추출해 보았더니 다음과 같이 여섯 경우의 창작 계기로 분류할 수 있었다.

1. 집 안팎에 남아 있는 아내의 흔적을 볼 때
2. 가사노동 및 혼자서 가꾸는 텃밭 노동 시간
3. 또렷한 기억으로 남은 아내와의 추억에 잠길 때
4. 아내를 그리는 외로움의 순간
5. 아내로 오버랩overlap되는 상관물相關物을 만날 때

이 외에도 아내 부재不在의 서정과 무관한 작품 몇 편이 있었다. 전체 시편 중에 시조로 창작된 작품이 16편이었다. 그 비율을 도표로 보면 아래와 같다.

내용	흔적	노동	추억	외로움	상관물	기타	계
작품 수	7	15	20	46	22	18	128
비율(%)	5	12	16	36	17	14	100

'나중에 만나자며/손 흔들며, 웃으며 헤어진 사람//삼십여 분도 채 가기 전에/전화기에 들려오는 기막힌 소식//먼저 잘 가요, 던진 말 한 마디가/영원한 이별 인사 될 줄 몰랐네《그 자리》, 부분'
　자동차를 몰고 먼저 출발한 아내를 졸지에 잃어버린 초로初老의

남편이 내딛는 일상日常 스물네 시간은 어떤 소용돌이로 휘몰아치는 허공일까. 갑자기 텅 비어버린 집안 곳곳에 남아 있는 아내의 빈자리. 아내가 하던 일을 손수 해야 하는 잡다한 가사들, 평생을 함께 살 비비고 살아온 아내와의 숱한 추억들이 떠오를 때, 혼자 있는 외로움, 어디를 가더라도 눈앞에 보이는 모든 사물들이 아내와 연상되어 나타나는 환영들……:

인간이 관계하는 모든 사상事象은 미적美的 대상이 될 수 있다. 미적 대상과의 교접交接은 인간 생존양식에 속하므로 피할 수가 없다. 미적 체험은 감성적感性的인 것the sensual, 情에서 심성적心性的인 것the mental, 性으로 옮겨가게 됨으로써 그 과정을 통해 인생의 희로애락을 터득하게 한다. 그래서 아무리 지독한 상처도 세월이 약이 되는 것이다. 그러나 모든 미적 대상이 미적 창조로 이어지는 것은 아니다. 미적 대상과의 교접이 필수라면 미적 창조는 개인의 선택적 문제이다. 동일한 현상에도 어떤 이는 도덕으로 재단裁斷하고 어떤 이는 철학으로 사색하고 어떤 이는 미학美學으로 승화시킨다. 이렇게 창작된 문학작품은 그 과정을 통하여 자아를 발견하고 표현해 나감으로써 서정적 극복을 이룩하게 되고, 독자에게는 공명共鳴과 이입移入으로 카타르시스catharsis, 감정정화를 안겨주는 것이다.

본고에서는 이상의 분류를 기준으로 주요 작품들을 골라 김삼종 시인이 아내 부재의 절박한 상황을 어떤 서정으로 그리며 또 어떻게 극복하고 있는지를 유추해 보고자 한다.

첫 번째로 살펴보고자 하는 모티브motive는 아내가 남긴 흔적에
서 비롯된 시들이다. 한국 가구家口의 보편적 존재 양상을 보면 집
house은 남편의 등짝에 얹혀 있고, 가정home은 아내의 치마폭에
싸여 있다. 그래서 집 안에는 모든 요소가 아내와 등치等値되거나
아내로 오버랩overlap되는 것들이 많을 것이다. 이 시집에는 7편이
수록되어 있는데 예상 밖으로 적은 편수이다.

텅 빈 현관의 빛바랜 신발장 안
임자 잃은 하얀 고무신 한 켤레

지난 날
그 어느 날엔가는

안사돈과 두 손 마주잡고 나비 걸음으로
걸어가던 하얀 고무신
새벽 안개꽃 같은 길을 고이고이
걸어가던 하얀 고무신

비단길같이 포근한 꽃길 위로 사뿐사뿐
걸어가던 하얀 고무신

청홍색 치맛자락 사각사각 노래 부르며

걸어가던 하얀 고무신

텅 빈 현관의 빛바랜 신발장 안
하얀 고무신

한 켤레

— 〈하얀 고무신〉, 전문

　짧은 한 편의 시 본문에 '하얀 고무신'이란 시어가 여섯 번이나 등장한다. 이 하얀 고무신에는 아내의 잔영이 병치並置되어 있다. '고이고이', '사뿐사뿐', '사각사각' 나비걸음으로 비단꽃길을 걷던 아내. 생전 아내의 행복하고도 단아한 모습—이것은 곧 시인 자신이 기억하는 과거의 행복감이다.—이 생동하듯 그려져 있다. 3, 4, 5연만 보면 상큼한 동요 같다. 그러나 시의 수미首尾는 '텅 빈 현관의 빛바랜 신발장 안'으로 지극히 대조적이다. 그리고 마지막 행에서 아내는 '한 켤레'로 외롭게 놓였다. 아내를 그리는 동요 같은 내용은 그렇다 치더라도 어쩌면 이렇게 반복과 수미쌍관首尾雙關으로 심금을 울리는 시적 기교까지 부렸을까. 문학원론도, 시창작 이론도 익히지 못한 사람에게서도 이런 미적 장치가 자연발생적으로 우러나는 것일까.
　시인이야 탁월한 언어감각을 지녔지만 평범한 사람들도 누구나 상당한 언어감각을 지니고 있는 모양이다. 굳이 시인이 아니더라도 일상생활에서도 언어를 질료質料, material로 받아들일 줄 안다. 즉, 우리가 제품의 용도에 따라 나무의 재질을 고르고 또 결을 따라

대패질을 하듯 사람은 언어의 결을 짚을 수 있는 감각을 지니고 있다. 무심코 쓰는 일상어에도 이런 용어가 숱하다. '양심을 찌른다.', '손이 아프다.' 등 단순한 직유를 넘어 고도高度한 시의 상징적 주법奏法이 이미 관습화되어 무심코 사용되고 있다. 〈하얀 고무신〉의 '한 켤레'에서 표현된 상실의 서정은 시편 곳곳에서 드러난다.

> 마당 한켠에 웃음 잃은 자전거
> 여인의 손길에는 한껏 뽐을 내더니
> 주인 잃은 제 바퀴가 서러운지
> 다소곳하게 두발 모아 고개 숙이고 있네
> (중략)
> 노을빛이 좋아 서산 너머 가버린 여인
> 그대와의 추억을 담아둔
> 마당 한켠 웃음 잃은 자전거 옆에
> 또 자전거 한 대 홀로 서 있네
>
> ― 〈자전거〉, 부분

파란 강바람에 머리카락 흩날리며 앞서거니 뒤서거니, 부부동반으로 낙동강 긴 강둑 자전거 길을 달리던 모습이 눈에 선연하다. 애틋한 추억을 담은 자전거 두 대가 병치되고 있다. 그런데 웃음 잃은 자전거 옆에 서 있는 자전거를 두고 굳이 '한 대 홀로 서 있'다고 한 것은 서정적 자아의 고독감이 그만큼 짙다는 표현이다. 두 대의 자전도 하나로 보이는 공허감은 시인의 눈길이 자주 머무르는 텅 빈 마당 풍경에서도 드러난다.

올해도 오월은
아침안개 사이로 훈풍을 타고
우리 마당에도 어김없이 찾아드네

따사로운 햇살 속에
꽃들은 봄날의 품속에서
너도나도 제 모습을 자랑하며 뽐을 낸다

마당에 탐스럽게 핀 함박꽃을 만져주던
당신의 손길을 기다리는데
당신의 모습은 어딜 가셨나

앵두꽃 봉오리가 하얀 구름처럼 피어나 꽃비를 뿌리니
하얀 나비들도 꽃님에게 입맞춤을 하고
보리밥 열매가 방울꽃처럼 매달려 행복한 종소리 울리는데

당신은 어딜 가서 못 보시고 못 들으시나
당신의 웃음은 오월의 마당에서 내 곁을 떠나고
함께 부르던 노래는 당신 떠나는 날 상여노래 소리 따라 가고

꽃잎도 서러워 한 잎 두 잎 눈물방울로 떨어지고
분홍빛 앵두열매도 당신을 기다리다
눈물이 꽃망울 되었네

당신의 손길을 기다리는 오월의 마당을 잊어버렸나

저 푸른 오월의 마당을

내 눈에도 오월의 초록빛 꽃비가 내리네

앵두열매 속에서 솟아오른 둥근달 같은 당신 얼굴

밝은 미소는 액자 속 사진으로만 남기고

오월에 떠난 사람아

— 〈오월의 마당 풍경 이야기〉, 전문

　봄, 그 중에서도 오월이라는 계절은 김시인에겐 가슴 쓰라린 시점이다. 아내가 떠난 오월에도 아내가 가꾸던 온갖 식물들의 봄빛은 어김없이 다시 마당을 찾았다. 연연세세화상사年年歲歲花相似요 세세연연인불동歲歲年年人不同이다. 내용은 슬픈데 꽃, 열매, 웃음, 얼굴, 미소 등의 시어들이 사실적寫實的 상상을 곱게 유발하면서 아름답게 직조되었다. 아름다운 슬픈 노래다. 이 언밸런스unbalance의 유기적有機的 표현이 독자의 심금을 더욱 울린다.

　김삼종의 시는 아내를 그리는 엘레지elegy, 悲歌다. 엘레지는 죽은 사람에 대한 애도 또는 묵상의 시다. 시가 읽히지 않는 시대에도 시를 읽게 할 수 있는 시의 양식이 바로 엘레지라고 한다. 메마른 시대, 인간성이 부재하는 상황일수록 언제나 필요한 시형식이 엘레지다. 이런 점에서 비가悲歌는 낡은 시형식이 아니라 시를 다시 읽게 하는 계기를 마련해 준다고도 한다.

　시의 호흡이 쓸데없이 길어지는 세태에도 김시인의 시들은 중언

부언하지 않는다. 〈오월의 마당 풍경 이야기〉는 전체 시편 중 긴 호흡에 속한다. 회한의 서정이 흘러넘치는 비가悲歌에서 하고 싶은 말이 참으로 많겠지만 그 절제력이 상당하다.

시인은 '우리집 앞마당에 자그마하고 아담한 방 한 칸/집사람의 모임에다 고스톱도 치던 방/누구나 오다가다 쉬어가며 차도 한 잔 하던 곳'인 텅 빈 집 안의 〈사랑방〉을 들여다보며 '당신, 지금쯤/하늘나라 어느 곳에 사랑방을 만들었는지' 안부를 묻는다. 〈임자 없는 옷〉을 보면서 '열두 폭 주름치마 주름마다 겹겹이 쌓인 정/임자는 가고 없으나/옷장 안에 아른거리는 얼굴/오늘 밤 꿈길에 만나면 전할 수 있을까/당신 목에 두르던 목도리/내 품속에 안고 잠들겠소'라고 한다.

아내의 부재 서정은 혼자 애쓰는 노동의 시간에도 절박하다. 초로의 남자들 연배는 대부분 부엌살림을 잘 모른다. 그 복잡한 창고의 공구들은 하나하나 다 기억해도 세탁기나 전기밥솥 사용법은 잘 모른다. 또 남편이 알고는 있다 해도 이는 전적으로 아내의 몫이었다. 그런데 가사노동은 생존의 필수 노동이다. 어떤 남정네라도 아내의 부재 상황이라면 지금 당장 소매를 걷고 낯설고 어색한 부엌살이를 시작해야 한다. 소소한 부엌살림이 어디 한두 가지이던가.

나도 아내가 곁에 있다면
하얀 쌀뜨물에
노란 된장국 끓이고 있지는 않겠지

은빛 갈치 고등어찌개에
빨간 고춧가루 풀고 있을까

파란 열무
오이소박이에
하얀 소금으로 절이는 것 도와주었겠지

아침저녁으로
무딘 칼에 양파 쓸며
매워 흘린 눈물이
무엇인지 모르겠지

나도 아내가 곁에 있다면
하얀 백지에
회색빛 고달픈 이야기를
쓰고 있지는 않겠지

— 〈내 곁에 있다면〉, 전문

윗 시의 주요 모티브는 제1, 2연 내용대로 아내가 하던 부엌일을 직접 행하는 서글픔인데 3, 4, 5연에 각각 보조적 화소話素가 더 있다. 3연의 소금 절이는 것을 도와준다는 점에서 평소 김시인 가정생활의 자상한 단면을 엿볼 수 있다. 4연에서는 이제야 비로소 아내의 양파 눈물을 깨닫는다는 점에서도 애틋한 아내 사랑의 마음을 읽을 수 있다. 마지막 연에서는 결국 아내 부재의 현실이 시를 쓰지 않고는 배길 수 없는 절박함으로 드러난다. 이와 같이 시집 전편을 통해서도 김시인은 참으로 다정다감한 남편임이 드러난다. 아내를 허망하게 떠나보낸 초로의 신세타령도 이렇게 아내 사랑과 어우러져 마지막 연 내용처럼 시작詩作으로 승화된다는 점에서 김 삼종씨의 문학적 소양이 엿보인다.

부엌살림 곳곳에는 아내의 흔적과 노고가 있다. 〈국자의 고마움〉도 깨닫는다. 그래서 '얼굴은 나이 든 흔적이 선명하다/……/하루 세끼마다 냄비 바닥을 긁으며/나의 삶을 유지해주는 동반자'라고 하면서 '여태껏 수고한다 고마웠다고/말 한 마디 못 했다'고 아내에게 보내는 헌사獻詞를 대신 고백한다. 〈김장배추를 절이며〉에서는 손가락 호호 불며 '오십 포기 김장배추도 다 절였는데/차가운 마당 한켠에 눈물로 웅크린/마지막 배추/한 포기'를 통해 자신의 애처로움을 짧고 독립된 시행詩行으로 오버랩시킨다.

탈수되는 세탁기
금속음 회전소리가 울음을 토하며
검정 눈물을 쏟아낸다

내 마음
세탁을 하면 어떤 색깔이 나올까

먹물처럼 검게 나올까
동백꽃 같은 붉은 물이 나올까

유채꽃 같은 노란 물이 나올까
한여름의 푸른 잎처럼 파랗게 나올까
하늘의 흰구름 닮아 하얀 물이 나올까

아니야

흰 명주처럼 투명한 물이 나올 꺼야
내 가슴은 그 누구도
세탁을 할 수 없으니까

― 〈가슴 속 세탁기〉, 전문

    세탁물의 검은 물과 자신의 투명한 눈물을 잘 대비시켰다. 아내를 생각하면서 하는 세탁에 숱한 회상이 젖어들겠지만 시인의 마음을 그려내는 다채로운 상상력이 놀랍다. 먹, 동백꽃, 유채꽃, 잎, 흰구름 등 온갖 빛깔이 동원되다가 투명한 빛으로 드러내는 마음에서 순수한 비애를 읽게 된다. 동심童心 같은 마음이다. 김시인의 작품에 동심 서정이 자주 드러난다. 문학에서 표현되는 것 중에서 중요한 한 요소는 동심의 세계이다. '시는 강렬한 감정의 자연스런 유로流露'라고 말한 워즈워스Wordsworth는 무지개를 바라보면 가슴이 뛴다면서 그것은 어릴 때도, 어른이 된 뒤에도 그러하다고 했다. 늙은 나이에도 그러한 감동의 마음으로 젖어드는 밝은 애정이 곧 미학적 경험審美的經驗이라는 뜻이다.

    몇 해 전에는 둘이서

올해는 나 혼자
고추 모종을 심는다

사월의 심술궂은 된바람에
검정 비닐은 휘날리며 내 손아귀에 벗어나
선녀 날개처럼 펄럭거리며
하늘에 떠가는 구름을 잡을 듯이 치솟는다
(중략)
좁은 밭이랑 사이 삽질에
어처구니없는 헛발길로
엉덩방아 찧어 나뒹구니
쑥스러운 헛웃음 속에
흙 묻은 손 눈가에 닿으니
검은 흙 눈물이 고추잎을 적시네

— 〈고추모종 심던 날〉, 부분

백짓장도 맞들면 가볍다. 아내 부재의 곤고함은 가사노동에서만이 아니다. 들판에서 검정비닐로 혼자 멀칭을 하는 날 바람이라도 훅, 불어버리면 기가 찰 일이다. 마주 잡아주는 이가 없어 혼자서 이리 뛰고 저리 달려야 한다. '엉덩방아 찧어 나뒹구는 쑥스러운 헛웃음'은 곧 아내의 부재에서 오는 아픔으로, 고추잎을 적시는 검은 흙 눈물로 흐른다. 그런데 펄럭이며 일어서는 검정비닐이 선녀 날개라니……. 여기서도 김삼종 시인의 심성은 동심적 서정으로 드러난다. 혼자 애쓰는 들판의 노동도, 검정색도 도저히 선녀를 생각할 분위기는 아닌데도 그렇다. 펄럭이는 검정비닐을 하늘에 떠가는 구름을 잡을 듯이 치솟는 선녀로 느낀다. 그만큼 그는 서정 앞에서 순수하다. 그러한 동심적 세계관이 순수서정으로 전이되어 솔직한 미의식으로 토로된다. 미란 한마디로 표현하면 정직하고 거짓이 없는 감정을 의미한다. 자연 속에 뿌리를 박고 있는 것이다. 그흙을 파헤치는 사람에게 미는 존재한다. 아름다운 것이 미 자체는 아니다. 그것은 자연에 따르고 순수한 속에서 빛을 발하는 것이다. 아름다운 본질을 지닌 마음이 어떤 고뇌에 젖어있을 때 그 미에 덧붙여진 비애는 더욱 그 전체를 아름답게 한다. 진眞도 선善도 미美도 하나의 진실이며 그것은 또한 사랑이기도 하다. 이는 시의 근본정신이다. 그러므로 진실을 표현한 시가 나쁜 시가 될 수가 없다. 비록 그것이 유치한 데가 있다 하더라도 우리들에게 인생의 눈을 뜨게 하는 생명성이 담겨 있다.

나는 이 시편들을 읽으면서 새삼스럽게 공자의 사무사思無邪를 떠올렸다. 공자가 찬탄한 『시경詩經』의 작품들은 모두 이름 모를 사람들의 작품들이다. 장삼이사張三李四들이 남긴 이 작품의 진가는 소박하게 표현된 진실성이다. 가장 절박한 순간이 가장 진실된 순간이고 이때의 언어가 생명성을 담는다. 그것이 시다. 언제가 가장 절박한가. 상실 앞에서 인간은 절박해진다. 문학의 동력動力은 아픔이다. 이별의 아픔, 그 중에서도 사별死別이 아니겠는가.

사별의 부재 서정을 극복하는 방안의 하나는 추억으로 회상하는 일이다. 부재 서정은 자아를 추억 속으로 몰입시킴으로써 실재적 공허함을 보완한다. 이 시집에는 오월이 자주 등장한다. 오월이라는 말만 들어도 가슴이 쿵, 내려앉을 것이다.

따스한 오월의 햇살을 피한다
나는 오월을 싫어하고 미워합니다

오월이 다가오면
나도 모르게 슬픔과 그리움이 밀려오고
쓸쓸하고 안타까움만 쌓입니다

올해도 오월은 어김없이 찾아와
달력 앞에 서 있습니다

한 마디 말없이 떠나간 그대가
그립다고 통곡을 해보아도 들어줄 리 없지만
야속한 마음에 눈시울이 또 젖어옵니다

오월은
나의 아름다운 미래로 흐르는
행복의 강물을 멈추게 하고
사랑이 샘처럼 솟아나는 내 영혼을 마르게 한
샘물을 빼앗아 갔습니다

— 〈오월은 미워요〉, 전문

짧은 시 한 편에 오월이 다섯 번이나 언급된다. 오월의 한이 그만큼 깊다. 엘레지에는 정한情恨이 담긴다. 정과 한은 수식이나 병렬의 관계라기보다 인과因果의 관계이다. 정이란 단순한 느낌feeling이 아니라 너object와 관계 맺은 삶의 과정에서 자연발생적으로 형성된 상사相思 혹은 심지心持다. 한이란 'heartburning', 'grudge' 같은 원한, 한탄이 아니다. 너와 관계 맺은 삶의 과정에서 내면에 형성된 형이상학적 고뇌, 상실, 절망 같은 개체적 존재의 비극성적悲劇性的 의식이다. 정情은 삶을 긍정하는 데서 발생하고 이것이 부정되면 한恨으로 나타난다. 인간의 삶에서 정한은 항상 느끼겠지만 문제는 그 절박성이다.

저기 저 산 중간 허리에 자리잡은 무덤 하나
곱디고운 수의 입고 잠들은 지 어언 5년
가신 길 이별 인사 없이 떠난 발길 하마 수 년

인적 없어 잊어질까 비석 하나 세워두고
향불에 촛불 밝힌 술 한 잔에 목이 메고
차가운 바람 스쳐가니 향내음도 꺼져가네

바람 거센 허허벌판 손발 시린 잠자리에
구들장 만들고서 목화이불 깔아 놓고
앞뒷산 천년 노송 패어 장작불을 지펴 둘까

― 〈5주기 무덤 앞에서〉, 전문

김삼종 시집에 시조가 16편 수록되어 있다. 그의 시조 창작은 문학반 수업 중에 배운 요소도 작용했겠지만 같은 연배들에겐 자연스런 호흡으로 스며 있는 양식이다. 3장 6구 12음보의 외형률만 아니라, 장과 구의 호흡과 의미망이 자연스럽게 잘 직조되었다. 시적 배경과 동원된 시어들도 전통적 서정을 담고 있다. 5년이란 세월 속에 상처는 어느 정도 지혈止血이 되었는가. 시정의 초점이 자아에서 상대방에게 집중되고 있다. 오히려 무덤의 아내가 외롭고 추울까 저어하는 서정이다. 추억 속의 아내에게서는 애틋한 사연도 많다.

> 선풍기가 날아가는 잠자리처럼 쉼없이 돌아간다
> 시원한 바람이 몸을 더듬으며 지나간다
>
> 바람이 만들어 주는 옛 그림
> 가위 바위 보
> 이긴 사람 부채로 백번 부쳐주기
> 나는 편한 자세로 누워 숫자를 센다
>
> 한 둘 셋 넷 다섯이 아닌
> 하나 두울 세엣 길게길게 센다
>
> 아내가 볼멘소리로
> 부채를 집어 던져버린다
>
> ─ 〈부채바람〉, 부분

천진난만한 부부금실 모습이다. 시행의 길이를 조정함으로써 낭

독의 호흡도 고려된 작법이다. 제1연 두 행은 호흡이 길지만 나머지는 짧게 처리하였다. 쉼없이 돌아가는 바람과 부부의 장난어린 게임이 호흡 리듬과 어울려 조화롭다. 김삼종 부부는 가위바위보를 자주 한 모양이다 〈한여름 밤의 추억〉에서도 가위 바위 보로 진 사람이 아이스크림 사오기를 했는데 '아내가 뽀루퉁 해서 나서는 마당/신발 끄는 소리 요란하'던 기억을 떠올리며 '그때 내가 다녀올 걸' 하고 후회를 한다. 이 시를 읽으면서 고구려 제2대 유리왕의 〈황조가黃鳥歌〉를 떠올린다.

翩翩黃鳥 雌雄相依 念我之獨 誰其與歸
훨훨 나는 저 꾀꼬리 암수 서로 정답구나. 외로울사 이내 몸은 뉘와 함께 돌아갈꼬

일국의 지존至尊인 왕으로서의 체면을 다 벗어던진 사내의 충정이다. 국문학사에서 남편을 그리는 여인들의 망부가는 〈공무도하가〉, 〈정읍사〉, 〈치술령곡〉 등 많이 전하고 있으나 아내 그리는 서정의 시는 드물다. 동연배의 대한민국 부부 사이에 가위바위보 추억을 가진 사람이 몇나 될까. 참으로 다정다감한 옛 금실에 현재에도 재생되는 애틋한 정이다. 김삼종씨는 이제 누구와 가위바위보를 해야 하나.

어두움이 잠을 깨니
새벽달이 잠자리 들고

서리는 하얀 이불로

넓은 들을 잠재우는데

한겨울 외기러기는
눈 붙일 곳 어디인가

— 〈외기러기〉, 전문

외기러기에 자아의 외로움이 이입移入된 단시조다. 잠은 화자가 깨
었음에도 '어두움이 잠을 깨'었다고 하는 변주가 놀랍다. 겨울 긴긴
밤을 홀로 지새웠으면서도 화자는 새벽을 이미지로만 처리하고 있
다. 수준 높은 단시조 구성법으로 선경후정先景後情까지 구사한 기
교다.

시인은 상실의 상황에서 고통스러운 마음으로 현장을 호흡한다.
그리하여 사소한 현상마저도 소중하게 받아들여 공허한 상실감을
메우기 위해 아이러니하게도 그 현상을 증폭시킨다.

열 하고도 일곱 층
큰 딸네 아파트
가슴으로 걸어가는 계단

한 계단 한 계단
한 발 두 발 내딛는다

층층마다 가쁜 숨소리에 다리도 후들후들
등골에 촉촉하게 젖어가는 땀 냄새

외길 계단에 쿵쿵 발자국 소리는
허공으로 퍼져 메아리 되어 따라 걸어오네

혹시나 그이가 뒤따라 올까
앞뒤 둘러보아도 힘겹게 걸어가는
내 모습만 계단 옆에 서 있네

가슴으로 동행하며 옛 기억은 등에 없고
그림자와 함께 걸어가는 딸네집

— 〈그림자와 걷는 계단〉, 부분

　17층이 아니라 '열 하고도 일곱 층'을 '가슴으로 걸어'간다. 애틋한
그리움을 끌면서 17층을 한 계단 한 계단 올라간다. 속도감 있는
엘리베이터를 두고 굳이 두 발로 또박또박 걸어 오르는 자학적 비
감悲感이다. 쿵쿵! 시멘트 공간을 증폭시키며 허공으로 메아리지는
발자국소리는 가슴이 내려앉는 소리다. 아내를 잃은 아버지와, 엄
마를 잃은 딸과, 할머니를 잃은 손주들이 슬픈 얼굴을 맞대야 하
는 공간으로 무겁게 이동 중이다. 딸네집을 가는 외톨이 아버지의
심경이 아프고도 서럽게 이어지는 서정이다. 황망하겠지만 이것이
김상종 시인의 현실이다. 그러고 보면 그이 시는 리얼리즘realism과
리리시즘lyricism이 융합된 엘레시elegy나. 시성詩情이란 생각으로
만들어내는 것이 아니라 그가 발 디디고 있는 삶의 현장과 부단히
접하면서 채색될 때 생명을 얻는다.
　김삼종 시편에 가장 많이 등장하는 모티브가 외로움의 서정으로

46편이나 된다. 기실 포괄적으로 살펴보면 이 시집의 모든 서정적 모티브는 외로움이다. 인간은 외로운 존재라지만 군중 속의 고독이니 절대 고독이니 하는 말은 김삼종씨에게는 현실적 사치다. 급작스런 아내 부재의 초로에게 일 년 열두 달, 삼백 예순 날 내내 느끼는 외로움은 절박한 현실이다. 인간생활 속에서 매우 중요한 위치를 차지하는 부분은 상대자와 이야기를 나누는 일이다. 여기서 이야기의 내용은 오히려 부차적이다. 사실을 이야기할 수도 있고 실감을 전할 수도 있고 몸짓으로 전할 수도 있기 때문이다. 극단적으로 묵언으로도 가능하다. 문제는 상대이다. 그 상대는 지인에서부터 가족에 이르기까지 다양하겠지만 최정점에 있는 존재가 배우자일 것이다. 인간은 자기가 받은 감동을 우선적으로 가족과 더불어 함께 느낌으로써 그 감동 속에 젖기를 원한다. 사람이 받는 스트레스 지수 순위를 보면 40여 항목 중 배우자 사망의 스트레스가 최고라고 한다. 배우자의 사망지수를 100으로 했을 때 자신의 사망 질환지수가 53이라고 하니 그 충격을 실감하겠다. 시의 호흡과 보법步法이 확연히 대조적인 다음의 두 작품을 보자.

시월의 찬 이슬이 내리는 밤, 방에 들어와 불을 켜니
아내의 베개가 차가운 내 몸을 따스한 체온으로 반겨주네

귀뚜라미 소리 요란하니 밤은 더 어두운 골목으로 가고
모두 꿈나라로 들고 혼자 잠 못 이루어 하얀 밤이 되는데
눈치 없는 바람은 창문을 흔들어 시끄러운 자장가를 부른다

혹시나 그대 날 찾아와 창문을 두드리는지 문틈으로 내다보니
하늘 중천에 걸린 달을 그대 얼굴 본 듯 반가움에 만나는데
구름이 샘이 나는지 자꾸만 가려 희미한 모습으로 멀어져 간다

멀어져 가는 그대 모습에 내 눈가에는 눈물만 맺혀있네
못 다한 안부 전하게 오늘 밤 꿈속에라도 보고 싶은 얼굴
다시 만날 수 있게 빌어 본다

깊어 가는 밤, 창문 밖 풀벌레들이 나를 다독이며
쌍쌍이 모여들어 아름다운 합주곡으로 나를 달래어 준다

— 〈가을 밤〉, 전문

당신 있는 곳으로
나 언젠가 찾아 가리다
이정표 없는 길이지만

내 눈물, 눈물 모아
바닷길 열어

당신 꽃신을 띄워
비단셜 지마로 돛을 만들고

아이들 한숨소리로 바람 만들어
손주들 손재롱으로

노를 만들어

저어 가리다
당신 이름
석자를 부르면서

— 〈길이 없는 골목에서〉, 전문

시어詩語의 기능은 지적 기능이 아니라 정적 기능을 지닌다. 정적 기능은 사실의 재현이 목적이 아니라 사실에 대한 정서적 반응이다. 따라서 시어는 얼마나 다산적多産的이냐 혹은 얼마나 침투성이 강렬한가가 문제가 될 뿐이다. 이 두 작품에 동원된 시구들을 살펴보면 〈가을밤〉에는 '찬 이슬', '아내의 베개', '차가운 내 몸', '귀뚜라미 소리', '가을바람', '중천의 달', '풀벌레'가 동원되고, 〈길이 없는 골목에서〉에는 '자신의 눈물', '아내의 생전 맵시', '손주들의 재롱' 등이 동원되었다. 이 시에서는 시어의 세련성, 수사의 기교보다는 지극히 일상적 어휘를 엮었다. 동시에 청자가 상상으로 공감共鳴하는 억양, 어조, 강약, 장단 등 목소리의 표정 변화로 하여금 우리들에게 미묘한 감정의 온갖 음영陰影을 자아내게 한다. 침투성이 강한 시다. 외로운 사람은 밤이 진저리나도록 길다. 그래서 '빈 가슴의 지울 수 없는 그리움에/눈가엔 물안개만 자꾸자꾸 맺히'는 웅크린 〈새우잠〉을 자기도 하고, 〈비 오는 날〉은 '못 잊어 생각나는 그 사람 때문에/걸어가면서 흘리는 눈물/누가 볼까 봐/눈물을 감추어 주는 비'라서 오히려 더 좋다.

내 마음 속 고운 빛을 먹구름이 가렸더니
한 줄기 궂은비에 다시 찾은 나의 영혼
함께한 강서문화원 내 앞길에 등불이다

꽹과리 손풍금소리 창문 넘어 흩어지고
노랫가락 한 장단에 깊은 시름 사라지네
방마다 향기 퍼지니 벌 나비도 날아든다

허송세월 노을 속에 저무는 벗님네야
한평생 지친 마음 남은 인생 즐겨보세
비 갠 후 무지개 뜨는 요람의 터 문화원

— 〈강서 문화원〉, 전문

김시인이 책의 머리말에도 써 놓았던 그 과정이 위의 시조에 담겨 있다. 인간의 삶은 생각과 행동으로 이루어진다. 상실의 아픔에 직면하면 생각과 행동의 균형이 깨어진다. 아픔을 치유하는 것은 행동적 자극이 먼저 이루어지는 것이 순리다. 스포츠, TV 등을 통해 생각 없이 감각하고 움직이면서 자기를 순간순간 잊어버리는 것이다. 다행히 현대는 생가을 자극하는 것보다 행동을 자극하는 문화적 요소가 훨씬 많다. 김삼종씨도 상실의 초기에는 문화원 풍물반, 민요반에서 격정적 율동으로 무너지는 몸부터 다잡았다. 『시경詩經』「모시서毛詩序」에 기록된 글은 문학 발생의 기원을 설명하는 중요한 발언 중의 하나인 바 이는 곧 김시인이 처했던 저간這間의 사정을 잘 대변하고 있다.

시란 지志에 의해서 하는 바라. 마음속에 있으면 뜻이 되고, 말로 표현하면 시가 된다. 정서가 마음속에서 움직이면 이것이 말로 표현되는데, 말로 표현하기에 부족하면 탄식하게 되고, 탄식으로도 부족하면 길게 노래하게 된다. 길게 노래하는 것으로도 부족하면 자신도 모르는 사이에 손을 흔들고 발로 땅을 구르며 춤을 추게 된다詩者, 志之所之也. 在心爲志, 發言爲詩. 情動於中而形於言, 言之不足, 故嗟嘆之, 嗟嘆之不足, 故詠歌之. 詠歌之不足, 不知手之舞之足之蹈之也.

개인의 마음속에 있는 감성을 자연스럽게 분출시킨 것이 바로 시(문학)의 출발점이라는 말이다. 즉, 마음속에서 소용돌이치는 정서는 어떤 언어로도 감당할 수가 없어 사물놀이 등에서 온몸을 추스르며 진정시킨 후 비로소 정서적 안정을 회복한다. 이때는 이미 소용돌이치도록 몸을 사용한 후이므로 행동과 생각이 조화를 이루는 단계로 전이되며, 여기에서 시가 탄생할 수 있는 잔잔한 호수를 만나게 된다. 이것은 마치 팽이를 던져 돌리면 사방을 휘몰아치다가 제자리에 정지하여 깊은 사색으로 맴도는 과정과 같은 것이다. 김삼종씨가 아내의 부재 서정을 시로 창작할 수 있는 단계는 이미 자신도 모르는 사이에 상당한 정서적 치유 단계에 이르렀음을 방증傍證하는 것이다. 시적 담화談話는 통상적 담화의 실재적, 실무적 언술과 다르다. 오히려 강렬한 감정의 찰나적刹那的인 충일漲溢에 있는 것이다. 그러므로 문학 행위는 인생에 대한 반성과 회고의 깊은 생각 속에서 당면한 고뇌에 대하여 용감하게 맞섬으로써 그 고뇌를 통어統御하는 작업이기도 하다.

아내 부재의 서정에서 바라보는 눈에는 세상의 사물들이 온통 아내의 잔영이 투영되어 다가올 것이다. 시인은 인생을 표현하기 위해 자연물을 시 속에 끌어들여 적절히 변용한다. 이 시집의 객관적 상관물로 창작된 모티브는 모두 22편이다.

어린이날
이른 아침 새벽녘에
하늘나라에 계신 할머니가
먼 길로 달려와 손주들에게 줄
진주 구슬로 선물을 가지고 오셨네

손주들의 늦잠을 깨울까 봐
꽃잎에 돌돌 말아 조용히 놓고 가셨네

손자들
구슬놀이 하라고
예쁜 옥구슬 만드셨고

손녀들
공기놀이 하라고
무지갯빛 구슬 만드셔

머리맡
집 마당 꽃잎사귀 위에
대롱대롱 달아 놓고 가셨네

— 〈이슬 구슬〉, 전문

거듭 느끼는 바이지만 참으로 아름다운 비가이다. 아내가 떠나
버린 오월은 어린이날, 어버이날이 연속된다. 안주인이 없는 가정
의 달이다. 손주들 선물로 '할머니가 먼 길 달려와 꽃잎에 돌돌 말
아놓고 간 무지갯빛 진주구슬'을 본다. 이 슬픈 계절에 이다지도 동
심어린 시편을 어린이날 손주들의 머리맡에 대롱대롱 매달 수 있
는 시인은 몇이나 될까. 이런 서정은 〈할머니 바람〉에서 '잘 가시
라는 인사도 없이 떠난/빈 놀이터/바람은 손주들이 남기고 간/흩
어진 웃음만 가슴에 쓸어담는다'고 한다. '한낮에 소녀들이 남기고
간/가벼운 웃음과 시들은 꽃다발이 흩어져 있었다'고 읊은 1930년
대 김광균의 〈외인촌外人村〉에서 익혔을까.

사르륵 사르륵
어디서 들려오는 소리인가

골목길을 쓸고 오는 소리

그대가
긴 옷자락을 끌면서 오시는가
먼 길 오시느라 무거운 발걸음 소리인가

달 밝은 깊은 가을밤에
창문에 비친 달을 보며
시시때때로 당신 생각에 마음 조이는데
낙엽 떨어져 바람에 뒹구는 소리
당신이 날 찾아온 줄 알았습니다

방향 없는 천상에서 들려오는 소리
멀리서 달려오는 당신의 심장소리
희미하게 멀어져가네

오늘도
창가에 귀 기울이며
등 베개 기대어
잠 못 들고 당신 생각에 젖어 있습니다

— 〈낙엽이 떨어질 때〉, 전문

　누군가를 기다리는 외로운 서정의 상관물相關物들이 다 모였다. '가을', '달밤', '바람', '낙엽'으로 직조된 이미지가 사르륵 사르륵 긴 옷자락을 끌면서 오는 여인의 발길과 어울려 변주된다. '지는 잎 부는 바람에 행여 긘가 하노라'며 황진이를 그리던 서화담의 시조가 생각난다. '사르륵 사르륵'하는 소리는 여성 발걸음의 통상적 어구이지만 '멀리서 달려오는 당신의 심장 소리'는 가슴으로 맞닿는 부부애의 서정이다.

이 시집에는 아내 부재의 서정과는 무관한 작품이 18수 수록되어 있다. 전체 128수로 엮은 시집에 이 시편들은 수록하지 않아도 양적으로 문제가 없다. 그러나 김삼종 시인이 주저했던 대로 이 시집이 아내 그리움에 대한 하나의 주제로만 일관하는 데서 오는 부담감 때문에 그리 구성한 것이 아닌가 싶다.

하얀 하늘 도화지에
솜털구름 붓으로

시시때때로 바뀌는 모양을
빠른 걸음으로 따라가며 그린다

붉은색은 햇님에게서 가져오고
검정색은 비구름에 빌려왔으니

흰색은 뭉게구름 가져다 칠하고
파란색은 바닷물 떠다 쓰네

분홍색은 서산 산마루에 걸려 있는
노을을 가져다 쓰니

색연필 크레파스도 필요 없는
하늘이 그림 그릴 때 사용하는 물감들

— 〈하늘의 그림재료〉, 전문

아내의 부재 서정에서 벗어나 자유자재로 편안하게 구상했다. 앞서 언급한 많은 작품들과 마찬가지로 이 시도 다채로운 색상을 상상하며 천변만화千變萬化하는 하늘의 영상을 동화童畫처럼 채색했다. 칠순의 나이에 아직도 총천연색 같은 동심을 간직한 사람은 그 자체로 이미 시인이다.

3.

시집 『당신이 모르실까 봐』는 동심童心 어린 다채로운 상상력으로 그려낸 아름다운 비가悲歌, elegy이다. 아내의 부재 상황에 대응하는 서정이 사실적 이미지의 시어로 연결되어 순수한 비애를 읽게 된다. 사무사思無邪를 떠올릴 만한 소박하고도 진솔한 시편들이다. 동심은 순진무구한 상태로 사물을 지각하는 원초적 통일성을 갖고 있다. 이 시집 전편에 관류하는 시인의 동심 서정은 유년세계의 단일하고 생생한 기억들이 성인의 의식 속에 흡수되어 결국 자아의 동일성이 회복되는 과정이다. 아내 부재에서 받은 자아의 충격적 경험세계를 재구성한다는 것은 아픔이지만 이 아픔은 진정한 자아를 회복하는 부단한 계기가 되는 필연의 과정이다. 김삼종 시인은 자신이 삶을 사랑하기에 당면한 서정을 진솔한 미로 승화시킬 수 있는 것이나.

그러나 시에서 지나치게 정조情操만을 불러일으키면 감상주의Sentimentalism로 떨어질 위험이 있다. 시 속에는 의지意志와 이지理智의 빛이 필요하다, 이것이 결여되면 시는 탄식이나 눈물에 머무르기 때문이다. 문학은 인생을 표현한다. 인간의 삶이란 '나subject와 너object'의 관계 속에서 이룩된다. 너object가 나subject 이외의 사람이든, 자연이든, 또는 추상적인 그 무엇이든 상관없다. 혼자 사는 사람도 너를 벗어날 수는 없다. 절대고독 상태에서도 고독은 상대하게 되는 것이 아닌가. 이때의 너는 곧 상대 혹은 세계가 된다. 문제는 현재의 나에게서 가장 절실한 너, 즉 상대가 무엇이냐 하는 점이다. 다행히 시는 세계의 자아화自我化로 형상화되는 양식이기에 시로 드러내는 서정의 관점은 절대적 주관主觀의 시점이다. 시인의 입장에서 볼 때 세계를 어떻게 해석하든 자유로운 이점이 있다. 이 시집 전편의 핵심 서정인 아내의 부재로 인한 정한情恨도 다른 서정으로 변주變奏가 가능한 소이所以다. 그 가능성을 다음 작품에서 확인할 수 있다.

산비탈
둥근 호숫가에
가마솥 하나 걸려있네

뜨거운 입김이 물안개 되어
여기저기 피어 오른다

새벽일 나가시는
서방님 드시고 가실
아침밥을 지으시나

— 〈호숫가 물안개〉, 전문

포근하다. 단아한 시편으로 형상화한 수묵담채화 한 폭이다. 고즈넉하고 아늑한 분위기에 둘러싸인 평안한 어느 가정의 아침이 시각적 이미지로 잘 그려졌다. 시에 있어서 이미지의 사상寫像 작용은 매우 중요한 역할을 한다. 감정은 구체적 감각이나 영상에 결부될 때 일층 생생한 활기를 불러일으키며 그 기능도 지속적이다. 〈호숫가 물안개〉에서는 김삼종 시인이 서정적 자아의 상황을 객관적으로 조망하는 마음의 여유를 보인다. 폭우로 소용돌이치던 계곡물이 드디어 잔잔한 호수로 안정이 되었다. 이 작품의 직접적 모티브는 자연물이지만 기실 그 이전에 아내 부재의 가사노동에서 얻은 일차적 경험이 시작詩作의 원인遠因이다. 이 작품에서는 그 일차적 경험의 서정이 극도로 자제되고 더 차원 높은 시정으로 승화되었음을 보여준다. 일차적 경험을 충동적 경험, 이차적 경험을 표현적 경험이라고 한다. 일차적 경험이 시로 생산되기도 하지만 그럴 경우 이 시집 대부분의 작품과 같이 단선적 서정으로 표현된다. 그러나 여기에 이차적 경험이 결합되면 〈호숫가 물안개〉 같은 새로운 차원의 시정이 작품으로 구상된다. 당면한 고뇌와 정한에 용감하게 맞섬으로써 미학적 승화를 이룩한 결과이다.

시는 인생을 관찰하고 과학은 사물을 관찰한다. 김삼종 시인은 자신의 삶에서 아픔의 진실을 발견하여 다시 한 번 증폭시켰다. 내면의 공처함을 토로함으로써 그 아픔을 배출한 것이다. 이것이 반복되다 보면 모르는 사이에 스스로 상실의 상황을 이해하고 수용하게 되며 여기에서 지혈이 되고 상처도 아물어 흉터가 된다. 먼 후일 그 흉터마저도 희미한 흑백의 흔적으로 물이랑처럼 어른거리게 될 것이다. 이것이 아픔을 치유하는 문학의 또 다른 기능이다.

문학은 삶을 사랑하는 방법을 체험하게 함으로써 그 사명을 다하게 된다고 한다. 김삼종 시인은 동심어린 아름다운 비가悲歌를 씀으로서 삶의 방법을 체득해가고 있는 것이다.

아직도 시작詩作 활동에 대한 김삼종 시인의 생각이 어떤지는 잘 몰라 문학적 미래를 주문하기는 좀 어렵겠지만 그가 지니고 있는 시적 역량에 미루어 충분히 가능하다는 점에서 고언苦言을 드린다. 머지않은 날 김삼종 시인도 제자리에 정지하여 깊은 사색으로 맴도는 팽이처럼 당면한 고뇌에 대한 통어統御가 완전하게 이루어질 것이다. 김삼종 시인이 동심적 서정으로 자아의 경험세계를 재구성하면서 현실적 아픔을 다른 차원으로 승화시켜 진정한 자아를 회복기를 바란다. 그리하여 아름다운 시편들로 독자들의 가슴에 동심어린 순수한 미감을 촉촉이 적셔주면서 '세상 밖으로 나오는 시인'이 되기를 기대해 본다.(2015.)

김삼종

아내 연모시집 『당신이 모르실까 봐』

강서문인협회 회원, 물길문학 동인

강서문화원 학생회장

시집 『당신이 모르실까 봐』

송정인 시집 『소망의 뜨락』

기독교적 휴머니스트의 작은 행복

1.

송정인 시인은 기독교적 휴머니스트humanist다. 합리적 판단력으로 세상을 바라보면서도 행동은 박애적으로 감싼다. 긴 세월 봉사 활동도 몸에 밴 것 같다. 몸도 재바르고 일머리도 좋아 한눈에 파악한다. 각종 사회단체 활동이나 취미단체의 대소사에 즐거운 마음으로 헌신한다.

이토록 바쁜 사람이지만 그를 대표하는 삶은 '소망의 집'이다. 이는 송 시인이 오래전부터 강서구 시골마을에서 운영하고 있는 무의탁 양로원이다. 소규모의 이 공간에는 약간의 장애까지 있는 원생도 동거한다. 무의탁 노인들의 거소란 무언가 우울하고 칙칙한 그림자가 드리운 공간일 것 같지만 실상은 정반대다. 아늑한 뜨락에다 넓은 공간이 많아 조촐한 문학 행사를 이곳에서 자주 치르면서 느낀 분위기는 노래방 기기까지 갖춰놓은 여느 시골마을 노인정 같은 정감이었다. 이는 오롯이 송정인 원장의 운영 스타일 때문이다. '소망의 집' 원장 송정인 시인은 어떤 사람인가를 단적으로 드러내는 작품 한 편을 살펴보자.

그들이 웃을 수 있고

그들이 행복하고
즐거움을 줄 수 있다면

난 그들을 위해 어릿광대가 되어
너울너울 춤을 춘다
그들에게 기쁨이 된다면
나는 행복한 광대다

각설이타령 흥겹게 들썩들썩
뱃노래 가락에 덩실덩실

온몸으로 그들에게 함박웃음을 주는
나는 어릿광대
그들이 행복하다면
나도 덩달아 행복하다

그들은 또 다른 나의 분신이기 때문에

— 〈어릿광대〉, 전문

여기서 그들이란 무의탁 노인들이다. 위 시를 보면 이 공간의 명
랑한 분위기를 읽을 수 있을 것이나. 수용 노인들에게 보여주는 원
장님의 몸개그gag! 송정인 시인은 수년간 함께 공부하고 있는 강서
문화원 문학 체험반에서는 물론 다른 일상에서도 실제 쾌활한 분
위기 메이커를 자임自任한다. 그의 창작 과정을 지켜보면 시든 수필

이든 일필휘지(?)로 시원시원하게 쓴다. 문학반 공부 몇 년 동안 그렇게 써 모은 글 중에서 첫 시집을 내겠다며 원고 묶음을 보내왔다. 표제는 '소망의 집'에 담긴 뜻을 살려 『소망 뜨락』으로 정했다. 시 74편은 주제별 분류를 하고 차례를 잡았는데 그 핵심은 다음과 같다.

차례	소제목	작품수	제재
제1부	소망 꽃밭	13	노인복지 시설 운영
제2부	섬이 되고 싶은 사람들	17	향토 지인들과의 생활
제3부	작은 행복	13	가족, 복지시설 원생과의 일상
제4부	대마도 동백꽃	7	시대 사회적 의식
제5부	가을을 담다	24	자아 인식

조동일 교수의 분류법에 의하면 시는 세계의 자아화 양식이다. 이 양식은 객관적인 세계와 작가의 체험이 자아에 의해서 흡수되어 정서로 표출된다. 그래서 시 속에는 시인의 삶이 객관적으로 투영되기보다 사상이나 서정이 응축 혹은 비유적으로 투영된다. 그런데 송정인 시인의 시 세계는 다소간 윤색되어 있긴 하여도 그의 삶을 구체적으로 짐작할 수 있게 토로된다. 그의 작품은 세계가 자아의 주관에 변형되지 않고 그대로 작품 속에 등장하는 교술성이 강하다.

또 한 가지 중요한 점은 그의 삶 자체도 그가 표출하고 있는 문학의 세계와 어긋남이 없는 지행일치의 모범성이라는 점이다. 송정인 시인의 작품 세계에는 붓끝으로 알짱거리는 위선은 없다. 언어 연금술의 허구나 가공과는 거리가 멀다. 본고에서는 그의 시편에

응결된 구체적 삶의 편린을 살펴보면서 동시에 작품에 드러난 미학적 요소를 음미해 보고자 한다.

2.

제1부의 무대 배경인 '소망의 집'에 모인 사람들은 무의탁 노인들이다. 모질고 각박한 세상에서 긴 인생 동안 받은 상처가 깊은, 소외된 사람들이다. 어두운 그림자를 드리운 채 사는 사람들로 외부의 보호가 절실히 필요한 사회적 약자들이다.

폭풍우 모진 세파에
찢기고 할퀴어
날개 젖은 작은 새 한 마리

소망의 둥지로 찾아와
파르르 떨고 있네

젖은 깃털 상처 난 날개
사랑의 둥지에 감싸줄게

새 깃털이 자라 힘찬 날개가 돋고
푸르른 창공을 마음껏
비상하도록

사랑의 싸개로 꼭 보듬어 줄게

— 〈소망의 집〉, 전문

몸도 마음도 상처투성이의 새로운 원생이 입소했나 보다. '파르르 떨고 있는 작은 새'를 바라보는 원장의 시선이 자애롭다. 요양원 운영의 신념이 아무리 단단하여도, 또 아무리 신앙이 깊어도 그들을 부활시킬 수는 없을 것이다. 그러나 '사랑의 싸개로 꼭 보듬어 주'는 것만으로도 연약한 그들에게는 비상의 환희가 아니겠는가. 이런 순수 서정의 시편에 무슨 고답적 기교의 언어 연금술이 필요하겠는가.

우리 집 아침은
생명력이 넘친다

닭장에 장닭들은 꼬끼오 노래하고
암탉은 알 낳고 꼬꼬댁꼭꼭 합창을 한다

공작비둘기는 날개를 활짝 펴고
이리저리 돌며 구구구 춤을 춘다

금계부부 질세라
긴 꼬리를 펼치며 주루룩주루룩

시바견 꽃순이는 엉덩이를 살랑살랑 흔들며

입맞춤으로 아침인사를 한다
꽃순네 새끼들도 덩달아 꼬리치며 애교를 부린다

태양은 찬란하게 떠올라
행복한 아침을 축복한다

— 〈생명력 넘치는 아침〉, 전문

　공적 시설을 두고 '우리 집'이라고 한다. 가족이라는 인식이다. 제목 그대로 생명력 넘치는 아침 풍경이다. 양로원이라기보다 유치원 같은 풍경이다. 원생들의 볼거리로 여러 종류의 동물들이 어울린 소박한 동물원 같다. 송 원장의 자상한 운영이 엿보인다. '소망의 집'은 터앝에서 반찬거리를 유기농으로 길러 공급한다. '태양은 찬란하게 떠올라/행복한 아침을 축복'하는 공간이다. 이 공간은 겉보기나 말로만 번지르르하게, 행복하게 운영하는 것이 아니다. 깨끗하게 차려입은 원생들의 매무새도 그렇거니와 어울려 노니는 구체적 일상도 가족적이다.

우슬초는 관절에 특효
어르신들 허리 무릎 다 고장 나서
단술 만들어 정성껏 드린다

몸에 좋다고 히니 열심히 잡수신다
허나 세월의 무게를 어찌하랴
그래도 좋다니까

나도 한 잔 너도 한 잔
　　서로 권하면서 잘도 드신다

　　　　　　　　　　　　　　　— 〈우슬초 단술〉, 부분

　송 시인의 양로원에는 딸의 시어머니인 사돈이 함께 입소해 있
다. 어차피 둘 다 짝 잃고 혼자 사는 몸이라 친구 삼아 동거한단
다. 우슬초 약술을 담가 '나도 한 잔 너도 한 잔/서로 권하면서 잘
도 드신다'는 광경에서는 마치 마을 노인정의 화기애애한 모습의 노
년살이를 볼 수 있다. 시골 노인들이 흔히 재미 붙여 희희낙락하
는 일상들이 수시로 드러난다. 양로원 경영을 두고도 이 시의 마지
막에서는 '일상의 작은 행복'이라고 했다.

　　노년의 증거인
　　퇴행성 무릎관절염
　　우리도 예외는 없다

　　평상에 둘러 앉아
　　쑥뜸을 놓는다

　　입으로 후후 불어 본다
　　쑥뜸은 입바람 때문에
　　빨리 타들어가 앗 뜨거! 앗 뜨거! 난리다

　　　　　　　　　　　　　　　— 〈쑥뜸〉, 부분

'우리도 예외가 없다'는 말에는 원장인 '나도' 포함되는 동류의식이 깔려 있다 이런 일상은 TV나 노래방 기기에만 매달리는 소극적 생활을 떨치고 함께 어울리는 벗으로서의 생활 모습이다. 이러한 운영의 원천은 근원적으로 송원장의 인성과 가치관에서 기인하겠지만 표면적으로는 그가 지닌 신앙의 힘이다. 그의 소망의 집 운영에 대한 관리감독은 시인이 마음속에 곧게 세워둔 신앙심이다.

얼마나 사랑하셨기에
진홍빛 심장을 터뜨렸을까

얼마나 사랑하셨기에
찌르는 가시
타는 목마름
묵묵히 견디셨을까

다 주어도 더 주고픈 사랑
파도처럼 밀려오는
그 사랑의 힘으로
나는 오늘을 새롭게 산다

— 〈십자가 사랑〉, 전문

송 시인의 소망 뜨락은 행복하다. 시 〈소망 꽃밭〉에서 '우리 집 꽃밭은/향기가 없어/벌 나비 찾아들지 않지만//단 한 분/찾는 이 있으니/그 분은 우리 마음 속의/행복이란 신사 분'이라고 노래한다.

소망의 집에 인연 맺은 모든 존재들은 행복이라는 단어아래 하나로 통합되어 그의 시선 확산은 수용 노인에만 국한되는 것이 아니다. 소망의 집에 찾아오는 모든 존재에 대한 감사의 마음과 그들에게 향하는 애정이 행복으로 전이된다.

제2부에서는 다양한 개인 활동 공간에서 어울리는 지인들과의 생활과 향토서정을 담았다. 〈시인의 말〉을 보면 여러 날을 몸을 전혀 움직일 수 없는 중환자실을 경험하면서 비로소 '나를 위한 내 인생을 살아보자'는 생각을 하게 된다. '나보다는 어렵고 연약한 사람들이 먼저였고 내 인생 내 건강은 항상 뒷전이었'던 삶의 대전환을 맞아 찾아든 곳이 문화원이다. 특히 문학 공부는 그 전환의 절정을 구사한다.

풀 한 포기 떠 내려와 멈춘 하구에
모래가 쌓여 모래톱을 세우고
육지가 되어 마을이 생겼다
나룻배가 건너던 섬에
다리가 생겨 자동차가 오간다

지금은 섬 모습 찾아 볼 수 없지만
강물은 변함없이 흘러
고향의 향수가 깃든 엄마 품 같은 곳

강서의 향토 문인들이

옛 고향을 노래하는데
그 마음들 어디에서 모여
또 하나 정거운 섬이 되는가

마음 속에 깃든 고향 모습
푸근한 물결은
섬과 섬을 어루만지며
영원히 흐르고 있네

— 〈섬이 되고 싶은 사람들〉, 전문

일반적으로 섬이라면 고독한 이미지다. 그런데 여기서는 사람들
이 정겹게 어울리는 공간으로 형상된다. 이 특이한 발상의 심저는
무엇일까. 그 대답은 시에 잘 드러나 있다. 풀등이 섬으로 바뀌고
무인도가 유인도로 변하는 과정을 볼 수 있다. 섬과 섬을 어루만지
며 흐르는 낙동강 물길을 고공에서 내려다보는 그림이다. 그가 낙
동강 하류의 삶에서 터득한 아기자기한 삶의 공간인 섬의 이미지
다. 함께 어울러서 즐기는 문학 공부도 마찬가지다. 늦은 나이에
문학 공부에 재미를 붙였단다.

니 생긴 빠구대로 써라
니가 시라카믄 그게 곧 시나

듣던 중 반가운 말씀
다양한 인생 스토리를 인정해 주는 우리 쌤

그래서 오늘도 나는 문학반에 붙어있다

사람 만나는 것이 좋고 사람 냄새가 좋다
나의 삶을 이야기할 수 있고
그 속에 내가 살아 있음을 느낄 수 있어 참 좋다

— 〈문학체험반〉, 부분

　시에 나타난 표현대로 송 시인은 개성이 독특하다. 그러나 그 개
성은 독선적인 것이 아니라 남과 어울리는 가운데서도 자기를 잃
지 않고 봉사하는 휴머니즘적 개성이다. 그가 쓰는 글도 주저없이
전개된다. 이런 점이 그의 매력이기도 하다. 자기 인생을 찾아 외부
세계로 눈을 돌린 송 시인의 시선이 머문 곳은 강서 지역의 향토성
이다. 그가 '모든 것을 품고, 엄마의 걸음으로 가고 있다'고 노래한
낙동강변의 풍광들이 주로 등장하는데 많은 작품들의 이미지가
매우 관능적이다.

　　날 좀 보소 날 좀 보소

　　파아란 하늘에 구름꽃 만발한
　　이 청명한 가을
　　어느 사내를 홀리려는 몸짓일까

　　한복 곱게 차려입은
　　옛 기녀의 간드러진 자태

하늘하늘 강바람에 나부낀다

대저생태공원을 찾은 늦가을 남자
텅 빈 가슴을 유혹하는
형형색색의 코스모스

가녀린 몸매 나풀나풀
나비의 날갯짓으로
뭇 사내들을 향하여

날 좀 보소 날 좀 보소

— 〈코스모스〉, 전문

　송 시인이 바라보는 꽃의 이미지는 미색이 충만한 염기艶氣로 각인되고 있다. 파란 하늘과 꽃구름의 대응, 텅 빈 가슴의 사내들과 한복 곱게 차려입은 기녀들의 조응이 재치 있다. 여기에다 밀양아리랑 '날 좀 보소 날 좀 보소'의 한 소절이 섞여들어 코스모스 꽃송이마냥 경쾌한 분위기를 자아낸다. '옛 기녀의 간드러지는 자태'로 허허로운 늦가을 남자들을 유혹하는 '날 좀 보소, 날 좀 보소!'는 재치 있는 발상이다. 마찬가지로 시 〈벚꽃길〉에서는 삼십 리 벚꽃길을 '연분홍 비단구렁이가/요염한 자태로 누워있다'고 묘사한다. '몸을 비트는 황홀한 몸짓' 속으로 스며드는 탐방객을 두고 '꽃보다 찬란한 환희의 그림 한 폭'이라고 스케치한다. 생동하는 시각적 이미지가 선명하다. 나아가 드러난 시정이 단순 서경이 아니라 아름다운 인생을 대응시킴으로써 삶에 대한 긍정의 자세를 드러내고 있다. 짧지 않은 세월에 온갖 풍상을 다 겪어서 그는 삶에 자신만만하다고 한다. 그래서인지 자신이 현실적으로 겪는 육신의 불편함도 긍정적 가치관으로 수용한다.

내려가기는 너무 올라와 버려
결국 목적지에도 못가고
혼자 일행을 기다리며
나의 한계가 여기까지라는 것을
뼈저리게 느낀다

숲속의 고요한 산들바람은
나의 가쁜 숨과 땀을 식혀주고
철썩거리는 파도소리는 나를 위로한다

괜찮아,
이 나이엔 그럴 수 있는 거야

— 〈이 나이엔 그럴 수 있는 거야〉, 부분

제3부는 주로 사적 일상에서의 작은 행복을 그렸다. 자녀들, 요양원 가족들과 부대끼는 삶의 현장, 취미생활의 서정들이 묶였다.

손녀의 가족 그림
할머니 나는 없어라

왜 나는 안 그렸니
할머니는 가족이 아니잖아요
그럼 뭐니
친척이잖아요

— 〈가족〉, 부분

할머니들의 손주 이야기는 끝이 없다. 그러나 표현이 단순명쾌하다. 가족 속의 묘한 괴리감은 어쩌면 이 시대의 공통 심정인 것 같다. 그러나 이러한 마음도 결국은 손주 자랑이다. 일상의 작은 행복은 즐겁게 펼쳐진다.

신랑이 잘돼야 너도 대접 받는다
사모님 소리 듣고 싶으면 잘해라

저도 그런 거 알아요
그래서 잘해요

못난 아들 주었어도
며느리한테는 잘난 아들이라고 폼 잡으며
입에 친이 마르도록 세뇌한다

— 〈며느리 세뇌작전〉, 부분

며느리 앞에서 이런 정도의 말을 할 수 있는 시어머니는 간이 참 큰 사람이다. 송 시인의 성품대로 그만큼 격의가 없는 고부관계다.

딸, 사위들에게도 마찬가지다.

> 약용식물을 공부하고
> 무허가 양조장을 차린다
>
> 명절에 사위들 줄려고
> 좋은 약초를 다 넣고
> 막걸리 한 되 담근다
>
> 이 약술은 어디에 좋고 저기 좋고
> 장터 약장수가 되어
> 월매 뺨치는 주모가 된다
>
> — 〈안방 주막〉, 부분

  민간의 전통 보양 음식이 어디 음료뿐이겠는가. 몸에 좋다는 온
갖 사제품을 만들어 유혹한다. 공진단을 만들어 '딸들에게 재료값
만 내고 사라고 강매/사실은 곱빼기 장사'를 하고 초석잠도 제조하
여 치매 예방용으로 원생들, 지인들과 나눈다.

> 고려청자는 아닐지라도
> 내가 만든 것이기에 소중한 작품들
> 나의 정성과 마음이 담겨 있는
> 사랑스러운 나의 작품
>
> — 〈도예 초년생〉, 부분

그동안 수고한 내 인생
캘리그라피로 다듬어 걸어 놓고 싶다

— 〈캘리그라피〉, 부분

　문화원에서 약용식물반을 수료하고 대학에서 강사 자격과정까
지 마친 그는 도예도 배우고 캘리그라피도 배우고 문화해설사반에
서도 공부했다. 이러한 과정에서 송 시인의 시정 사냥은 일상 어느
곳에서나 이루어진다.

　제4부는 시대, 사회적 시정을 담았다. 칠순의 여성들이 드물게
관심 갖는 제재다. 첫머리에서 합리적 판단으로 세상을 재단한다
고 했는데 그런 시정이 잘 드러나고 있다.

대마도에 오르니
여기저기 비문 옆에
활짝 피어 있는 동백꽃

붉게 핀 동백꽃 꽃잎마다
짙은 슬픔을 머금고 있다
꽃도 조선사람 슬픈 역사를 아나 보다

덕혜옹주의 한 맺힌 사연
조선 역관의 악천후의 죽음

이들의 비문 옆에 함께 핀 동백꽃

바다 건너 희미하게 보이는
조선의 동백섬을 그리며
붉게, 너무도 처연하게 피어 있는 동백꽃

하늘 저 멀리 먹구름도
검붉은 눈물 쏟아 낼 것 같은
대마도 동백꽃

— 〈대마도 동백꽃〉, 전문

조선인의 피눈물 나는 아픈 역사를 붉은 동백꽃에 투영시켰다. 실감 있는 서정이 감각적으로 형상화되어 있고, 시상 포착의 특징도 상당히 개성 돋보이는 작품들이다. 3행 5연의 짧은 분량에 핵심어 '동백꽃'이 여섯 번이나 반복되는 것은 맺힌 한의 서정적 강화를 위한 장치다. 대마도 현장의 먹구름 낀 하늘을 대응시키고, 바다 멀리 부산 동백섬을 연계한 시상 전개를 보면 땅과 하늘, 조국과 일본의 조응을 통한 시공간적 원근법 차용 기교도 예사롭지 않다. 아울러 제재 해석에서도 박제화된 역사의 단편적 시선에 머물지 않고 과거와 현재의 교호 작용으로 그려낸 점은 시인의 살아 있는 역사관의 발로이다. 해외 여행길에서 특정 테마를 추출한다는 것은 그의 시정 사냥이 일상화되어 있음을 방증하는 것이다. '세월호'라는 부제가 붙은 다음 작품에서는 어버이의 심경을 단말마적으로 토로하고 있다.

활짝 피어보지도 못하고
떨어지는구나
어이 할꼬
그 부모의 갈기갈기 찢기는 가슴, 그 절규
아! 애처롭구나

그 무엇으로도 위로가 될 수 없는 상황
꿈이라면 좋으련만
자식을 가슴에 묻고
고통의 세월 어이 할꼬
하늘이시여, 하늘이시여!

— 〈비보〉, 부분

　태평양 한복판도 아닌 대한민국의 해안에서, 그것도 멀건 대낮에 TV로 지켜보던 부모! 자식을 가슴에 묻고 긴 세월을 살아가야 할 어버이의 고통을 어떤 필설로 담을 수 있으랴. 이 가슴 아픈 국가적 사건은 이념도 파당도 아니며 교통사고는 더더욱 아닐 것이다. 대한민국 짧은 역사에 가슴 아픈 사건들이 어디 이뿐이겠는가. 어릴 적 6·25를 경험한 송 시인의 시선은 전쟁의 상흔을 인간애적 관점에서 함께 아파한다.

　나는 보았다
　전쟁의 상처가

독사의 독같이
버티고 있는 것을

총알이 몸에 박힌 채로
수술도 할 수 없는 부위
오십 년의 세월을
누워서 몸부림치고 있는 그들

— 〈6·25 전쟁 부상자〉, 부분

　전쟁의 상흔을 독사의 독에 비유했다. 독사의 독은 기독교적 가치 인식이다. 에덴의 독사는 인간이 지닌 원죄의 상징이다. 역사적 국가적 관점에서 인간을 인식하면 개인의 삶에 대한 가치는 자칫 물밑으로 가라앉게 된다. 그래서 시인은 세계를 전체주의적 관점에서 추상적으로 인식하지 않는다. 문학은 구체적으로 보여주는 삶의 진실이기 때문이다. 휴머니스트인 송 시인의 작품은 전쟁의 상흔을 이념적, 사회적 관점에서 바라보는 것이 아니라 이념의 희생양이 되어버린 한 존재의 질곡의 생애를 휴머니즘적 시각에서 애도한 것이다.

작렬하는 태양열에
늘어진 도시의 몸뚱이는
엿가락처럼 늘어진다

그 위에 과적차량이 덮친다

몸뚱이는 갈기갈기 뭉그러진다
마치 천연두를 앓은 것처럼

커다란 곰보 자국
소나기라도 퍼부어
그 열기를 식혀주려나

— 〈아스팔트〉, 전문

인간이 쌓아 올리는 욕망의 바벨탑을 현대적으로 재구성한 것 같다. 아스팔트는 현대인의 삶의 질서가 가장 잘 드러나는 공간이다. 삶의 치열한 경쟁으로 열기 팽팽한 삶의 현장에 현대 문명 이기의 대표적 존재인 차량이 덮쳤다. 과적은 인간의 욕심이다. 소나기를 퍼붓는 역할은 신의 영역인지도 모르겠다. 인간의 과욕으로 뭉개지는 사회현상에 대한 안타까움이 매우 상징적인 장치로 정교하게 드러난 작품이다. 어쩌면 송 시인은 이런 복잡한 이미지를 생각하지 않고 실제 상황을 그대로 묘사했다고 말할지도 모른다. 그러나 그것이 시정에서 문제가 되는 것은 어니다. 하고많은 소재 중에서 이 부분을 포착한 것만으로도 이 해석에 대한 그의 세계 인식은 타당하기 때문이다.

제5부에서는 자아의 재발견에 관한 서정을 묶었다. 나이는 들어가고, 머리는 하얗게 세고, 서리가 내리는 가을은 다가오고, 낙엽은 떨어지고⋯⋯. 이런 현실 속에서도 소녀의 감성을 찾아 바구니에 가득 담아보지만 어쩔 수 없이 가을 단풍잎을 자각하는 세월

이다.

　　올해도 가을은 어김없이 왔다
　　세월의 그림자가 길게 드리워졌다

　　서리가 하얗게 내린 여인
　　오색으로 물든 가을을 줍는다

　　손끝이 파르르 떨린다
　　소녀의 감성이 그대로 남아 있는가

　　가슴이 터질 것만 같아
　　언덕길을 올라간다

　　고운 낙엽을 주워서
　　바구니에 가득 담아 본다

　　가을을 담은 단풍
　　내 모습을 닮았네

— 〈가을을 담다〉, 전문

　이 시에서 가을은 계절, 낙엽, 자아 등의 다양한 상징성을 지니면서 변주되는 많은 이미지들을 형성시킨다. 그 이미지는 그림자, 서리, 단풍 등을 통해 색상의 시각적 확산을 유도하고, 파르르 떨리는 손끝, 터지는 가슴 등으로 촉각적 심상으로 전이된다. 가을로 치환되는 자아를 확인하면서 세월의 뒤안길에서 전전반측하는 밤은 그리움의 서정으로 물든다.

잠 못 이루는 밤에
아름다운 사랑의 시를 읽으면
마음이 뜨거워지겠지

사랑의 열기로 마음을 녹이고
지나간 사랑
잃어버린 사랑
못 잊을 사랑
다가오지 않는 사랑을 그리워한다

사랑의 시를 읽으며
사랑의 노래를 부르리라
사랑은 그냥
설렘 환희 그 자체인 것을

잠 못 이루는 밤에
아름나운 사랑의 시를 읽으면
마음이 뜨거워지겠지

— 〈불면의 밤〉, 전문

참으로 다정다감한 소녀적 감상이다. '잠 못 이루는 밤에/아름다운 사랑의 시를 읽으면/마음이 뜨거워지겠지'라며 수미쌍관으로 구성했다. 이 뜨거운 마음은 〈꽃무릇〉에서도 잘 표출된다. 꽃무릇은 많은 시인들이 선호하는 시적 대상이지만 여기에서는 '땅속 심장이 토해놓은 꽃'으로 형상화하여 서정의 긴절성을 더욱 짙게 하고 있다. 송정인 시인의 사랑의 근원은 추상적, 관념적 요소이겠지만 구체적 경험으로 드러나는 서정을 엿볼 수 있는 작품도 몇 편 보인다. 〈짝〉에서는 '젊어서는 웬수 같던 짝/이렇게 그리운 날 올 줄 몰랐다'고 그 대상을 구체적으로 적시하고 있다. 사랑마저 상실해 버린 인생의 황혼 무렵에 긴 과거를 되돌아보며 사념에 젖어든다.

하얀 파도가 부서진다
몸부림치는 파도
갈매기는 쉬지 않고 자맥질한다

우리네 인생도
살아남기 위해 파도타기 얼마나 했던가
한 고비 지나면 또 한 고비

겨울 바다 앞에 서성이는
삶의 무게 철썩거리며
떠밀려가는 파도

— 〈겨울바다〉, 부분

시인은 겨울바다 앞에 서서 삶의 무게를 반추한다. 인생은 파도타기란다. 무수한 고비로 일렁이고 부서지는 파도와, 그 위에 쉬지 않고 자맥질하는 갈매기로 대유된 삶의 이치를 순리로 수용한다. 그리고 〈거울을 보는 여자 1〉에서는 '풀잎에 앉은 이슬방울 같은/존재인 것을 알면서도/오늘도 난 거울을 본다/그리고 늙어가는 주름을 헤아린다' 주름을 헤아리는 세월 속에서 시인도 어느덧 '할미꽃'으로 늙어 간다.

> 인적 드문 골짜기 언덕 위에
> 홀로 핀 허리 굽은 할미꽃
>
> 따가운 햇살 맞으며
> 굽은 허리 땅에 닿도록
> 묵묵히 기다리네
>
> 꽃잎 다 스러지고
> 하얀 그리움 날릴 때까지

— 〈할미꽃〉, 부분

할미꽃은 자아의 대유다. 하얀 그리움이라는 백발의 이미지가 선명하다. 아무리 봉사로 바쁘고 긍정적 마음가짐이라도 인간은 본질적으로 고독한 존재가 아니던가. 그러나 세상을 향하는 송 시인의 휴머니즘적 자아 인식은 결국은 이타적 서정으로 귀결된다.

갑자기 소낙비가 쏟아진다
우산을 퍼들고 비를 피한다

문득 머리에 스치는 생각
나에게 인생소낙비가 오면
막아줄 우산 같은
존재가 있는가

또한 나는 누구에게
인생소낙비를 막아주는
존재로 살아가고 있는가

이제 길지 않은 시간들
그 누군가의 우산 같은 존재로
살고 싶어진다

— 〈우산〉, 전문

인간은 관계하는 존재다. 소낙비가 갑자기 쏟아지는 때 나의 우산은 누구일까. 나는 누구의 우산이 될 수 있을까. 자아를 되돌아보면서 궁극에는 누군가의 우산 같은 존재로 살고 싶다는 생각에 일순 숙연해진다. 첫머리에서 송정인 시인을 두고 기독교적 휴머니스트라고 한 근거를 다시 한 번 확인한다.

3.

　시집『소망 뜨락』을 살펴보면 송정인 시인은 과거보다 현재적 삶의 서정을 주로 노래하고 있다. 칠순의 나이에도 과거에 매몰되지 않는다는 점은 곧 자아의 현재적 정체성이 그만큼 확고하다는 의미와 상통한다. 이것은 자아 인식에 있어서도 합리적 판단력의 리얼리스트적인 면모의 요소다. 그리하여 자신의 마무리에 대한 인식의 일단도 기독교적 합리성으로 드러내 보이고 있다. 회자정리會者定離요 생자필멸生者必滅이라는 사실을 체감하는 연륜이다.

　　나의 장례식은 축제를 열게 하리라
　　사랑하는 이들과 함께
　　이 땅의 이별이 아닌

　　또 다른 만남을 위한
　　새로운 기다림을 위한
　　황홀한 축제를 열리라

　　　　　　　　　　　　　　　　　　— 〈황홀한 축제〉, 부분

　주음은 새로운 세상이 시자이라는 시정이다. 이는 종교저 서정이 드러난 결과이기도 하셨시만 결국은 화사의 긍성석 인생관의 귀결이다. 그리하여 이 시집의 마지막에서는 필연적으로 맞이할 종언의 시점에서 긴 생애의 정산표를 작성해 본다.

이 땅 위에 머무는
나의 흔적

빈손으로 떠나지만
남겨진 것 있겠네

나의 분신 자녀들
그리고 한 권
나의 고백서

영~
헛되지는 않겠네

— 〈독백〉, 전문

　전체적으로 볼 때 송정인 시인의 작품들은 교술성이 강하게 드러나면서도 사념으로 빚어낸 관념이 아니라, 일상적 삶의 현장에서 생생하게 직조된 서정이다. 작가의 현실 이해에는 반드시 어떤 시대사적 배경이 전제되어야 한다. 이 시대사적 배경 속에서 현실은 구체성을 띠게 되며 그 구체성에 대한 개인적 이해를 경험이라고 부를 수 있다. 그리고 이 경험은 작가적 안목을 통해 재구성되는 것이다. 송정인 시인의 현실 인식 안목은 기독교적 휴머니즘을 바탕으로 하고 있다. 시상의 폭과 깊이가 유현한 것은 아니지만 그것이 오히려 추상성을 벗어나 공허하지 않는 가느다란 울림이 된다. 독자의 가슴에 작은 메아리로 젖어들 수 있는 구체적 서정성이 송정인 시편들의 장점이다.

송정인 시인은 개인 생활은 물론이려니와, 무의탁 양로원에서 숱한 장례식까지 치르면서도 원생들과 더불어 일상의 작은 행복을 추구해 온 기독교적 휴머니스트다. 그의 인생은 훗날 빈손으로 떠나더라도 한 세상에 남겨진 그의 작은 울림은 세상의 기록 저편에 아련히 새겨져 있을 것 같다.(2017.)

송정인

계간 《문예시대》 시 등단 (2016)

강서문인협회, 물길문학동인회 회원

강서문인협회 봉사상 수상

무의탁노인양로원 '소망의 집' 원장

시집 『소망의 뜨락』